BETTINA BELITZ

MEIN DATE MIT DEN STERNEN

Blaues Funkeln

Band 1

Mit Illustrationen
von Laura Rosendorfer

cbj

Sollte diese Publikation Links auf Webseiten Dritter enthalten, so übernehmen wir für deren Inhalte keine Haftung, da wir uns diese nicht zu eigen machen, sondern lediglich auf deren Stand zum Zeitpunkt der Erstveröffentlichung verweisen.

Dieses Buch ist auch als E-Book erhältlich.

MIX
Papier aus verantwortungsvollen Quellen
FSC® C083411

Verlagsgruppe Random House FSC® N001967

1. Auflage 2018

Umschlaggestaltung: Geviert, Grafik & Typografie
Umschlag- und Innenillustration: Laura Rosendorfer
MI • Herstellung: eR
Satz: KompetenzCenter, Mönchengladbach
Druck: CPI books GmbH, Leck
ISBN 978-3-570-16509-6
Printed in the Czech Republic

www.cbj-verlag.de

PROLOG

»Was sollen wir nur mit diesen Menschen machen? Sie haben vergessen, woher sie stammen und dass sie mit allem verbunden sind. Deshalb zerstören sie ihren eigenen Planeten und haben keinen Respekt mehr vor ihrer Welt.«

»Oh ja, Euer Ehren, ihre Vergesslichkeit ist bekannt. Das hätten wir besser konstruieren sollen; ein lästiger Fehler. Wir hatten dennoch die Hoffnung, dass einige von ihnen ihre Sternenverwandtschaft inzwischen erkennen. Nun, nach einigen Fehlversuchen, haben wir endlich einen Weg gefunden. Wir brauchen Jugendliche. Jugendliche zwischen dreizehn und sechzehn Jahren. Ihr seid vertraut mit der menschlichen Altersstruktur?«

»Ja. Man hätte ihnen auf Erden mehr Lebenszeit geben müssen. Vielleicht würden sie dann nicht so viele Dummheiten anstellen.«

»Oh nein, wahrscheinlich würden sie noch viel mehr Dummheiten anstellen … Und nur durch ihr begrenztes irdisches Leben können sie verstehen, dass auch ihr Planet nicht unbegrenzt da sein wird. Genau das ist ja unser Problem! Sie drohen unser Experiment frühzeitig zu zerstören.«

»Nun gut, Ihr seid der Menschenabgesandte. Dann sprecht. Warum Jugendliche zwischen dreizehn und sechzehn Jahren?«

»Es ist das ideale Alter, Euer Ehren. Sie sind noch jung genug, um an Wunder zu glauben und mehr zu fühlen als zu denken, aber gleichzeitig erwachsen genug, um eigene Entscheidungen zu treffen und eigene Wege zu gehen. Es ist ein ganz besonderes Alter, Euer Ehren. Ein magisches. Die Menschen machen es gerne schlecht, weil die Eltern ihre Kinder in dieser Zeit kaum mehr verstehen, und haben scheußliche Worte dafür gefunden. Aber es ist magisch. Wenn es einen Grund für mich gäbe, Mensch zu sein, dann wäre es jene Zeit in ihrem Leben.«

»So sprecht, wie ist Euer genauer Plan?«

»Wir brauchen zunächst eine Boten-Seele. Wir haben sie schon lange im Visier. Sie ist die richtige. Sie wollte einen ungewöhnlichen Auftrag in ihrem Erdenleben haben; nun darf sie ihn endlich bekommen. Mit ihr fängt alles an. Sie ist übrigens entfernt verwandt mit Euch, Euer Ehren. Uns erschien das eine günstige Konstellation. Auch die anderen haben wir gefunden, nach gründlicher Suche und Recherche. Ihre irdische Form wird es nicht ganz leicht mit unserer Idee haben, aber – die Chancen stehen günstiger denn je zuvor.«

»Nun gut. So sei es!«

(Dieser Dialog kann lediglich als grobe Übersetzung betrachtet werden, denn er fand in einer anderen Dimension von Zeit und Raum statt, die unser menschlicher Verstand nicht begreifen kann. Wenden wir uns daher nun jenem Blauen Planeten zu, der unsere Heimat ist – und schauen wir gemeinsam auf eine kleine Stadt im Herzen Europas, in deren beschaulicher Mitte ein Menschenmädchen am Fenster ihrer Sternwarte steht und wie jede Nacht sehnsüchtig in den Himmel blickt …)

GRUSS VON OBEN

»Du siehst irgendwie anders aus heute Nacht …«

Mit Alkyone sprach ich besonders gerne. Ich wusste zu gut, dass es ein wenig hirnverbrannt war, mit einem Stern zu sprechen, der 400 Lichtjahre entfernt lag, und selbst Horst äugte mich aus seinem halb abgedeckten Käfig skeptisch an, als würde er sich fragen, was zum Teufel ich da draußen nur sah, mit dem es sich zu unterhalten lohnte.

Ich sah Sterne, weit entfernte Lichter, die ich niemals würde betreten können und die in klaren Winternächten flackerten und strahlten, als wären sie lebendig. Für mich waren sie das sogar. Auch das sollte ich besser niemandem erzählen – selbst Maks nicht, der laut unseres Paktes dazu verdonnert war, sich alles anzuhören, was ich von mir gab, ohne mich deshalb aufzuziehen, auszulachen oder zu hänseln. Das taten unsere Klassenkameraden schon zur Genüge, und in unserem Schulalltag musste es wenigstens einen einzigen Menschen geben, der die Pausen nicht dazu nutzte, unsere

Bücher in fremden Spinds zu verteilen, unsere Stifte ins Klo zu schmeißen, Zettel mit albernen Beleidigungen auf unsere Rücken zu kleben oder unser Pausenbrot heimlich mit etwas zu bestücken, gegen das wir allergisch waren, um uns später dabei zu filmen, wie wir anschwollen und Ausschläge bekamen.

Zum Glück waren die meisten von ihnen zu schlecht organisiert, um sich zu merken, wer von uns beiden gegen was allergisch war. So war ich bislang erst einmal in der Notaufnahme gelandet und Maks noch gar nicht. Zwar hatte Maks nicht ganz so viele Unverträglichkeiten wie ich, was seine Überlebenschancen jedoch nicht großartig steigerte. Sein Problem war, dass er beim Essen gerne zu kauen oder zu schlucken vergaß und regelmäßig Erstickungsanfälle bekam. Deshalb gab es in unserem Pakt als ersten Punkt eine Klausel, die besagte, dass ich einmal wöchentlich den Heimlich-Griff üben musste, um ihm notfalls das Leben zu retten. An Maks' Beinahe-Erstickungstoden waren also nicht die anderen schuld, sondern vor allem er selbst. Essen gehörte nicht zu seinen großen Interessen.

Trotzdem war es für unsere Mitschüler (eigentlich sollte es Gegen-Schüler heißen!) jedes Mal ein Freudenfest, wenn Maks in der Mensa keuchend und hustend nach Luft rang, die Tränen aus seinen Augen und der Rotz aus seiner Nase liefen und ich ihn packte und schüttelte, als wolle ich ihn zu einem Ringkampf auffordern. Aber wir lebten noch, das war die Hauptsache, auch wenn unsere schulische Nahrungsaufnahme eine Angelegenheit voller Tücken war. Alleine deshalb sollten wir darüber nachdenken, unseren Pakt nach Beendigung der neunten Klasse zu erneuern.

Noch waren wir im ersten Halbjahr der achten und bei dem Gedanken, dass Maks Pakte zu ernst nahm, um vorzeitig auszusteigen, seufzte ich beruhigt auf.

Im Moment war ich sowieso sicher. Nirgendwo fühlte ich mich wohler und geborgener als in meiner kleinen, feinen Sternwarte auf dem Dachboden und nichts war spannender und zugleich beruhigender als der Nachthimmel im Winter. Während Horst verschlafen begann, mit seinem Schnabel in seinem grauen Papageiengefieder herumzuzupfen, wickelte ich mich noch fester in meine Fleecedecke, trank einen Schluck Hafermilch und schob erneut mein Teleskop an mein linkes Auge.

»Du siehst wirklich anders aus«, murmelte ich verwundert, obwohl schon erste Zweifel an mir und meiner Wahrnehmung nagten. Manchmal wünschte ich mir so sehr, etwas Sensationelles am Himmel zu sehen und es für die Menschheit festhalten zu können, dass ich mir Dinge einzubilden begann. In einer Nacht war ich mir sicher gewesen, ein Ufo gesehen zu haben, obwohl ich mich gar nicht um Ufos scherte. Trotzdem war ich so aufgeregt gewesen, dass ich mit meinem Quieken Horst aufgeschreckt hatte und er kreischend von seiner Stange gefallen war. Leider war es kein Ufo gewesen, das ich gesehen hatte, sondern eine verirrte, leicht angetrunkene Fruchtfliege, die im silbernen Schimmer meines PC-Bildschirmes vor der Linse vorbeigetorkelt war.

Doch das flimmernde Leuchten von Alkyone heute Nacht war etwas anderes als eine Wunschvorstellung. Alkyone war zudem kein Hirngespinst. Man konnte sie mit etwas gutem Willen sogar mit bloßem Auge erkennen. Ihr Name stand in allen Astronomie-Büchern, und schon die alten Griechen hatten sie beobachtet. Für mich war sie die liebste der sieben Plejaden – ein Wort, das mir jedes Mal einen Schauer über den Rücken rieseln ließ, wenn ich es aussprach. Es gab viele faszinierende Sternkolonien, aber die Plejaden waren mein Himmelsparadies. Wenn sie im Frühjahr vom Firmament verschwanden, fehlten sie mir, und ich freute mich auf den Spätsommer wie andere auf Weihnachten, weil ich sie dann endlich wieder sehen konnte.

Prüfend ließ ich meine Augen zu meinem Computerbildschirm wandern, wo die ISS gleichmäßig langsam an der Erde vorbeizog. Nein, auf dem NASA-Livestream war nichts Besonderes zu erkennen, wie fast immer. Auch hatte es in den vergangenen achtundvierzig Stunden keine Sonnenstürme oder Polarlichter gegeben. Das Magnetfeld der Erde blieb ebenfalls stabil. Alles ruhig im All. Zum dritten Mal schob ich das Fernrohr an mein Auge und stellte es noch ein wenig schärfer.

»Was ist nur mit dir los?«

Wie zur Antwort blähte sich das Licht von Alkyone auf, bevor zwischen ihren Plejaden-Schwestern ein Regen von bläulichen Sternschnuppen niederging.

»Heiliger Strohsack!«

Seit dem Gymnasium pflegte ich eine Vorliebe für altmodische Sprüche, aber nie waren sie mir unpassender erschienen als jetzt. Alkyone hatte mir geantwortet! Ein Stern sprach mit mir …

»Jetzt bleib mal schön auf dem Teppich.« Nun redete ich nicht mehr mit fernen Himmelskörpern, sondern mit mir selbst. »Ganz ruhig, Joss.«

Nein, ich konnte nicht ruhig bleiben. Es ging nicht! Mein Herz raste, mir war glühend heiß geworden, obwohl es draußen Minusgrade hatte und das Dachfenster weit offen stand, und ich bereute jeden Schluck Hafermilch, den ich mir einverleibt hatte. Mein Magen schien sich ebenso aufzublähen, wie Alkyone es gerade getan hatte. Hatte sie es denn wirklich oder hatte ich es mir nur eingebildet?

Bevor ich ein viertes Mal durch das Teleskop schauen konnte, rieselte ein neuer Sternschnuppenschauer über den Himmel. Er war so gigantisch, dass ich sein Ausmaß nicht erfassen konnte, und die Lichtspuren bewegten sich direkt auf unser Haus zu. Warum verglühten sie nicht? Sie mussten doch verglühen! Oh nein … Das waren keine Sternschnuppen. Es waren Meteoriten, und zwar eine ganze Schar! Hektisch schlug ich mit der flachen Hand das Fenster zu, obwohl sich kilometergroße Gesteinsbrocken aus dem All für dünne Glasscheiben nicht weiter interessierten, und ließ mich geduckt zu Boden fallen.

Geschah es jetzt etwa – das Ende der Welt, von dem so viele schlechte Fernseh-Dokus schwadronierten und dabei in allen Facetten aufzeigten, was mit uns Menschen und der Erde passieren würde? Ja, das musste es sein – ich vernahm bereits das dumpfe Rauschen der nahenden Meteoriten und dazu das Knistern von Feuer … gleich würde die Erde erzittern und das Haus in Flammen aufgehen … wir alle würden sterben …

»Verdammt, das ist zu früh!«, wimmerte ich und stopfte mir die Finger in die Ohren, weil ich nicht hören wollte, was in den nächsten Sekunden meine Familie und mich vernichten würde. Mein Leben war nicht allzu lustig gewesen, doch ich mochte es, und vor allem hatte ich keine Lust, von dem gekillt zu werden, was meine größte Leidenschaft gewesen war. Ich liebte meine Sterne, und jetzt sollte ich ausgerechnet von Sternenbrocken ausgelöscht werden? Das war nicht fair und außerdem sollte man mit vierzehn noch nicht sterben! Nicht, bevor man sich das erste Mal verliebt und das nächstbessere Teleskop zum Geburtstag bekommen hatte. »Scheiße …«, wimmerte ich und sehnte mich plötzlich so sehr nach Mama und Papa und Sam, dass ich aufheulte wie ein Baby. Ich würde nicht mal mehr genügend Zeit haben, um nach unten zu laufen und mich von ihnen zu verabschieden …

»Keine Angst, Menschenkind.«

»Wie bitte?«, keuchte ich verwirrt und schob meine Zeigefinger noch fester in meine Ohren. Wer oder was hatte da gerade mit mir gesprochen? Wieso konnte ich es hören, wo ich doch meinen Gehörgang so fest verstopfte, dass ich Ohrenschmerzen bekam? Und warum sah ich plötzlich grelles Licht hinter meinen geschlossenen Lidern?

»Keine Angst.«

»Ich bin tot, oder?«, hakte ich piepsig nach, denn diese Stimme in meinem Kopf und das grelle Licht konnten nur von Gott kommen – an den ich eigentlich nicht glaubte. Aber ich brauchte dringend Antworten.

»Es gibt keinen Tod, Menschenkind.«

»Aha«, machte ich verständnislos und lockerte meine Finger ein wenig, während ich versuchte, mich daran zu erinnern, ob ich meine Hafermilch in der Schule unbeaufsichtigt hatte stehen lassen. Möglicherweise hatte einer der dicken Jungs (so nannten Maks und ich unsere Peiniger) Erdnusscreme hineingerührt. Erdnüsse konnten bei mir durchaus zu halluzinatorischen Wahrnehmungen führen – und wenn ich nur halluzinierte, konnte mir nichts passieren. Dann war das, was ich sah und hörte, gar nicht echt. Alkyone hatte sich nicht aufgebläht und mir auch keine Meteoriten geschickt und ich würde nicht sterben – jedenfalls nicht sofort. Ich würde nur ein aufgedunsenes Gesicht und ein wenig Atemnot bekommen und morgen den ganzen Tag auf dem Klo verbringen, aber nicht sterben. So stark war meine Erdnuss-Allergie nicht. Also alles gut. Mutig stemmte ich mich hoch und öffnete meine Augen.

»Heilige Schei … Heiliger Bimbam«, verbesserte ich mich ehrfürchtig. Direkt vor der Dachluke kreiste eine hellblaue, von sieben funkelnden Spots durchsetzte Spirale um sich selbst. Die Spots blieben unbewegt und hatten exakt die gleiche Anordnung wie die Plejaden – und sie schienen zum Greifen nahe. »Was ist das denn jetzt?« Wenn dieses Bild von den Erdnüssen kam, wollte ich sie ab sofort jeden Morgen zum Frühstück haben. »Woaaaah …«, raunte ich und versuchte, aufzustehen, um näher an das Fenster zu treten, doch meine Beine waren wie gelähmt. Auch das passte zum Erdnussschock.

»Du irrst dich nicht, mein Kind. Wir sind da.«

»Ja, schon klar«, antwortete ich unbeeindruckt, weil die Stimme wie vorhin in meinem Kopf widerhallte, als käme sie gar nicht von außen. Tat sie ja auch nicht. Ich hatte Wahnvorstellungen, weil irgendein Idiot mal wieder hatte zusehen wollen, wie mein Kopf auf die doppelte Größe anschwoll und ich puterrot nach Luft japste.

»Du bist unsere Auserwählte Nummer 1.«

»Natürlich.« Ich und eine Auserwählte … Und dann

noch die Auserwählte Nummer 1, wo ich doch immer zuallerletzt in die Völkerballmannschaft gewählt wurde, weil ich die Bälle weder ordentlich fangen noch werfen konnte! Amüsiert kicherte ich in mich hinein, während die Spirale rote Funken über den Nachthimmel schickte, als würde sie mitlachen.

»Finde die anderen Auserwählten. Das ist deine Aufgabe.«

»Wird erledigt, Käpt'n!« Salutierend grüßte ich zu der Lichtspirale hinüber und tastete anschließend prüfend über meine Wangen, weil mir mein Gesicht seltsam normal und schlank vorkam. Doch meine Beine konnte ich noch immer nicht bewegen.

»Schließt euch zusammen, und teilt der Welt mit, was ihr wisst und in euch seht. Bringt eure kosmische Kraft auf die Erde. Rettet euren Planeten! Das ist euer gemeinsamer Auftrag. Und seid euch stets gewiss: Ihr seid nicht alleine und nicht von uns getrennt.«

Mein Kichern erstarb. *Ihr seid nicht alleine und nicht von uns getrennt* … Alles andere mochte halluzinatorisches Erdnuss-Blabla sein, aber diese Worte berührten mich so tief, dass meine Kehle sich zusammenzog, als müsse ich gleich weinen. Wie schade es doch war, dass das, was ich hier erlebte, nur ein Spuk aufgrund eines anaphylaktischen Schocks war.

Denn nichts anderes wünschte ich mir, seitdem ich das erste Mal nachts im Garten gelegen und in den Himmel geguckt hatte – dass es Verbindungslinien zwischen den Sternen und mir gab, auf denen ich reisen und sie besuchen konnte, wann immer es mir auf der Erde zu blöd wurde. Denn das war oft der Fall gewesen. Weil ich anders war als die anderen – und merkwürdig. Selbst meine Eltern wussten das. Wie hatte Papa kürzlich zu einem Kollegen am Telefon gesagt, als sie sich über ihre Kinder unterhalten hatten: »Ich habe eine Tochter und einen Nerd.«

Dabei war auch ich ein Mädchen, auch ich seine Tochter. Ich wusste, dass er seine Worte nicht böse gemeint hatte und mich genauso liebte wie Samantha, vielleicht sogar ein bisschen mehr. Aber er verstand mich nicht und Mama verstand mich noch viel weniger; von Sam ganz zu schweigen. Manchmal schauten sie mich an, als sei ich ein Alien – ein Blick, den ich aus der Schule allzu gut kannte. Ja, in solchen Momenten wollte ich Urlaub auf einem Stern machen.

»Doch, wir sind getrennt«, widersprach ich leise, während die Spirale kleiner und dunkler wurde und die sieben Spots in ihr verblassten. Bald würde ich mich nur noch verschwommen an sie erinnern können. Eine Erdnuss-Überreaktion verging in der Regel so schnell, wie sie gekommen war. Traurig schaute ich dabei zu, wie die Spirale immer mehr an Licht verlor, bis sie nicht mehr zu sehen war, und der Nachthimmel sich mir präsentierte wie eh und je.

Fern, kalt, wunderschön.

Und so unendlich weit weg.

UNVERDÄCHTIG VERDÄCHTIG

»Da bist du ja …«

Erleichtert darüber, dass Maks nach sieben Minuten zappeligen Wartens endlich den Weg in die Mensa gefunden hatte und sich gegenüber von mir an unseren Ecktisch fallen ließ – halb getarnt unter einer dahinsiechenden Palme und relativ zugluftsicher, aber vor allem weit weg von den dicken Jungs –, gab ich es auf, in meinen schlaffen Pommes herumzupicken und hob meinen Blick. Solange Maks nicht da war, vermied ich es, meine Augen durch den Raum schweifen zu lassen. Bloß niemanden versehentlich provozieren. Das konnte so schnell gehen.

»Wo warst du denn die ganze Zeit?«

Statt einer Antwort legte Maks mit einem undefinierbaren Seufzen den Kopf in den Nacken und starrte glasig auf die orangenen Vorhänge, in denen sich das schwache Licht des Tages verfing. Seit heute früh hatte der Himmel sich zugezogen; ich konnte die Sonne nur noch erahnen – was bedeutete, dass ich heute Abend vermutlich keinen einzigen Stern vor mein Teleskop bekommen würde.

»Maks? Alles okay?« Forschend studierte ich sein Gesicht. Keine Anzeichen von Schwellungen oder Pusteln, geschweige denn von einem nahenden Erstickungsanfall. Stattdessen überzog ein rosiger Schimmer seine scharf gezeichneten Wangen und seine Augen glühten trotz seines abwesenden Starrens feurig auf. Diese Symptome konnte ich nicht einordnen. Bei einem normalen Menschen hätte ich auf Lebensfreude getippt. Aber Maks und ich waren keine normalen Menschen. »Geht's dir gut?«

»Wir hatten Sport«, stieß er heiser hervor, während er seinen Blick langsam von den Vorhängen löste und einhändig seine aktuelle Ausgabe des (gähnend langweiligen) Magazins »Militär und Geschichte« aus dem Rucksack zog, sie aber nicht weiter beachtete, sondern blind auf einer beliebigen Seite aufschlug. »Basketball.«

»Na und?« Schulterzuckend wandte ich mich wieder meinen Pommes zu. Ich hatte heute Mittag einen gesunden Appetit, auch wenn die Mensa-Fritten in Fett ertranken und mal wieder völlig versalzen waren. Auch mein Hunger irritierte mich, denn er passte nicht zu meinem nächtlichen Erdnuss-Schock – umso dringender war es, Maks aus seiner Trance zu reißen. »Da machst du doch nie mit.«

Maks besaß Atteste für sämtliche Ballsportarten.

Seine Mutter war der Ansicht, dass Ballsportarten Jugendliche auf instinktgesteuerte Primaten reduzierten und Aggressionen und Mobbing förderten. Es sei nicht mehr zeitgemäß und psychologisch hochbedenklich, mit Bällen auf andere Schüler zu feuern oder sie sich gegenseitig wegzunehmen, um sie wie wild gewordene Affen in Körbe zu werfen. Ich hatte zwar noch nie Schimpansen gesehen, die Basketball spielten, aber nachdem Frau Treborn ihre Thesen in einem Artikel für ein Psychoanalyse-Magazin niedergeschrieben hatte, hatte unsere Schulleiterin klein beigegeben und Maks von allen Sportarten, in denen Bälle vorkamen, befreit.

»Heute schon …« Ein leichtes Grinsen trat auf Maks Lippen und erneut flimmerten seine Augen hitzig auf. »Ich hab drei Körbe geworfen.«

»Was!?« Jetzt waren mir meine Pommes egal geworden. »Das glaub ich dir nicht!« Maks war früher jeder Ball aus der Hand gefallen, und in der Fünften hatte es einer der dicken Jungs geschafft, ihm mit einem Softball das Handgelenk zu stauchen – der Anfang seiner Attest-Serie.

»Es ist aber passiert … ehrlich, Joss …« Maks Augen hefteten sich auf die Ketchupflasche, dann senkte er seine Wimpern und schüttelte den Kopf, als zweifele er plötzlich an seinen eigenen Worten.

»Ej! Pisser!« Erschrocken wandte ich mich zur Seite, doch Rollo, der Boss der dicken Jungs, hatte Maks schon angerempelt, sodass er beinahe vom Stuhl kippte. Wir waren so in unser Gespräch vertieft gewesen, dass wir ihn nicht hatten kommen sehen. »Mach das nie wieder, klar? Nie wieder! Sonst …« Rollo beugte sich vor, bis zwischen seinen und Maks Augen nur noch wenige Zentimeter lagen, und tauchte uns in eine scharf riechende Schweißwolke. Angeekelt zuckte ich zurück. Doch Maks sah nicht weg. Mit einem eindringlichen Starren erwiderte er Rollos Drohen, bis dieser ihm mit seiner Pranke derb die Schulter quetschte, neben uns auf den Boden spuckte und sich knurrend zurückzog, um zu seinem Tisch zu schlurfen, seine Untertanen als treues Gefolge.

»Du hast es also wirklich getan«, stellte ich leise fest, als die dicken Jungs außer Hörweite waren. Rollo konnte nur das Basketballspiel gemeint haben – und wie es aussah, war er in der gegnerischen Mannschaft gewesen. Maks atmete langsam ein und aus, bevor er ein Stückchen näher rückte und wie ich seine Stimme senkte.

»Ich wollte auf einmal den Ball haben. Konnte nicht länger auf der Bank sitzen. Die waren so nah dran am Sieg, so nah … und haben die freien Lücken nicht gesehen, keinen Vorstoß gewagt …« Aha, daher also wehte der Wind. Maks verbrachte seine gesamte Freizeit damit, berühmte Schlachtszenen zu studieren und sie mit 1:72 Modelllandschaften nachzustellen. Seine Mutter duldete dies nur, weil es historische Landschaften waren und Maks keine Mücke töten konnte, ohne anschließend stundenlang ein schlechtes Gewissen zu haben. Nun hatte er aus lauter Langeweile die Sporthalle mit einem Schlachtfeld verwechselt. Aber drei Körbe …? Das konnte ich mir nicht vorstellen. »Ich bin einfach mitten reingestürmt, ich hab alles so klar vor mir gesehen …«, flüsterte Maks gehetzt weiter, während ich einen unauffälligen Blick auf die Wanduhr warf. Nur noch fünf Minuten bis zum Läuten. Das war zu wenig. »… und dann hab ich den Ball in die Hände bekommen und … dieser Ball … so rund und griffig und dazu das dunkle Rot … hast du dir das jemals genau angeguckt? Was Basketbälle für eine Farbe haben?«

»Nein, und ich …«

»Ich bin noch nicht fertig, Joss.« Fahrig tasteten Maks schlanke Hände über seine Zeitschrift. Noch nie hatte er sie so sträflich vernachlässigt wie heute. Normalerweise las er während der Mittagspause mindestens einen Artikel, von dem ich dann die Zusammenfassung plus Kritik erdulden musste. »Ich hab mich nach vorne gekämpft, hab den Korb anvisiert, geworfen – es war … es war göttlich. Ich musste es wiederholen. Zwei Mal. Das war der Sieg!«

»Ja, und deshalb hassen sie dich jetzt.« Ich linste nach rechts, um ihm zu bedeuten, wen ich meinte. »Ihr wart ein Mann mehr als die anderen, verstehst du? Das war kein gerechter Sieg! Du hast dich ungefragt eingemischt, und dann auch noch für die stärkere Mannschaft. Wir dürfen solche Sachen nicht tun, es ist doch so schon schwierig genug für uns, oder nicht?«

»Mahlzeit, Egghead!« Wie zum Beweis für meine Ermahnung nahm Kim, die gerade mit ihrem Hofstaat an uns vorüberzog, die Ketchupflasche vom Tisch und ertränkte den Rest meiner Pommes in roter Soße. Maks Hände zuckten, als wolle er sie ihr aus den Fingern reißen, und er brummte unwillig auf. Doch glücklicherweise verteidigte er mich nicht.

»Danke, Kim. So mag ich sie am liebsten«, wisperte ich, nachdem sie kichernd davongestakst war, und schob seufzend den Teller zur Seite. Egghead war nicht der schlimmste der Namen, die mir im Laufe meiner Schullaufbahn verliehen worden waren, aber er ärgerte mich am meisten, und Kim schien das zu spüren, denn sie verwendete ihn besonders gerne. Mein Kopf war wirklich etwas zu groß geraten und meine Stirn breit, aber es war kein Eierkopf. Eierköpfe sahen anders aus. Außerdem hatte Mutter Natur mir zwei riesige helle Augen mit unzähligen Achsenkrümmungen verpasst, die mich sogar in meinem eigenen Zuhause regelmäßig gegen Türrahmen und Wände laufen ließ, aber im Verhältnis zu meinem Kopf passten. Die Haare hatte sie dafür leider als Nebensache abgetan, weshalb ich sie kurz trug. Es lohnte sich nicht, diesen verwirbelten Schopf wachsen zu lassen. Darin würde sich jede Haarspange verlieren. »Siehst du, was ich meine? Maks? Hörst du mir überhaupt zu?«

Maks stierte schon wieder auf die Vorhänge, als sei ich gar nicht da, und ich zog ihn sacht am Ärmel, um seine Aufmerksamkeit zu wecken.

»Ich muss dich etwas Wichtiges fragen, dringend. Gestern Mittag, hier an unserem Tisch – hast du mitbekommen, dass die dicken Jungs mir was in meine Hafermilch getan haben?«

»Wieso fragst du?« Verwundert sah Maks mich an. »Du warst doch die ganze Zeit dabei.«

»Ja, schon, aber … vielleicht gab es einen unbeobachteten Moment. Es ist jedenfalls merkwürdig. Ich hatte heute Nacht einen Erdnussschock.« Ich hatte das Gefühl zu lügen, und doch konnte ich mir mein Erlebnis nicht anders erklären. »Aber ich hab heute nicht mal Durchfall.«

»Oh, Joss, bitte …« Maks stöhnte auf und verdrehte die Augen.

»Paragraf 13!«, erinnerte ich ihn streng. »In Ausnahmesituationen, nach Attacken der dicken Jungs und bei allergischen Schocks dürfen wir miteinander über unsere Verdauung sprechen, und ich habe heute keinen Durchfall, was nicht passt!« Hämisches Lachen erklang hinter uns und ich starrte errötend auf mein Pommes-Massaker. Ich war zu laut geworden, und nun wusste die ganze Mensa über meine Verdauung Bescheid. Das hatte ich ja prima hinbekommen.

»Dann hattest du eben keinen Schock, sei doch froh«, erwiderte Maks mürrisch, nachdem der Aufruhr um uns herum sich gelegt hatte.

»Ja, aber das passt auch nicht, denn …« Zögernd brach ich ab. Da war Paragraf 3. Er besagte, dass wir einander alles erzählen konnten, was uns beschäftigte, wenn wir in Not waren, und keiner den anderen dafür auslachen durfte. Paragraf 3 war meine Lieblingsklausel unseres gesamten dreiseitigen Vertrags. Doch noch nie hatte ich davon Gebrauch gemacht. Sollte ich es dann bei der Premiere wirklich mit einer solch haarsträubenden Geschichte tun und Maks erzählen, was ich heute Nacht erlebt hatte – falls ich es denn überhaupt wahrhaftig erlebt hatte?

Das Läuten des Gongs nahm mir meine Entscheidung ab. Für heute war unsere gemeinsame Zeit abgelaufen. Ich hatte noch zwei Stunden Astro-AG, er Geschichte-AG, danach holte seine Mutter ihn ab und ich lief nach Hause – bis morgen würden wir uns nicht mehr sehen. Im Moment schien Maks sowieso noch in wehmütigen Erinnerungen an seine Basketball-Schlacht festzuhängen und knetete geistesabwesend die Ketchupflasche. Für ein paar Sekunden brach die Sonne durch die zähe Wolkendecke, und ihre Strahlen fielen direkt auf seine wirren Haare, sodass sie kupfern aufleuchteten. Sonst wirkten sie eher farblos und stumpf. Sein kurzer Ausflug in die Welt der Sportler musste ihn belebt haben.

»Also gut, Maks, dann bis morgen?«

»Ja, bis morgen«, antwortete er mechanisch, blieb aber sitzen, während ich mich eilig durch die Massen der aufbrechenden Schüler schob und auf direktem Wege das Biologielabor ansteuerte – ein allseits gefürchteter und gemiedener Raum, seitdem das Gerücht die Runde gemacht hatte, dass sich darin ein Glas mit einem »eingemachten Embryo« (O-Ton dicke Jungs) befände. Das wollte auch ich nicht sehen, doch vor Skeletten, in Alkohol eingelegten Ochsenfröschen, plastizierten Innereien und aufgespießten, langbeinigen Käfern fürchtete ich mich nicht – und vor allem würde ich dort drinnen Herrn Ries finden. Vielleicht würde er mir weiterhelfen können. Nachdem ich höflich geklopft hatte und eingetreten war, musste ich nur zwei Regale umrunden, bis ich ihn entdeckte. Er stand sinnend vor dem ausgestopften Braunbär und knetete dabei sein Kinn, als würde er versuchen, einem ewigen Rätsel der Evolution auf die Spur zu kommen.

»Ach, Joss, hallo. – Gibt es Fragen zur letzten Stunde?«

»Nein, alles in Ordnung, ich hab eine andere Frage.« Meine verkrampften Schultern lösten sich. Immerhin, bei meinen Lehrern war ich sicher. Sie machten keine Witze über mich und mischten mir nichts ins Essen – und sie waren dankbar, dass ich im Unterricht aufpasste und meine Hausaufgaben erledigte. Viel mehr tat ich nicht, doch es reichte, um weder aufzufallen noch sich unbeliebt zu machen. Entschlossen trat ich zu ihm und dem Bären und fischte meine Hafermilch von gestern aus meinem Rucksack. »Können Sie herausfinden, ob mir jemand Erdnusscreme in meinen Drink gemischt hat? Ich hatte heute Nacht einen allergischen Schock, habe aber nichts gegessen, wogegen ich allergisch bin. Zumindest nicht wissentlich.« Wieder hatte ich das Gefühl zu lügen – aber was nur sollte es sonst gewesen sein, das meine Vision ausgelöst hatte?

»Ach herrje.« Herr Ries bedachte mich mit einem mitfühlenden Blick und nahm den kleinen Tetrapak umständlich entgegen, wobei er die erhobene Tatze des Bären streifte und dieser gefährlich zu schwanken begann. Rasch stabilisierte ich ihn, zog meine Hand aber sofort wieder weg. Ob tot oder lebendig – Tierfelle kamen mir so fremd vor, dass ich stets vor ihnen zurückzuckte. Schnuppernd senkte Herr Ries seine lange Nase über die Öffnung des Strohhalms und drückte den Bauch des Tetrapaks zusammen. Leise pfeifend entwich Luft aus ihm.

»Ui. Der gärt ja schon. Haferdrink, hm?«

Ich nickte nur, ohne meine Blicke von ihm zu lösen.

»Und du glaubst, sie haben dir was reingetan? Durch einen Strohhalm?«

»Na ja, es ist möglich, oder? Mit einer Pipette?« Ich hatte das halbe Frühstück damit verbracht, darüber nachzudenken, ob die dicken Jungs zu solch feinmotorischen Tätigkeiten fähig waren – mir in Sekundenschnelle etwas in den Strohhalm zu träufeln und das just bevor ich ihn abgeknickt und den Tetrapak in den Rucksack bugsiert hatte, um abends den Rest zu trinken. Hätte ich direkt nach dem Einträufeln davon getrunken, hätte ich den Schock ja schon gestern Nachmittag bekommen müssen. Allergische Reaktionen waren verflucht schnell.

»Möglich ist vieles, aber – es gibt im Handel nur Erdnussbutter, Erdnusscreme, Erdnusssoße, und die müsstest du am Strohhalm sehen oder riechen. Ist ja alles dickflüssig. Um sicherzugehen, müsstest du sie einschicken, in ein richtiges Labor, aber Joss …« Herr Ries machte sich etwas kleiner und lehnte sich dabei freundschaftlich an den Bären. Irgendwie sahen die beiden sich ähnlich. »Selbst wenn es so ist und ein Schüler dir einen üblen Streich gespielt hat: Was passiert dann? Du zeigst ihn an und …«

»… und sie haben mich noch mehr auf dem Kieker«, vollendete ich seinen Gedanken bedrückt. »Das stimmt, und ich will ja gar niemanden anzeigen. Ich will es nur wissen.«

»Ach Joss.« Herr Ries lächelte mich tröstend an. »Es wird besser werden, ich verspreche es dir. Spätestens ab der zehnten Klasse lassen sie dich in Ruhe. – Musst du nicht zur Astrologie-AG?«

»Ja, muss ich. Danke, Herr Ries. Bis morgen.«

»Ja, bis morgen, Joss, und grüß deine Eltern lieb von

mir!«, rief er mir nachdenklich hinterher. Die Tatsache, dass meine Eltern Lehrer im Schulzentrum zwei Blocks weiter und dank eines gemeinsamen Stammtisches mit dem halben Kollegium meiner Schule per Du waren, trug ebenfalls dazu bei, dass meine Zeit in den Klassenräumen ruhig verlief. Doch die Hofpausen, die Wege durch die Schule und die Mittagessen waren ein einziger Spießrutenlauf – und im Gegensatz zu Herrn Ries glaubte ich nicht daran, dass sich ab der zehnten Klasse etwas ändern würde.

Sie gingen auf mich los, weil ich anders war als sie. Dieses Anderssein würde sich nicht auflösen, wenn ich älter würde. Ich wusste es. Denn es war immer da gewesen; zu jeder Sekunde meines Lebens, und es wurde stärker, nicht schwächer. Auch in der zehnten Klasse würde ich immer noch nachts nach den Sternen schauen, nicht wissen, wie es war, verliebt zu sein, weil es den passenden Jungen dafür nicht gab, und ich würde nach wie vor das Gefühl haben, dass Fliegen besser als Laufen sei, ein Körper eine lästige Angelegenheit war und fernab der Erde, weit oben im All, etwas existierte, das mir mehr Heimat bot als alles, was ich bisher gesehen und erlebt hatte.

»Du bist die Auserwählte Nummer 1«, erklang wie zur Bestätigung das Echo meiner nächtlichen Vision in meinen Ohren – und ein kühler Schauer rieselte über meinen Hinterkopf. Was nur war geschehen, und warum verfolgte es mich schon den ganzen Tag, klar und deutlich wie ein Film, den ich unzählige Male gesehen hatte? Das hatten bisher weder Erdnüsse noch Erdbeeren geschafft.

Schon während ich die Klinke zum Astro-Raum herunterdrückte, wusste ich, was ich tun musste, sobald ich zu Hause war.

Ich musste hoch in meine kleine Sternwarte gehen und den gesamten Raum absuchen, in dem es geschehen war.

Denn dort oben wartete etwas auf mich.

EXPRESS-PUBERTÄT

Nie hatte sich ein Wochenende länger und zäher angefühlt als die drei öden, ereignislosen Regentage, die hinter mir lagen – drei, da am Freitag Lehrerausflug gewesen war und wir schulfrei gehabt hatten. Normalerweise hätte ich mich darüber gefreut, einen Tag ohne Hänseleien geschenkt zu bekommen, doch dieses Mal hatte ich es vor lauter Unruhe nicht einmal geschafft, mich auf meine Sterne zu konzentrieren.

Ich musste dringend Maks sehen und ihm zeigen, was ich zu Hause gefunden hatte! Es hatte mich fast verrückt gemacht, ihn nicht erreichen zu können, und heute, an diesem von Gemeinheiten gespickten Montag, brauchte ich ihn dringender denn je – nicht nur als Gesprächspartner, sondern auch als Schutzschild. Die anderen hatten unseren Deal offensichtlich spitzbekommen, woher auch immer – es war durchgesickert, dass wir einen Freundschafts-Vertrag miteinander abgeschlossen hatten, und diese Tatsache hatte mir etliche blöde Sprüche und einen neuen, wenn auch harmlosen Spitznamen beschert: Shelly, frei nach Sheldon Cooper aus *Bing Bang Theory*. Okay, auch er hatte einen großen Kopf, ein gutes Gedächtnis und liebte Verträge. Aber der Vertrag war Maks' Idee gewesen, nicht meine!

Meine Anrufe bei Maks waren allesamt von seiner Mutter abgewimmelt worden; Maks sei zu angeschlagen, um zu telefonieren, und bräuchte dringend Ruhe. Kein einziges Mal hatte ich ihn direkt sprechen können; auch wollte sie mir nicht verraten, warum er plötzlich so viel Ruhe brauchte, dass er nicht einmal mit einer Klassenkameradin reden konnte. Doch jetzt war er wieder da, ich konnte ihn sehen, auch wenn dies im Krankenzimmer des Hausmeisters geschehen musste. Rollo hatte ihm nach der Pause von hinten auf die Hacken getreten, worauf Maks das Gleichgewicht verloren hatte und die halbe Treppe heruntergekullert war. Ich hatte die Szene nur von weit oben beobachten können und ohne Maks helfen zu können. Jedoch hatte er sich am Fuße der Treppe erstaunlich geschmeidig aufgerichtet und mit wildem Blick um sich geschaut, die Haare gesträubt und frisches Blut an seiner Schläfe, bis ein Lehrer sich ihn geschnappt, Rollo angebrüllt und Maks dem Hausmeister übergeben hatte.

Bei ihm war Maks gut aufgehoben. Herr Maziere war alles andere als ein typischer Hausmeister. Als ehemaliger Arzthelfer war er ein Naturtalent darin, verletzte Schüler zu versorgen. Seine Reparaturarbeiten im Schulhaus hingegen fielen meist katastrophal aus und in seinem Pausenkiosk verlor er regelmäßig den Überblick, aber seitdem er den Hausmeisterposten übernommen hatte, gab es in Grippezeiten vor den Klassenzimmern kostenlose Spender mit Desinfektionstüchern und die Flure waren mit Körben voller Gratis-Hustenbonbons und -Taschentücher bestückt. In seinem Raum brannte eine Himalaya-Salz-Lampe, es lief entspannende Musik und an den Wänden hingen Poster mit Anatomie-Abbildungen und lächelnden Buddhas. Das Hausmeisterzimmer war ein guter Ort, um Maks wiederzusehen – ungestört und in Sicherheit. Für Herrn Maziere waren alle Schüler gleich, ganz egal, welch absonderliche Hobbys sie pflegten oder ob sie von den anderen gemocht oder gemobbt wurden.

»Ah, Joss, gut, dass du da bist«, begrüßte er mich in seinem gewohnt weichen Singsang, der heute allerdings ein wenig gehetzt klang, und winkte mich mit beiden Armen in sein Zimmer. »Ich muss gleich weiter, zum Kiosk. Maksymilians Mutter wird in spätestens zehn Minuten hier sein, es geht ihm so weit gut und seine Wunde ist gereinigt und versorgt, aber könntest du bei ihm bleiben, bis sie da ist?«

»Ja, klar!«, erwiderte ich eifrig. Die Dinge fügten sich gerade ganz wunderbar – und zehn Minuten in völliger Ruhe waren besser als eine halbe Stunde in der überfüllten Mensa. »Mache ich gerne.«

»Prima, danke dir, Schätzchen.« Herr Maziere sagte zu sämtlichen Schülern Schätzchen, selbst zu den Jungs aus der Oberstufe. Umso besser, dass er nicht da sein würde, wenn Maks' Mutter kam, denn sie hatte im vergangenen Jahr einen Antrag gestellt, ihn zu entlassen, da eine solche Anrede Schülern gegenüber unpassend und anzüglich sei. Erst als die Schulleitung ihr klarmachte, dass man für einen allergiegeplagten Jungen wie Maks keinen besseren Hausmeister als ihn finden könne und er ihm schon einige Male Erste Hilfe geleistet hatte, hatte sie ihren Antrag fallen lassen. »Maks, Joss ist da!«, rief Herr Maziere in seinen Raum hinein, nickte mir dankend zu und trabte mit wehendem Weißkittel davon (gegen die übliche graue Hausmeisterjacke hatte er sich vom ersten Tag an erfolgreich gewehrt).

»Hey«, begrüßte ich Maks leise. Im Zimmer von Herrn Maziere war es angenehm warm. Ein neuer Zimmerbrunnen in Form eines kleinen asiatischen Tempels plätscherte beruhigend vor sich hin und es duftete nach frisch gebrühtem Tee, was mich sofort ruhiger atmen ließ. Maks lag mit dem Rücken zu mir auf der Pritsche, sorgsam mit einer weichen grasgrünen Fleecedecke umhüllt, doch unter ihr wackelte sein linker Fuß nervös vor sich hin. Überhaupt wirkte Maks für einen Menschen, der gerade die halbe Treppe hinuntergestürzt und dabei auf den Kopf gefallen war, seltsam aufgepeitscht – und größer als sonst; etwas,

was mir schon vorhin aufgefallen war und ich mir nicht logisch erklären konnte. »Wie schlimm ist es?«

Vorsichtig trat ich an die Liege heran und inspizierte seine Schläfe. Das Blut fing zu trocknen an und Herr Maziere hatte nicht einmal ein Pflaster darauf geklebt – doch die Schläfe war eine schmerzempfindliche Region und schwoll bereits pochend an.

»Nicht schlimm«, nuschelte Maks, und ich fuhr verwundert zusammen.

»Wiederhole das«, forderte ich ihn argwöhnisch auf. »Aber bitte lauter und deutlicher!«

»Nichschlimm.« Jetzt sprach er noch schwammiger, doch ich hatte mich nicht geirrt – Maks' Stimme war mindestens um eine Oktave tiefer geworden und hatte einen völlig anderen Klang bekommen. Weniger knarzend, dafür aber leicht sandig und trotzdem voll.

»Heiliger Bimbam. Hast du deshalb nicht mit mir telefonieren können? Weil du in den Stimmbruch gekommen bist?« Das war ja ein Ding.

»Hmgrmpftsssbll.«

»Hat es dir bei deinem Sturz die Sprache verschlagen? Maks, bitte, dreh dich um und sprich mit mir. Hier hört uns doch sonst keiner.«

Wieder gab Maks ein undefinierbares Brummeln von sich, dann bewegte er stöhnend seinen Oberkörper zu mir, seinen Kopf immer noch leicht abgewandt. Seine Gelenke knackten hörbar, und sein Pulli spannte sich um seine Oberarme, sobald die Muskeln darin sich verhärteten. Mein Nacken wurde heiß, als er endlich sein Gesicht zu mir kehrte.

»Maks …«, flüsterte ich fassungslos und trat unwillkürlich einen Schritt zurück. Doch es war keine Sinnestäuschung. Seine Schultern waren breiter und eckiger geworden, sein Hals kräftiger, und selbst seine feingliedrigen Hände, mit denen er in der Projektwoche die winzigsten Modellsoldaten angemalt und auf epischen Schlachtfeldern positioniert hatte, hatten sich sichtbar gestreckt. Seine Haare sträubten sich nicht mehr, sondern lockten sich wellig – zwar nach wie vor in alle erdenklichen Richtungen, doch satt glänzend und überzogen von einem rötlichen, warmen Schimmer, als würden sie mit dem Blut auf seiner Schläfe flirten wollen. Doch erst sein Gesicht … Seine Wangenknochen traten noch markanter hervor als zuvor schon; der Babyspeck um sein Kinn herum war wie durch Zauberei verschwunden. Am meisten aber bestürzten mich seine Augen. Ich hatte ihre Farbe ebenso wie die seiner Haare nie klar einordnen können. Es war irgendein Braun-Grau-Mix gewesen, ohne jedes Feuer. Doch nun glaubte ich, hinter der Netzhaut züngelnde Flammen aufsteigen zu sehen. Blinzelnd suchte ich an der Wand nach Halt. Innerhalb von drei Tagen hatte Maks sich vollkommen verändert – und gleichzeitig kam es mir vor, als sei etwas in ihm hervorgebrochen, das schon die ganze Zeit darauf gewartet hatte, sich zu zeigen. Ich wusste nur nicht, was es war.

»Du färbst dir die Haare?«, stotterte ich verlegen und deutete auf seinen ungestümen Lockenschopf. So eitel hatte ich ihn gar nicht eingeschätzt.

»Nein«, antwortete er rau und wandte seine Augen von mir ab, als würde er sich schämen. Seine Stimme kiekste nicht; sie war tief und ohne Ausfälle. Er war nicht nur in den Stimmbruch gekommen – er hatte ihn bereits hinter sich gebracht. »Das ging von alleine. Mutter glaubt es mir auch nicht.«

»Aber wie … musstest du irgendwelche Medikamente nehmen, die das ausgelöst haben?« Auf einmal bekam ich Angst um ihn. Ich hatte als Kind eine Zeit lang Cortison schlucken müssen, wegen einer heftigen Hautreaktion, und nach einigen Wochen war mein Gesicht aufgedunsen und ich hatte mich selbst kaum wiedererkannt. Machte Maks gerade etwas Ähnliches durch – und das möglicherweise wegen einer viel gefährlicheren Krankheit? »Was hast du denn gehabt?«

»Pubertät, Joss. Ich war in der Pubertät.«

»Was!?« Instinktiv verschränkte ich meine Arme. »Veralberst du mich?« Maks hatte schon immer einen sehr eigentümlichen Humor gepflegt, der nicht auf Anhieb zu entlarven oder gar zu verstehen war.

»Nein.« Seufzend kämpfte er sich in eine sitzende Position hoch. Jede Bewegung schien ihn zu schmerzen, und ich ahnte, dass dieser Schmerz mit dem Treppensturz nichts zu tun hatte. »Es ist so.«

»Und was bedeutet das genau? Dass du jetzt eine

tiefe Stimme hast, dich rasieren musst und …« Errötend brach ich ab. So genau wollte ich es dann doch nicht wissen. »Aber wieso werden deine Haare rot?«

»Das weiß ich nicht, und sie sind rotbraun, nicht rot!«, fuhr Maks mich an, und wieder konnte ich es in seinen Augen feurig züngeln sehen. Sicherheitshalber trat ich noch einen Schritt zurück. Sollte seine These stimmen, musste er vor Testosteron strotzen, und das machte, wie Herr Ries uns letzte Stunde noch gelehrt hatte, in erster Linie aggressiv.

»Du warst also gar nicht krank?«

Geräuschvoll atmete Maks aus, als würde ich ihn mit meinen Fragen überstrapazieren. »Mir ging's nicht gut, darauf kannst du einen lassen. In drei Tagen zehn Zentimeter zu wachsen – und das nicht nur in die Länge, sondern auch in die Breite – macht keinen Spaß. Mir passt kein Hemd mehr, und ich tu mir dauernd selbst weh, weil ich meine eigenen Dimensionen nicht einschätzen kann.«

»Blitz-Pubertät, hm?«, fasste ich seine Ausführungen knapp zusammen, obwohl ich noch nicht daran glauben konnte. Es erschien mir beinahe plausibler, an einen Vampirbiss zu denken. Maks war ja regelrecht mutiert! Was würde mir nur in meiner Pubertät widerfahren? Maks und ich waren schräg, also konnte auch unsere Pubertät schräg ausfallen. Das war nur konsequent – und doch überzeugte es mich nicht. »Gibt es so was denn überhaupt?«

»Mutter sagt: ja.« Na, die musste es wissen, dachte ich säuerlich. Ich hatte sie nie persönlich kennengelernt, aber das war nicht nötig, um zu wissen, dass sie ihre Psychoanalytiker-Nase in sämtliche Angelegenheiten reinsteckte und sich für die Allerklügste hielt. Nachdem sie mich am Telefon fünf Mal abgewimmelt hatte, war ich sowieso nicht gut auf sie zu sprechen.

»Bei manchen Jugendlichen gibt es wohl regelrechte Entwicklungssprünge, vor allem bei Jungs ... da passiert dann alles Mögliche auf einmal«, sagte Maks ausweichend und sah grimmig an mir vorbei. Noch immer wirkte er aufgedreht und kampfeslustig auf mich. Seine Wunde schien ihn überhaupt nicht zu stören.

»Und wie ordnet sie deine Haare ein?«

»Nein. Sie denkt, das sei pubertäre Rebellion.«

Ich zog die Brauen hoch, sparte mir aber einen Kommentar. Um rebellisch zu werden, brauchte es schon etwas mehr als eine Tube Haarfärbepaste. Dennoch wusste ich nicht, wem ich glauben sollte – Maks oder seiner Mutter. Vielleicht war mit der Pubertät auch Maks' Sinn für Äußerlichkeiten erwacht und er hatte seinen braungrauen Strubbelkopf nicht mehr sehen können. Allerdings hatte er keinen Ausschlag am Haaransatz und seine Haut war äußerst empfindlich. Ob er mit Bio-Henna experimentiert hatte?

»Bevor deine Mutter kommt, muss ich dir noch was zeigen«, wechselte ich das Thema, denn es schien mir zu heikel, mit Maks über seinen Entwicklungssprung zu debattieren. Ich konnte seine Gereiztheit beinahe riechen, als würde ihn ein unsichtbares, schwelendes Feuer umgeben, in das man um Himmels willen kein Öl gießen durfte. »Ich hab was gefunden. Auf dem Dachboden.«

Es kostete mich Überwindung, mein Fundstück aus meiner Tasche zu ziehen, genauso, wie ich mich dazu hatte überwinden müssen, es vom Flickenteppich aufzuheben, nachdem ich es entdeckt hatte. Es hatte auf mich gewirkt, als hätte es jemand dort platziert, damit ich es auf gar keinen Fall übersehen konnte – und wenn doch, wäre ich auf dem Weg zu meiner kleinen Sternwarte darüber gestolpert und hätte mir schmerzhaft die Zehen geprellt.

»Hier.« Ich legte mein Fundstück feierlich auf die Krankenpritsche. »Weißt du, was das ist?«

Maks runzelte die Brauen und schickte mir einen düsteren Blick. »Na, ein Stein, was denn sonst?«

»Das weiß ich auch«, entgegnete ich leicht genervt, denn seine Angriffslustigkeit begann sich auf mich zu übertragen – ich verlor langsam die Geduld, zumal die Zeit drängte. Gleich würde seine Mutter hier sein. »Aber was genau ist es für ein Stein? Es ist ja ein besonderer.«

»Keine Ahnung, ein Mineral halt ... Halbedelstein? So was hat doch jeder irgendwo auf dem Dachboden rumfliegen.«

»Unser Dachboden ist kein normaler Dachboden.

Er ist eine Sternwarte«, stellte ich mit leiser Schärfe fest, wodurch sich meine helle Stimme anhörte wie das Klirren eines Weinglases. »Da oben fliegt nichts rum und meine Eltern haben für Kristalle und Mineralien nichts übrig. Auch Sam nicht.«

»Sam?« Maks Augen weiteten sich fragend.

»Samantha. Meine ältere Schwester.« Nun war ich nicht nur von ihm, sondern von der Gesamtsituation genervt. Wir hätten öfter Paragraf 3 benutzen sollen, auch wenn es bisher keinen dramatischen Grund dafür gegeben hatte. Maks wusste viel zu wenig über mich und meine Familie, um ein vernünftiges Gespräch mit ihm führen zu können.

»Jedenfalls sammelt bei uns niemand Steine. Ist ja auch egal«, wich ich aus, als ich begriff, was ich da gerade andeutete – es war nicht einmal eine Ahnung und wenn ich sie gedanklich in Worte zu fassen versuchte, kam ich mir restlos albern vor. Fakt war jedoch, dass ich nicht wusste, woher der Stein kam, und eines war sicher: Er war am Vorabend noch nicht da gewesen, und ich war es nicht, die ihn auf den Teppich gelegt hatte. »Du hast also auch keine Idee, was es für ein Stein sein könnte?«

»Hab mich nie mit Steinen beschäftigt«, erwiderte Maks lahm, drehte ihn aber anstandshalber auf den Bauch, sodass seine dunklere Seite nach oben zeigte. »Sieht bisschen aus wie ein Brokkoli.«

»Brrr«, machte ich angewidert. Von Brokkoli bekam

ich grässliche Magenschmerzen. »Ein Brokkoli aus grünem Glas, was?«

»Für Glas ist er zu schwer.« Schweigend betrachteten wir mein Fundstück, Maks eher gelangweilt, ich rätselnd. War das denn möglich – dass der Stein durch das offen stehende Fenster zu mir gekommen war? Denn nachdem ich aus meiner Vision aufgewacht war, hatte ich den Dachboden so überstürzt verlassen, dass ich das Fenster nicht mehr vollständig geschlossen hatte, und vor der Vision hatte ich es nur hektisch zugeschlagen, nicht verriegelt. Gleichzeitig wusste ich, dass es unmöglich war, einen Stein in der Größe eines Eis durch einen Fensterspalt zu werfen – und wer auch hätte das tun sollen und warum?

»Wieso ist der denn so wichtig?«, brach Maks gähnend unser Schweigen. Plötzlich wirkte er müde und schlapp. Kein feuriges Glimmen mehr in seinen Augen, keine Streitlust im Blick. Stattdessen betastete er mit verzerrtem Mund seine Schläfe, die nun deutlich angeschwollen war und rund um die Verletzung herum bläulich zu schimmern begann.

»Er könnte wichtig sein, weil … also … wir haben doch Paragraf 3 und …«

»Maksymilian! Was ist passiert, mein Junge!? Und wieso liegst du hier ganz alleine?« Ein Schwall kühle Luft traf meinen Nacken, und ich griff hastig nach dem grünen Stein, um ihn zurück in meine Tasche zu bugsieren. Die forsche Stimme und das Hacken der

Absätze, das sich uns näherte, mussten zu Maks' Mutter gehören. Mit einem unguten Gefühl drehte ich mich um und blickte direkt in zwei blitzende, dunkel umrandete Brillengläser. Die Augen dahinter konnte ich kaum erkennen, doch ich spürte, dass sie mich durchdringend scannten, bevor sie entschieden, dass ich nicht weiter der Aufmerksamkeit wert sei und sich auf Maks richteten.

»Wer war es?« Fröstelnd rückte ich zur Seite, um ihr Platz zu machen, während Maks sich noch ein Stückchen weiter aufrichtete.

»Nicht wichtig.«

»Oh, doch, das ist wichtig, ich möchte sofort wissen, wer dich so übel zugerichtet hat! Das bedarf einer genauen Untersuchung und die muss Konsequenzen haben!«

»Ich bin die Treppe runtergefallen, Mutter«, erwiderte Maks unwillig. »Daran ist niemand schuld.« Er log. Ich hatte genau gesehen, dass Rollo ihm in die Hacken getreten und er daraufhin das Gleichgewicht verloren hatte. Doch Maks wusste wie ich, dass es nicht besser, sondern schlimmer werden würde, wenn wir das aussprachen. Also hielt auch ich meinen Mund.

»Kopfschmerzen? Schwindel? Erbrechen?«

»Nur Kopfweh«, brummte Maks. Noch immer konnte ich mich nicht an seine tiefe, männliche Stimme gewöhnen – und noch weniger daran, wie kräftig seine Schultern geworden waren, auch wenn sie ihm bei jeder Bewegung Schmerzen bereiteten.

»Wer bist du denn und was machst du hier?« Mit zusammengepressten Lippen blinzelte seine Mutter mich an. Sie sah aus, als hätte der Anruf sie mitten aus einer Business-Konferenz gerissen. Schwarzes Kostüm, Pumps, bis zum Hals zugeknöpfte weiße Bluse und der kinnlange Pagenschnitt mit dem extra-kurzen Pony wirkte wie frisch gebügelt.

»Ich bin Joss Heyne, Maks' … Eine Schulkameradin.« Es gab keine passende Bezeichnung für das, was Maks und mich miteinander verband. Wir waren mehr als nur Vertragspartner, aber Freunde (noch?) nicht. Leidensgenossen traf es vermutlich am besten. Doch Maks' Mutter ignorierte meine höflich ausgestreckte Hand. »Wir haben am Wochenende telefoniert und Sie …«

»Dann husch, husch! Du hast doch sicher Unterricht, oder? Das ist eine Familienangelegenheit, wir brauchen dich hier nicht!«

Sie wedelte herrisch mit den Armen, als sei ich ein lästiges Insekt, und wandte mir demonstrativ ihren eckigen schwarzen Rücken zu, um sich erneut über Maks zu beugen.

»… und so was nennt sich dann Therapeutin«, flüsterte ich, nachdem ich das Hausmeisterzimmer verlassen und die Tür hinter mir geschlossen hatte, damit Lord Helmchen und ihr Sohn ihre Familienangelegenheiten regeln konnten. Armer Maks, dachte ich bedauernd. Mit so einer Mutter würde ich es keinen einzigen Tag lang aushalten. Mir war richtig kalt in ihrer Nähe geworden. Hoffentlich war sein Vater besser geraten.

Jetzt war Maks gerade erst zurück in der Schule und schon musste ich mich wieder alleine durchschlagen. Das war nicht fair. Bereits zu zweit hatten wir es schwer genug; alleine war es kräftezehrend.

Nachdem ich seiner Mutter leibhaftig begegnet war, hatte ich außerdem weniger Hoffnung denn je, dass sie mich mit ihm telefonieren oder ihn gar besuchen lassen würde. Sie hatte mich wie eine Aussätzige behandelt. Wie es schien, hatte Maks ihr nie von mir erzählt. Mein Name war schon am Telefon neu für sie gewesen, und sie hatte ihn anschließend sofort wieder vergessen, sonst hätte sie mich eben zuordnen konnten. Meine Eltern hingegen wussten von ihm und unserem Vertrag – und dass er der einzige Junge an unserer Schule war, in dessen Gegenwart ich mir keine Sorgen um mich machen musste.

Maks' Veränderung aber ließ seine Mutter rasch wieder in den Hintergrund rücken. Sie beschäftigte mich so sehr, dass ich mich kaum auf den Unterricht konzentrieren konnte. Eine nächtliche Vision ohne klar bewiesenen Erdnussschock, ein mutierter Vertragspartner mit der Schneekönigin als Mutter und ein Brokkolistein, von dem niemand wusste, woher er kam – mein Leben begann kompliziert zu werden.

(VIEL ZU VIELE) ZEICHEN

Oh je – hier konnte ich nicht lange bleiben. Das verdächtige Kitzeln in den Nebenhöhlen und das Brennen in meinen Augen waren Warnzeichen genug, dass in diesem Laden etwas hauste, was meinem eigenwilligen Körper nicht gefiel. Rasch zog ich die Nase kraus, um ein Niesen zu unterdrücken, denn wenn ich einmal damit angefangen hatte, war es schwierig, wieder aufzuhören. Jedes Niesen reizte meine Nasenschleimhaut von Neuem und umso aggressiver konnten die Allergene dort wüten; ein hundsgemeiner Teufelskreis. Ich tippte auf Räucherwerk als Auslöser, denn der Geruch danach war erschlagend. Doch der Laden war der einzige Mineralienhandel, den wir in der Fußgängerzone hatten, und deshalb musste ich jetzt stark bleiben.

Meine juckende Nase zwischen Zeigefinger und Daumen geklemmt, marschierte ich zur Kasse, wo eine mollige Frau mit wildem Lockenkopf Kettchen in Etuis sortierte, und legte den Brokkolistein auf die Ladentheke. Testweise ließ ich meine Nase los, um einigermaßen normal zu wirken, und atmete flach durch den Mund. Ja, das würde funktionieren, wenigstens für ein, zwei Minuten. Danach konnte ich immer noch explodieren.

»Hallo«, begrüßte ich die Frau, deren runde Augen sofort an dem Stein hängen blieben. »Können Sie mir sagen, was das für ein Mineral ist? Ich habe ihn vor ein paar Tagen gefunden und möchte wissen, ob … na, ob er was wert ist.«

»Gefunden?«, echote die Frau erstaunt, nahm ihn hoch und hielt ihn gegen das Licht. Ihre Augen wurden noch größer und ihr Mund öffnete sich zu einem überraschten O. »Das … nein, das gibt es doch nicht. Moment. – Margot, kommst du mal!?«

Mit verkrampften Bauchmuskeln und einem fast unerträglichen Jucken in der Nase unterdrückte ich ein Niesen und blinzelte ein paar Mal, um meine Augen zu entlasten, während Margot aus dem Hinterzimmer zu uns stieß und zusammen mit ihrer Kollegin den Stein begutachtete.

»Das …« Die Lockenfrau räusperte sich feierlich. »Das ist mit an Sicherheit grenzender Wahrscheinlichkeit ein Moldavit. Und in dieser Größe ist er sehr, sehr wertvoll. – Du hast ihn gefunden, hast du gesagt?«

»Ja, ich … ja, das habe ich.« Die wahre Dachboden-Geschichte wollte ich gar nicht erst anreißen.

»Hm. Dann muss ihn jemand verloren haben. Weißt

du denn, was es mit den Moldavitgesteinen auf sich hat?« Fragend blickten mich die beiden Frauen an, während ich verzweifelt gegen eine nahende Niesattacke ankämpfte und dabei allerlei Zuckungen im Gesicht hatte.

»Nein, nie gehört«, antwortete ich japsend. »Tschuldigung, Allergie. Nicht ansteckend.«

Fürsorglich reichte mir Margot ein Taschentuch. »Moldavite gibt es nur an zwei Fundorten der Erde – und zwar im böhmischen und im mährischen Streufeld. Also nicht hier. Wir sind zu weit weg davon.«

»Streufeld?« Was genau meinten sie damit? Nun musste ich nachgeben – und lieferte mich einer Niessalve aus, die mich am ganzen Körper erschütterte. Erst nach dem siebten Hatschi presste ich wieder Daumen und Zeigefinger um meine rebellische Nase. Anders ging es jetzt nicht.

»Moldavite sind durch einen Meteoriteneinschlag entstanden.« Auf Margots Gesicht trat ein seliges Lächeln, während ihre Kollegin bedeutungsvoll nickte. »Sie enthalten Substanzen, die auf der Erde nicht vorkommen. Aber genau deshalb ist der Stein entweder eine hervorragende Fälschung oder aber es muss ihn jemand verloren haben – also bring ihn lieber zu einem Fundbüro.« Margot hielt inne, um meine neuerliche Niesattacke abzuwarten und mir dann ein zweites Taschentuch in die Hand zu drücken. »Machst du das, ja? Vielleicht vermisst ihn jemand.«

»Danke, mach ich!«, versprach ich schniefend, obwohl ich jetzt schon wusste, dass ich das niemals tun würde. Auf meinem Dachboden verloren keine fremden Menschen Steine, schon gar nicht Steine aus dem Weltall. Halb blind nahm ich den Moldavit wieder zu mir und stolperte der Tür entgegen, wo ich mit einem explosionsartigen Niesen nach draußen an die frische, klare Winterluft stürzte.

Mein Herz schlug so schnell, dass ich doppelte Schwierigkeiten hatte, zu Atem zu kommen, und es dauerte Minuten, bis ich so ausführlich geniest hatte, dass ich wieder sehen und das Taschentuch sinken lassen konnte. Die Passanten umrundeten mich in einem großzügigen Bogen und schickten mir allenfalls einen halb angeekelten, halb mitleidigen Blick – sie wussten schließlich nicht, ob ich gerade am Todesschnupfen starb oder lediglich eine ordinäre allergische Reaktion durchstand. Doch die war für mich ohnehin Nebensache geworden.

Dieser Stein, der in meiner Hand dunkelgrün vor sich hin funkelte, war durch einen Meteoriteneinschlag entstanden und enthielt Stoffe, die es auf der Erde nicht gab – wie ein Gruß aus dem All! Und er hatte ausgerechnet nach jener Nacht in meiner Sternwarte gelegen, in der ich in meiner Vision mit Stimmen aus dem Kosmos gesprochen und Sternenlichter direkt vor meinem Fenster gesehen hatte – ich hatte kurz vorher sogar befürchtet, ich könne gleich bei einem Meteoriteneinschlag ums Leben kommen. Gab es da einen Zusammenhang?

»Aber das kann nicht sein!«, widersprach ich näselnd meinen eigenen Gedankenketten. Vielleicht hatte Papa mir eine Überraschung bereiten wollen und mir den Stein gekauft – aber würde er ihn mir dann nicht einfach geben, anstatt ihn auf dem Teppich abzulegen? Oder spielte mir jemand aus der Schule einen Streich? Steckten Rollo und sein Gefolge hinter meinen Erlebnissen und wollten mich gemeinsam in die Paranoia treiben? Nein, das traute ich ihnen nicht zu. Das würden sie technisch gar nicht auf die Reihe kriegen und erst recht nicht würden sie mir einen solch teuren und wertvollen Stein überlassen. Außerdem hassten sie mich nicht. Ich war für sie lediglich ein gefundenes Fressen, genauso wie Maks.

Wie nach jedem Allergieanfall fühlte ich mich auf einmal sehr müde, beinahe erschöpft – und zu beduselt, um weiter über den Stein nachzudenken. Es war anstrengend für meinen Körper, sich auf diese Weise gegen das zu wehren, was er nicht mochte. Wegen der dichten Bewölkung hatte ich heute Nacht zwar nur eine Stunde in meiner Sternwarte verbracht, aber ein ausgedehnter Nachmittagsschlaf würde mir guttun. Überhaupt fand ich, dass man tagsüber am allerbesten schlafen konnte, und zum Glück ließen Mama und Papa mir diese Angewohnheit, solange ich gute Noten schrieb.

Meine geschwollenen Schleimhäute drückten schmerzhaft gegen die Wände meiner Nebenhöhlen, während ich nach Hause trottete und mit offenem Mund die kalte Winterluft inhalierte. Obwohl ich mich wie betäubt fühlte, spitzten sich meine Ohren neugierig, als in dem Lieferwagen, der einige Meter vor mir am Straßenrand parkte, die Musik lauter gedreht wurde, sodass die Bässe die gesamte Fußgängerzone beschallten. Automatisch begann ich im Takt der Musik zu laufen. Hatte ich diesen Song schon einmal gehört? Er kam mir so vertraut vor!

Jetzt hatte mich sein Rhythmus vollkommen aufgesogen und der Bass ließ meinen Bauch angenehm vibrieren, während die Stimme des Sängers meine Füße vom Boden zu lösen schien, als würden seine Worte die Erdanziehungskraft überwinden wollen …

»Unten trauern noch die Egoisten, Major Tom denkt sich, wenn die wüssten, mich führt hier ein Licht durch das All, das kennt ihr noch nicht, ich komme bald … mir wird kalt …«

Auch mich durchrann ein eisiger Schauer, und ich hätte am liebsten laut »Nein!« geschrien, als die Tür des Lieferwagens zugeschoben wurde und der Fahrer den Motor anließ, dessen Röhren den Song im Nu übertönte. Trotz meiner Erschöpfung rannte ich dem Wagen ein paar Schritte hinterher, bevor ich einsehen musste, dass es zwecklos war. Schnelles Laufen war noch nie meine Stärke gewesen. Es gab Tage, an denen ich kaum einen Fuß vor den anderen setzen konnte – und gegen ein Auto hatte ich nicht die geringste Chance.

»Hallo, Joss, Liebes! Komm mal kurz zu mir rein, ich hab was für deinen Dad!«

Trotz meiner Post-Allergie-Trance und meiner brennenden Sehnsucht, noch einmal diesen Song zu hören, drehte ich mich zu der Stimme hinter mir um, denn ich hatte sie sofort erkannt.

»Hallo, Peter.« Peter – nicht Peter, sondern Pieter ausgesprochen, worauf er großen Wert legte, obwohl er weder Engländer noch Amerikaner war – führte den Musikladen schräg gegenüber, in dem mein Vater gerne stöberte oder mit Peter einen Kaffee trank, wenn ihm seine Schreibtischarbeiten zum Hals heraushingen und er von einem Leben auf der Bühne träumte. Die beiden waren seit Ewigkeiten miteinander befreundet. Deshalb konnte ich Peter nicht stehen lassen, so elend ich mich auch fühlte. Schnaufend bog ich zu seinem Lädchen ab, in dessen Tür er auf mich wartete, und trat ein. Wie immer roch es im Inneren nach frisch gebrühtem Kaffee, Gitarrensaiten und Tabak. Im Hintergrund lief leise Musik, irgendetwas Altes und ganz anders als der Weltraum-Song von eben.

»Hier, Jossi.« Stolz grinsend reichte mir Peter eine abgegriffene, signierte Vinylplatte, auf deren Cover mir ein Mann mit strubbeligem rötlichem Haar entgegenschaute, der mich auf berührende Weise an mich selbst erinnerte. Denn er sah anders aus als die meisten normalen Menschen. Ich konnte nicht genau festmachen, woran es lag, aber ich mochte ihn sofort. »Dein Dad wird sich ein Loch in den Bauch freuen, wenn du sie ihm gibst. Die wird bald richtig viel wert sein. Ein Jammer, dass er nicht mehr lebt. Ein Jammer!«

David Bowie, entzifferten meine Augen. Ja, dass er vor Kurzem gestorben war, hatte ich gelesen. Und der Song hieß – Space Oddity.

»Space Oddity?«, krächzte ich mit belegter Stimme.

»Jaaa.« Peters Grinsen wurde breiter, als habe er den Titel selbst geschrieben. »Läuft gerade. Ist für mich einer der besten von ihm … legendär …« Er trat zur Anlage und drehte sie lauter. »Ground Control to Major Tom«, trällerte Peter mit geschlossenen Augen, und ein verzückter Ausdruck trat auf sein Gesicht, während ich von einem neuen Kälteschauer gepackt wurde.

Major Tom? Der war mir doch eben gerade erst auf der Straße begegnet, in einem vollkommen anderen Song, und auch in diesem hier ging es um Space … um das Weltall … In einem plötzlichen Schwindel ließ ich mich auf einen der abgewetzten Ledersessel sinken und sah Peter dabei zu, wie er sich im Takt wiegte und die Arme ausbreitete, um aus vollem Herzen mitzugrölen.

»Though I'm past one hundred thousand miles, I'm

feeling very still, and I think my spaceship knows which way to go …«

Auch ich wusste, welchen Weg ich nehmen musste – nämlich den in mein geschütztes, sicheres, vertrautes Zuhause, und zwar schnurstracks.

»Ich muss los, Peter!«, schrie ich gegen die Musik an. »Meine Eltern warten auf mich!« Er nickte nur und reckte den Daumen hoch. Mit der Schallplatte an meinem Herzen hetzte ich aus seinem Laden und flüchtete wie ein angeschossenes Reh unserem Haus entgegen – und rannte dabei mitten in die Arme einer jungen, grellbunt gekleideten Frau mit riesiger Bommelmütze auf dem Kopf, die einen Einkaufstrolley hinter sich herzog, aus dem bündelweise Flyer quollen.

»Hoppla, Vorsicht, Mädchen!«, rief sie lachend und fing mich in einer Art Umarmung ab, wobei sie mir einen kleinen Stapel Prospekte in die Hand drückte. »Magst du die verteilen? In der Schule vielleicht? Oder haben deine Eltern Interesse? – Danke dir!« Mit einem strahlenden Lächeln zog sie weiter, ehe ich antworten oder gar Fragen stellen konnte. Erstarrt blickte ich auf die Flyer in meinen Händen. Es handelte sich um Werbung für eine Esoterik-Messe in Jena, doch das war es nicht, was mich in eine lebende Salzsäule verwandelte – sondern die Ankündigung einer Veranstaltung, die gleich auf der Vorderseite prangte und an der meine Augen sich festsaugten, als wollten sie mit den Buchstaben verwachsen.

»Komme in Kontakt mit deinen Sternen-Geschwistern und tauche in belebende kosmische Schwingungen ein!«

Meine Hände ließen die Zettel fallen, als hätten sie sich daran verbrannt, und sofort nahm der kalte Ostwind sie mit sich, um sie wie bunte Vögel durch die Luft flattern zu lassen.

»Lasst mich in Ruhe … bitte …«, wisperte ich, ohne zu verstehen, wen ich meinte und was ich damit eigentlich sagen wollte, und hastete die letzten Meter zu unserem Haus. Meine Finger zitterten, jeder in einem anderen Rhythmus, sodass ich es kaum schaffte, das Schloss zu öffnen, doch auch nachdem es mir endlich geglückt war und ich mich in den Hausflur geschoben hatte, war mir keine Ruhe vergönnt.

»Du hast sie! Hach, wie schön!« Freudestrahlend kam Papa mir entgegen, nahm die Platte aus meinen bebenden Händen und drückte mir einen Kuss auf die Wange. »Und ich hab auch was für dich … komm mal mit in die Küche, Joss …«

Wie in einer unguten Vorahnung wurde mir plötzlich ganz flau im Magen. Ich hatte Angst. Die ganze Welt, ja, mein ganzes Leben fühlte sich anders an als sonst. Als würde sich etwas um mich herum verdichten und mich einkesseln, weil es mich zu etwas Lebenswichtigem aufforderte. Zögernd trat ich zu Papa in die Küche.

»Schau mal, wir haben ein Probe-Abo geschenkt

bekommen. Lag im Briefkasten. Interessiert dich doch bestimmt, oder?«

Stumm nickend nahm ich die Hochglanz-Zeitschrift entgegen. »Interstellarum« – ja, die kannte ich, ich hatte sie mir sogar einige Male am Bahnhof gekauft. Doch was mich zutiefst verstörte, war der Leitartikel. »Die Plejadennebel – Mythos und Realität.«

»Joss!?«, schallte es hell und durchdringend von oben, ehe ich mich bedanken konnte. »Komm mal, das musst du dir ansehen, schnell!«

»Nein …«, murmelte ich abweisend, denn Sam konnte ich jetzt ganz bestimmt nicht ertragen. Doch Papa klopfte mir ermunternd auf die Schulter. »Na, geh schon!«

Mit pochendem Kopf und einem schalen Gefühl im Bauch, die Zeitschrift in meinen schweißnassen Fingern, ging ich die Treppe hoch zu Sams Zimmer und stieß die angelehnte Tür auf. Sam lümmelte mal wieder bäuchlings auf dem Bett herum und blätterte in Mädchen- und Frauen-Magazinen – neben dem exzessiven Gucken von Fernsehserien eine ihrer Lieblingsbeschäftigungen, mit denen sie ganze Wochenenden totschlagen konnte.

»Ey, Joss, guck mal, das ist was für dich!!«

»Ganz sicher nicht.« Ich konnte mit diesen Zeitschriften nichts anfangen. Jedes Mal, wenn ich darin las, fühlte ich mich wie ein unerwünschter Gast auf einer kunterbunten, lauten Party, den niemand wahrnahm und der von den vielen Eindrücken um sich herum ganz wirr im Kopf wurde. Und wirr im Kopf war ich bereits. Mehr Verwirrung würde ich nicht verkraften.

»Jetzt hab dich nicht so! Komm!« Mit einer Hand zerrte Sam mich auf ihr Bett und schob mir die aufgeschlagene Zeitschrift vor die Nase. »Cosmic Crush – Finde deine kosmische Liebe!«, las Sam betont langsam vor. »Welches Sternenbild passt zu dir? – Hey, was ist denn los, wieso guckst du so komisch? Das muss dich doch interessieren!«

Ja, das tat es, aber auf eine Art und Weise, die mich zu Tode erschreckte und Sam niemals verstehen würde. Denn hinter dem Jungen und Mädchen, die sich auf dem Foto des Psychotests küssten, leuchteten die Plejaden am tintenblauen Himmel – und das war zu viel für mich.

»Sorry, Sam, ich muss mich hinlegen, hatte vorhin wieder eine Attacke …«

»Schon gut.« Sam winkte lässig mit der Hand. Wenn keine ihrer Freundinnen dabei war, nahm sie meine diversen allergischen Reaktionen locker. »Wir machen den Test später. Ruh dich aus.«

»Ja, das werde ich.« Ich wunderte mich darüber, dass ich überhaupt noch sprechen konnte und niemand merkte, in welchem Aufruhr ich mich gerade befand. Doch ich ging nicht in mein Zimmer, sondern nahm die nächste Treppe hinauf zum Dachboden, wo

Horst mit trübseligem Blick aus dem Fenster guckte und Mama bereits vorsorglich die Heizung aufgedreht hatte. Mein Schwindelgefühl war so stark geworden, dass ich mich auf den Boden sinken ließ und ein paar Minuten lang reglos liegen blieb, meine offenen Augen an die Decke gerichtet.

»Zu viele Zufälle«, hörte ich mich angstvoll wispern. »Und sie sind nicht logisch … es gibt keine logische Abfolge!«

Der Moldavit. Der deutsche Song im Lieferwagen. Die Platte für Papa. Die Frau mit den Flyern. Die Zeitschrift und ihr Leitartikel. Sams Psycho-Liebestest samt Plejaden-Foto. Es gab keinen einzigen kausalen Zusammenhang zwischen all diesen Ereignissen! Keines bedingte das andere. Aber sie hatten unleugbar einen gemeinsamen Nenner, wie ein geheimer Code, von dem die ausführenden Menschen nichts wussten und den ich entziffern musste.

Dieser Code meinte das Weltall. Die Sterne. Unseren Kosmos! Das war es, was sie miteinander verknüpfte, als wollten sie mich mit aller Gewalt darauf hinweisen. Aber sollte das wahr sein, sollte es sich dabei tatsächlich um wichtige Zeichen handeln, die nur mir galten – was zum Henker sollte ich damit anfangen? Ich beschäftigte mich doch schon mein ganzes Leben lang mit den Sternen! Wenn jemand dauernd nach oben schaute, dann doch ich!

Mühsam setzte ich mich auf, stützte meine Ellenbogen auf meinen Knien ab und richtete meine brennenden Augen auf Horst, der sich fertig geputzt hatte und mich mit klugem Blick betrachtete.

»Ach Horst, was soll ich nur tun? Was bedeutet das alles?«

Horst machte ein paar unmotivierte Balzbewegungen, bevor sich seine Pupillen verengten und er seinen Kopf schräg legte – die Vorstufe zu einer seiner seltenen, aber deutlichen Wortmeldungen.

Schnarrend fanden seine Worte ihren Weg in meinen Kopf und rutschten von dort geradewegs in mein Herz – und ich wusste jetzt schon, dass sie es nie wieder verlassen würden.

»Du bist die Auserwählte Nummer 1.«

OHNE SINN UND VERSTAND

»Also, jetzt sag schon, Horst. Gibt es eine nicht-kausale Logik?«

Ich hatte mich so weit beruhigt, dass ich wieder sprechen konnte, ohne dass meine Stimme nervös kiekste, als würde ich einen Schluckauf zu unterdrücken versuchen – und das, obwohl Horst seinen Schock-Satz zwei weitere Male wiederholt und damit Hitzewallungen durch meinen gesamten Körper gejagt hatte. Horst war zwar – zumindest phasenweise – ein kluger Graupapagei, doch eigenständig Sätze erfinden konnte er nicht. Er weigerte sich jedoch auch, das nachzuplappern, was wir ihm beizubringen versuchten, weshalb wir es irgendwann aufgegeben hatten.

Horst entschied selbst, was es wert war, wiederholt zu werden, und dazu hatten bisher vorzugsweise mein Niesen, mein Naseputzen, das Geräusch des Lichtschalters vom Dachboden und die Kommentare aus dem ISS-Livestream gehört, die aus seinem Schnabel ähnlich monoton und undeutlich klangen wie auf dem

Computer. Allem, was ich ihm vorgebetet hatte, weil ich wollte, dass er es lernte – zum Beispiel meine geliebten altmodischen Ausrufe – hatte er sich augenblinkernd verweigert.

Sein »Du bist die Auserwählte Nummer 1« hingegen war eine glasklare Aussage gewesen – und sie konnte nur zweierlei bedeuten: Entweder hatte ich Rollo und Konsorten chronisch unterschätzt, und sie spielten mir mit allerlei technischen Raffinessen einen ganz üblen Scherz, in den nun auch mein Papagei involviert war, oder aber – oder aber diese Stimme war tatsächlich aus dem All gekommen und nicht nur ich, sondern auch Horst hatte sie wahrgenommen. Beides konnte ich nicht glauben. Nichtsdestotrotz regte sich in mir immer stärker das Bedürfnis, etwas herauszufinden, das mir helfen würde, an die Stimme aus dem All zu glauben.

Dass ich selbst diese Worte ausgesprochen hatte und nur glaubte, sie gehört zu haben, kam für mich nicht infrage, denn Horst hatte noch nie etwas von mir nachgeplappert. Es kam einem Wunder gleich, dass er überhaupt auf meine Wortmeldungen reagierte – seine Antwort vorhin war eine Sensation gewesen. Die beiden Wiederholungen des Satzes jedoch kamen völlig unvermittelt, und am liebsten hätte ich ihn gebeten, endlich seinen vorlauten Schnabel zu halten. Drei Mal zu hören, dass ich die Auserwählte Nummer 1 war (wofür nur?), reichte mir dicke.

Meine Frage nach der nicht-kausalen Logik interessierte ihn außerdem einen feuchten Kehricht. Er war gerade hingebungsvoll damit beschäftigt, abwechselnd seinen Schnabel zu wetzen und sein Spiegelbild anzubalzen – und wieder einmal tat es mir leid, ihn so alleine auf seiner Stange sitzen zu sehen. Papageien waren gesellige Tiere, sie brauchten einen Partner. Doch Horst hatte jedes Weibchen, das wir ihm testweise an die Seite gestellt hatten, so heftig attackiert, dass er sich schließlich mit seiner Einzelhaft arrangieren musste. Ganz ähnlich wie ich, dachte ich, und musste tief durchatmen, um das flaue Gefühl in meinem Bauch zu zerstreuen. Noch immer hatte es mir vollkommen den Appetit verschlagen. Doch ich war wieder in der Lage, zu denken und zu analysieren, und so versuchte ich erneut, das Dachzimmer-Mysterium mithilfe meines Verstandes zu enthüllen, auch wenn der dabei mehrfach gesprengt wurde.

Angenommen, es gab eine nicht-kausale Logik – ein Begriff, an den ich mich mehr und mehr zu gewöhnen begann –, dann galt es, den dahinterliegenden Code zu entschlüsseln. Codes wurden meistens entschlüsselt, indem man verschiedene Teile sinnvoll zusammenfügte. So war es jedenfalls in den wenigen Computerspielen gewesen, die ich bisher gespielt hatte. Deshalb hatte ich alle Informationen, die ich bisher »von oben« bekommen hatte, auf unterschiedlich farbigen Zetteln notiert und sie auf dem Boden ausgebreitet. Die Klang-Botschaften aus den Songs hatten die Farbe Lila bekommen; der Stein die Farbe Grün. Die nächtliche Botschaft und Horsts Wiederholung der Kernaussage hatte ich mit Silberstift auf ein größeres dunkelblaues Kärtchen geschrieben. Sie erschienen mir am bedeutungsvollsten. Leider war ich mir nicht sicher, ob ich alle Sätze der Botschaft richtig im Kopf behalten hatte, was mich furchtbar nervös machte, aber letztlich waren mir mehr Details eingefallen, als ich zunächst geglaubt hatte.

»Keine Angst, Menschenkind.«

»Es gibt keinen Tod.« (Ach ja?)

»Du bist nicht alleine.«

»Du bist die Auserwählte Nummer 1.«

»Ihr Menschen seid nicht alleine und nicht von uns getrennt.«

Meine Wangen hatten in Flammen gestanden, während ich die Botschaften hinter zweifach abgeschlossener Tür und in meiner eigens erfundenen Geheimschrift notiert hatte – eine Schrift, auf die Maks und ich uns für eventuelle lebensrettende Botschaften zwischen uns geeinigt hatten, die auf keinen Fall die dicken Jungs entziffern durften. Bislang hatten wir sie nicht verwendet, doch nun war ich froh, dass es sie gab. Wir hatten sie auf geometrischer Basis entwickelt; jeder Buchstabe bekam ein anderes Symbol oder war eine Kombination aus Symbolen. Das ließ meine Notizen äußerst geheimnisvoll aussehen – und hatte so gar keine beruhigende Wirkung auf mich, auch wenn meine Eltern sie nicht lesen konnten, falls sie sie in die Hände bekamen. Zum ersten Mal verbarg ich etwas vor ihnen – ausgenommen die vielen Gemeinheiten der dicken Jungs, von denen ich ihnen kaum etwas erzählte, weil ich nicht wollte, dass sie sich zu sehr um mich sorgten. Dennoch hatte ich das ungute Gefühl, die Botschaften nicht vollständig aufgeschrieben zu haben. Die dunkelblaue Karte wirkte zu leer, da fehlte etwas, aber ich konnte mich nicht daran erinnern. Der Rest war mir in all der Aufregung abhandengekommen.

Mit klammen Händen legte ich die bunten Zettel zu einem Kreis zusammen, die Silberschrift-Botschaft in seine Mitte – denn sie war der Anfang gewesen. Auf kleinere und schlichte weiße Zettel hatte ich mir außerdem verschiedene Daten notiert: Planetenkonstellationen dieser einen Nacht, die zwar nicht dramatisch gewesen waren, aber doch besonders. Außerdem waren derzeit fast alle Planeten des Sonnensystems gut am Himmel zu sehen; auch ein Grund, weshalb ich das winterliche Firmament liebte. Abends konnte man Mars und Venus beieinander sehen, morgens den untergehenden Mond direkt über Jupiter und Spica, eine wunderschöne Konstellation.

Doch egal, wie ich die Puzzleteile zu arrangieren versuchte – immer entstand eine Lücke, als ob ein Zettel fehlen würde. Ja, einer fehlte mir noch … eine entscheidende Information, ohne die ich den Code nicht knacken würde …

»Du bist die Auserwählte Nummer 1«, krähte Horst erneut und ich zuckte heftig zusammen. Dieser Satz ging mir immer noch durch Mark und Bein.

»Ist ja gut«, rief ich ihm besänftigend zu, worauf er mir den Schwanz zuwandte und graziös einen Flügel spreizte.

»Nummer 1«, wiederholte er etwas leiser, aber nicht minder penetrant.

»Nummer 1 …« Nachdenklich fuhr ich über meinen Schädel und den symmetrischen Wirbel meiner Haare, der jetzt sanft prickelte, als würden die darunter liegenden Nerven sich bemerkbar machen wollen. »Wenn ich die Nummer 1 bin, gibt es dann auch eine Auserwählte Nummer 2 …?«, überlegte ich laut. Doch, das ergab Sinn, denn sonst hätten »sie« die Erwähnung der Nummer ja auch weglassen können, oder? Nun wanderte das Prickeln bis hinunter zu meinen Schläfen, was meinen Oberkörper zum Erschauern brachte. Hatte ich ein Zeichen übersehen? War mir seit dieser Nacht noch etwas begegnet, was nicht ins übliche Bild passte und sich signifikant verändert hatte?

»Maks!«, rief ich in einer blitzartigen Eingebung und sprang auf meine Füße, doch mir wurde sofort so schwummrig, dass ich mich wieder setzen musste. »Natürlich, Maks …«

Maks war verändert, ja, beinahe mutiert – und diese

Veränderungen hatten am Morgen nach meiner Vision begonnen, vielleicht sogar schon in der Nacht. Ich hatte sie nur nicht in Zusammenhang mit meinen Erlebnissen gebracht! An diesem Tag hatte er sich zum ersten Mal freiwillig an einem Ballspiel beteiligt, war seltsam abwesend gewesen und hatte seine Militärzeitschrift völlig ignoriert. Seine Ausstrahlung war verändert gewesen, fast schon kriegerisch, und seine Haare hatten sich bereits von ihrem üblichen stumpfen Strubbellook unterschieden. Was anschließend mit ihm geschehen war, hatte ihn sogar beinahe krank werden lassen. Maks musste das fehlende Zeichen sein!

»Maks«, kritzelte ich auf einen feuerroten Zettel und fügte ihn in das Muster ein. Jetzt war es stimmig. Ein neuerlicher Schauer glitt über meine Wirbelsäule. »Ei der Daus …«, raunte ich ehrfürchtig, als ich das Mandala-artige Symbol betrachtete, doch meine Euphorie verflog rasch, sobald ich begriff, dass ich das Muster zwar vollendet, aber immer noch keinen blassen Schimmer hatte, was es mir sagen wollte. Außerdem war es willkürlich gewählt – es war das erste gewesen, das mir in den Sinn gekommen war. Ich hätte auch eine Pyramide oder ein Rechteck legen können. Hatte ich aber nicht. Und nun?

»Ich blick nicht durch …« Stöhnend legte ich meinen Rücken auf dem weichen Teppich ab und schaute mit aufgestellten Knien und unter dem Kopf verschränkten Armen hinauf an die schweren, dunklen Deckenbalken, die mir ähnlich undurchdringlich vorkamen wie das Durcheinander in meinem Kopf. »Das ergibt doch überhaupt keinen Sinn!«

Besaß Maks vielleicht Informationen, die er mir verschwiegen hatte, weil er damit genauso wenig anfangen konnte wie ich? Was war, wenn Maks ebenfalls rätselhafte Zeichen bekommen hatte und ähnlich verwirrt war wie ich? Er war ja ohnehin überfordert mit seinen körperlichen Veränderungen. Steckte womöglich doch eine Aktion der dicken Jungs dahinter, und wir konnten sie nur auffliegen lassen, wenn wir uns austauschten? Ob Rollo Maks vielleicht Steroide ins Essen gemischt hatte – viel mehr, als ein Vierzehnjähriger vertragen konnte? Und deshalb hatte er in einer Woche die Pubertät durchmachen müssen?

Doch egal, wie viele Gemeinheiten ich den dicken Jungs unterschieben wollte – diese Erklärung fühlte sich nicht richtig an, auch wenn sie noch die logischste von allen zu sein schien. Trotzdem konnten sie nicht bestimmen, welche Songs in einem Lieferwagen, im Laden von Peter und bei Samantha auf dem Fernseher liefen. Diese Macht hatten sie nicht. Diese Macht hatte kein Mensch auf diesem Planeten. Diese Macht hatte nur …

»Ich dreh mich im Kreis«, fasste ich meine wirbelnden Gedanken entmutigt zusammen, setzte mich auf und wischte mit beiden Händen das Muster durcheinander, bis die Zettel wie Herbstlaub durch die Luft flogen und chaotisch zurück auf den Teppich rieselten, ganz oben ausgerechnet die schwerste Notiz – das dunkelblaue Kärtchen mit der Silberschrift. »Das ist doch zum Mäusemelken!«

Paragraf 3. Es half alles nichts, ich musste Maks zu Paragraf 3 nötigen. Ich hatte niemand anderen, mit dem ich über solch abstruse Dinge sprechen konnte, und vor allem niemanden, der mir vertraglich versichert hatte, nicht darüber zu lachen oder mich gar deshalb aufzuziehen.

Maks war verpflichtet, mich anzuhören. Und wenn mein Bauchgefühl recht hatte, war er ein wichtiger Teil des Rätsels, ohne dass ich dies in irgendeiner Weise vernünftig begründen konnte.

Doch schon jetzt hatte ich Angst, ihn genau deshalb zu verlieren.

VERSCHOLLEN

»Joss? Komm schon rein, Liebes. Haben sie dir wieder einen Streich gespielt?« Frau Heinrich erhob sich von ihrem quietschenden Drehstuhl und trat mit ausgebreiteten Armen auf mich zu, als wolle sie mich an ihre Brust drücken. »Du musst anfangen, dich zu wehren, sonst wird das nie aufhören!«

Das sah ich anders. Solange ich nicht etwas größer und stärker geworden war, war es taktisch äußerst unklug, sich zu wehren, zumal ich überhaupt keine Lust auf Streitereien hatte. Mich trieben ganz andere Nöte an als das Bedürfnis, für Gerechtigkeit zu sorgen, und abgesehen von den üblichen Tuscheleien und Hänseleien war ich heute von gröberen Attacken verschont geblieben.

»Alles in Ordnung, mir ist kein Streich gespielt worden«, beschwichtigte ich Frau Heinrich lächelnd und ließ es zu, dass sie mich mit beiden Händen an den Schultern packte und auf den Besucherstuhl gegenüber ihres Tisches platzierte – ein Stuhl, auf dem man sonst nur saß, wenn man etwas ausgefressen hatte oder, wie Maks und ich das ein oder andere Mal, darauf wartete, von den Eltern abgeholt zu werden, weil man geradeso das Essen überlebt hatte. »Ich bin aus einem anderen Grund hier.«

»Herr Jost hat in der Pause gesagt, jemand habe dich mit einem Salamibrötchen beworfen ...«

»Ach, das ist doch halb so schlimm«, wehrte ich locker ab, obwohl der durchdringende Wurstgeruch noch immer in meiner fettfleckenübersäten Jacke hing. »Ein Brötchen tut ja nicht weh.«

»Ich meine das ernst, Joss.« Frau Heinrich bedachte mich mit einem forschenden Eulenblick. »Du solltest anfangen, Grenzen zu setzen und dir nicht mehr alles gefallen lassen. Wir können nicht überall sein.«

»Das erwarte ich ja auch gar nicht.« Und normalerweise war Maks bei mir. Genau deshalb hatte ich unsere Schulleiterin aufgesucht. Wenn mir in diesem Punkt jemand weiterhelfen konnte, dann sie. »Ich bin wegen Maks hier. Was ist mit ihm? Wieso ist er nicht in der Schule?«

»Oh ... Joss ...« Blitzschnell lösten sich ihre dunklen Augen von mir und glitten nervös über den Schreibtisch. »Da bin ich ... nun, ich bin nicht überfragt, aber ... Es tut mir leid, ich darf dir darüber nichts sagen.«

»Ist er krank? Frau Rilke meinte, er würde die nächsten Wochen den Unterricht nicht besuchen und wenn er schwer krank ist, muss ich das wissen!« Ich machte mir aufrichtig Sorgen um ihn, denn nun ahnte ich, dass er ein Teil meines Weltall-Mysteriums war, das mich inzwischen Tag und Nacht beschäftigte.

»Vielleicht rufst du einfach mal seine Mutter an? Ich darf keine Informationen über andere Schüler weitergeben, Joss. Tut mir leid.« Frau Heinrich schob ihre Brille ein Stückchen nach unten und blinkerte mich über die Gläser hinweg bedauernd an. Doch ihre Lider zuckten, als verschafften ihr meine Fragen kein gutes Gefühl.

»Das habe ich schon versucht. Es nimmt niemand ab, wenn ich die Nummer wähle, weder zu Hause noch in ihrer Praxis. Seit Tagen! Es geht einfach keiner dran und sein Handy ist tot! Wo steckt er denn? Können Sie mir nicht irgendetwas dazu sagen?« Meine Besorgnis verwandelte sich allmählich in Angst. Lag Maks in einer Klinik und seine Eltern wachten Tag und Nacht bei ihm, sodass ich zu Hause niemanden erreichen konnte, egal, wie oft ich es versuchte?

»Ich versichere dir, dass er sich nicht in Lebensgefahr befindet. Alles Weitere fällt unter die Schweigepflicht. Sorry, my dear.«

Wenn Frau Heinrich ins Englische wechselte, war alles gesagt. Kein Diskussionsspielraum mehr. Das kannte ich schon aus ihrem Unterricht. Sie klang fremdsprachig zwar weicher und liebevoller, doch dahinter stand eine meterdicke Betonmauer.

»Wird er denn wiederkommen? Können Sie mir wenigstens dazu etwas verraten?«

»Ich baue darauf und natürlich kann er jederzeit in seine Klasse zurück. Wir setzen große Hoffnungen in ihn, er ist unser bester Mathematikschüler und der Schachclub braucht ihn. Das haben wir seiner Mutter auch signalisiert. Sobald er sich …« Frau Heinrich räusperte sich abrupt, als habe sie zu viel gesagt, und nahm einen Schluck aus ihrer Teetasse. »Was mir dabei einfällt, Joss – ihr habt beide einen Platz bei unserer Belohnungsfahrt im Mai bekommen. Wir haben nichts anderes erwartet«, wechselte sie hüstelnd das Thema und schenkte mir ein künstliches Lächeln. »Besteht denn dieses Mal eine Chance, dass du mitkommst? Eine Woche Südengland, das wird ganz wunderbar! Wir besuchen sogar Stonehenge.«

»Ich glaube nicht, dass das eine gute Idee ist«, erwiderte ich reserviert, obwohl ich jedes Mal ferne Sehnsucht verspürte, wenn ich an Stonehenge dachte. »Trotzdem danke für das Angebot.« Die Schulleitung hatte vor einigen Jahren ein viel diskutiertes Belohnungssystem eingeführt, um die Schüler zu besseren Leistungen zu motivieren. Wer sich in den Unterricht einbrachte und zuverlässig seine Hausaufgaben erledigte, durfte an besonderen Klassenfahrten teilnehmen, ganz unabhängig von den Schulnoten. Es zählte der gute Wille. Doch auch wenn Rollo und die dicken Jungs nicht dabei sein würden – mein Organismus war zu kompliziert für derlei Unternehmungen. Zu viele Risiken, zu viele Fallstricke. Alleine das Essen würde zu einer Herausforderung werden und das nervte mich mehr als mir die Reise Freude bereiten konnte. Ich wollte den anderen außerdem nicht zur Last fallen. Zu Hause war ich sicher, also blieb ich besser in meinen eigenen vier Wänden und sah mir Stonehenge auf Google Earth an.

»Kann ich Maks nicht einmal eine Genesungskarte schreiben?«, startete ich einen letzten Versuch, obwohl ich innerlich schon aufgegeben hatte – zumindest, was Frau Heinrich als Informationsquelle betraf. »Weil ich nicht wissen darf, wo er ist?«

Frau Heinrich hob ihre massigen Schultern und ließ sie seufzend wieder fallen, wobei an ihrer Bluse beinahe ein Knopf aufsprang. »Wie gesagt, Joss – es tut mir leid. Ich darf dir nicht mehr sagen.«

»Na gut.« Nun seufzte auch ich, aus tiefstem Herzen. »Dann geh ich mal in die Mensa. Danke und tschüss.«

»Pass auf dich auf, Joss! Und denk noch mal über die Belohnungsfahrt nach, ja? Es wird sicher toll!«

Wenn sie toll im Sinne von verrückt meinte, mochte sie recht haben, dachte ich zynisch – und änderte nach der nächsten Treppe spontan meine Pläne. Ich würde nicht alleine in die Mensa gehen, wo nur ein einsamer Palmentisch auf mich warten würde, an dem ich ohne Maks schutzlos fliegenden Essensresten ausgeliefert sein würde. Ich würde kehrtmachen und ins Untergeschoss laufen, zu Herrn Mazieres Hausmeisterzimmer, und ehe ich mir überlegt hatte, wie ich ihn am geschicktesten über Maks ausfragen konnte, hatte ich bereits an seine Tür geklopft.

»Herein, wenn es kein Schneiderlein ist!«, rief es leutselig, und ich musste trotz meiner schlechten Stimmung schmunzeln. »Schätzchen! Bist du verletzt? Was ist passiert?«

»Mir geht's gut, keine Sorge. Ich will nur reden.«

»Reden.« Herrn Mazieres Mund spitzte sich erfreut. »Reden, das ist gut, komm rein, na komm schon, Joss, es zieht ja wie Hechtsuppe, schließ die Tür!«

Obwohl es mir merkwürdig vorkam, zum Reden zu unserem Hausmeister zu gehen, war dies gar nicht so verkehrt. Seit Montag durfte ich das ganz offiziell tun, denn Herr Maziere hatte seine Weiterbildung als Mediator und Streitschlichter abgeschlossen und war damit endgültig die gute Seele unserer Schule geworden.

»Mit wem gab es denn Ärger, Schätzchen?« Einladend wies er auf den neuen blauen Sessel neben dem Zimmerbrunnen, der heute nicht nur plätscherte, sondern auch zartlila illuminiert wurde, und ich setzte mich erschöpft. »Wo drückt der Schuh?«

»Mich hat niemand geärgert. Also, nicht so schlimm, dass ich darüber sprechen muss.« Es war überall das Gleiche, stellte ich ernüchtert fest. Sobald ich einen Lehrer oder unseren Hausmeister aufsuchte, glaubten sie, ich sei wieder ein Opfer meiner Mitschüler geworden. Frau Heinrich hatte schon recht, das musste aufhören. »Ich bin wegen Maks hier.« In dem Moment, in dem ich seinen Namen ausgesprochen hatte, hatte auch Herrn Mazieres Gesichtsausdruck sich verändert – ganz wie bei Frau Heinrich. Also wusste er etwas, und dieses »Etwas« konnte nicht normal sein. »Bitte sagen Sie mir, was mit ihm ist. Ich mache mir solche Sorgen um ihn!«

»Ooooh … hmmm …« Summend hielt Herr Maziere inne und schloss die Augen, als würde er in sich hineinlauschen wollen. »Das darf ich eigentlich nicht, Joss.«

»Und uneigentlich?«, fragte ich vorsichtig.

Herr Maziere hob seine Lider wieder. »Uneigentlich ist es seit Montag meine Pflicht, dazu beizutragen, dass die Psychohygiene und das Wohlbefinden unserer Schüler gewährleistet werden.«

»Für meine Psychohygiene wäre es wirklich sehr wichtig, wenn ich wüsste, wo Maks ist und was für eine Krankheit er hat.« Bittend blickte ich Herrn Maziere in seine haselnussbraunen Eichhörnchen-Augen. Ein leichtes Lächeln zuckte in seinen Mundwinkeln, dann wurde er wieder ernst.

»Wo er ist, kann und möchte ich dir nicht sagen – und zwar zu seinem eigenen Schutz. Wir haben uns alle verpflichtet, darüber zu schweigen, und das möchte ich respektieren. Wenn diese Information in falsche

Hände kommt … du weißt, wen ich damit meine …« Herr Maziere machte eine unbestimmte Handbewegung, doch ich hatte verstanden. Er meinte Rollo und seine Jünger. »Aber ich will dich nicht auf dem Trockenen sitzen lassen, Joss. Denn es ist keine Lappalie.«

»Wird er sterben?« Meine Stimme zitterte so sehr, dass ich verlegen die Wimpern senkte.

»Nein! Um Himmels willen, Schätzchen, nein … Nicht weinen. Bitte nicht weinen, Joss. Wenn aus diesen Sternenaugen Tränen kommen, habe ich einen See in meinem Zimmer.« Wider Willen musste ich lachen. »Hier, ein Taschentuch.« Dankbar nahm ich es und betupfte damit meine Lider. Ich war tatsächlich kurz davor gewesen, in Tränen auszubrechen.

»Ich verrate niemandem etwas, versprochen«, beteuerte ich hoffnungsvoll.

»Das weiß ich. Also …« Herr Maziere wandte seinen Blick dem lächelnden Buddha an der Wand zu. »Du bist sicherlich darüber informiert, dass Maks es zu Hause nicht einfach hat, so ganz ohne Vater und männliche Orientierung …«

»Sind seine Eltern etwa geschieden?« Das waren völlig neue Informationen für mich – davon hatte er nie erzählt. »Oder ist sein Vater gestorben?«

»Weder noch, Joss. Hast du wirklich nie davon gehört? Seine Mutter hat in mehreren Interviews davon erzählt, sogar im Fernsehen. Das ist kein Geheimnis!«

»Nein, habe ich nicht«, antwortete ich. Von Klatsch

und Tratsch erfuhr ich stets als Letzte. »Was ist mit seinem Vater?«

»Nun – er hat keinen Vater.« Herr Maziere spitzte erneut den Mund und blinzelte betreten an mir vorbei. »Gewissermaßen.«

»Jedes Kind hat einen Vater.«

»Biologisch schon. Doch Maks wird seinen wahrscheinlich nie kennenlernen. Denn er ist das Ergebnis einer anonymen Samenspende.«

»Oh«, machte ich und spürte, wie die Röte meine Wangen hinauf wanderte. Dass mein Gespräch mit Herrn Maziere das Wort Samenspende beinhalten würde, hatte ich nicht erwartet – und dieses intime Detail forderte mich für einen Augenblick mehr als meine Angst um Maks.

»Wie gesagt, es ist kein Geheimnis«, wiederholte Herr Maziere, als er meine Verlegenheit bemerkte. »Seine Mutter propagiert diese Form der Befruchtung öffentlich, weil sie Frauen ihrer Meinung nach eine unabhängige, moderne Mutterschaft ermögliche, frei von den Zwängen des bürgerlichen Ehelebens.« Herrn Mazieres Unterton verriet deutlich, was er davon hielt, obwohl er selbst eine moderne Partnerschaft pflegte und erst kürzlich seinen Lebensgefährten in der Hausmeisterwohnung aufgenommen hatte – ein behäbiger, gemütlich wirkender Schreinermeister, der ihm ab und zu bei seinen Reparaturarbeiten im Schulhaus zur Hand ging (wofür wir ihm alle sehr dankbar waren).

»Aber was hat das mit Maks' Fehlen zu tun?«, fragte ich weiter, nachdem mein Gesicht sich wieder abgekühlt hatte.

»Tja, Joss. Wenn ein Junge in diesem Alter so rasch in die Pubertät kommt und keine Vaterfigur zur Orientierung hat, kann das schwierig werden. Möglicherweise war das der – Auslöser«, schloss Herr Maziere unbestimmt und hypnotisierte weiter den Buddha an der Wand, wobei er mich schwach an Scrat aus Ice Age erinnerte.

»Auslöser wofür?«, bohrte ich unbeirrt weiter. Auch ich hatte Scrat-Qualitäten – und die begehrte Nuss war bereits in Sichtweite.

»Also … Es gab da einen – Vorfall.« Herr Maziere atmete so stark aus, dass die Wedel seiner kleinen Palme auf dem Tisch sich sanft bewegten. »Mit Maks. In seinem Zimmer … oder Haus … es ist wohl dabei etwas in Brand geraten, die Feuerwehr war vor Ort und … jetzt erholt er sich.«

»Er ist ausgetickt«, fasste ich trocken zusammen, denn anders konnte ich Herrn Mazieres Gestammel nicht deuten. Würde ich mit seiner Mutter zusammenleben, wäre ich längst ausgetickt, auch wenn ich nicht wusste, wie sich so etwas anfühlte. Ich wusste nur, dass Maks seit seiner Mutation zum Austicken in der Lage war.

»Ich kann es nicht genau sagen, Joss. Es kursieren jede Menge Gerüchte, und ich hab keine Ahnung, welchem davon ich glauben soll. Auf jeden Fall ist niemand schwer verletzt worden, und Maks kann sich nun in Ruhe mit den Geschehnissen auseinandersetzen, während das Haus repariert wird. Diese Zeit sollten wir ihm geben, meinst du nicht, Schätzchen?«

»Doch«, murmelte ich nachdenklich. Maks war also gar nicht krank? Sondern befand sich an einem Ort, wo er sich – ausruhen konnte? War seine Mutter mit ihm in Urlaub gefahren, vielleicht an die See, damit beide ein wenig Abstand gewinnen konnten? Sie musste bei ihm sein, sonst wäre sie ans Telefon gegangen. Jetzt verstand ich, warum Frau Heinrich mir nichts über diese Sache sagen durfte und ich keine Chance hatte, Kontakt mit ihm aufzunehmen. Seine Mutter schottete Maks vor uns ab. Wahrscheinlich wusste nicht einmal die Schulleitung genau, wo er steckte – sondern nur, dass er für einige Zeit nicht wiederkommen würde. Oh Maks … Was hast du nur angestellt?

»Er fehlt mir«, flüsterte ich, und nun kullerte doch eine Träne über meine Wange und tropfte glitzernd auf meinen grauen Wollschal. »Ich brauche ihn doch.«

»Ach, Schätzchen. Ihr passt aufeinander auf, oder?«

Stumm nickte ich, und drückte das Taschentuch gegen meine Augen, die sich anfühlten wie Stauseen kurz vorm Überlaufen. Es war so viel mehr als Maks' Schutz, was mir fehlte. Ich musste endlich mit ihm sprechen, ich musste gemeinsam mit ihm herausfinden, was mit uns passierte. Wie sollte mir das nur alleine gelingen? Und was würde er währenddessen durchmachen müssen, so weit weg von mir?

»Du kannst immer zu mir kommen, Joss. Das weißt du, oder?«

»Ja«, erwiderte ich tonlos und schluckte den Rest meiner Tränen herunter. Sie brachten mich nicht weiter. Maks war fort, das musste ich akzeptieren, und immerhin war er nicht schwer krank. Ich würde mich darauf einstellen müssen, die nächsten Wochen ohne ihn zurechtzukommen, und irgendwie würde ich es überleben. »Danke. Wird schon gehen.«

»Ich halte dich auf dem Laufenden. – Und nun ab nach oben, Schätzchen, bevor es nichts mehr zu essen gibt. Du brauchst Kraft!«

Die brauchte ich allerdings – und so kam ich Herrn Mazieres Aufforderung nach und lief grübelnd zur Mensa, wo mein allergiegerechter Spezialteller wahrscheinlich schon abgekühlt war.

Das Mysterium konnte nicht warten, bis Maks sich erholt und seine Mutter entschieden hatte, dass er zurück in die Schule gehen konnte. Das spürte ich tief in meinem Inneren. So schwierig es auch werden würde – ich musste versuchen, das Rätsel alleine zu entschlüsseln. Und wenn Maks sich erholt hatte, konnte ich ihm vielleicht schon sagen, was in Wahrheit mit ihm geschehen war.

Denn Maks war nicht verrückt. Er war nur anders.

Genau wie ich.

DIE VERKEHRTE ECKE

Oh nein. Ausgerechnet Olli, dachte ich entmutigt und verschanzte mich erneut hinter der offenen Tür meines Schließfachs, in das ich gerade so meine Tasche, meine Jacke, Schal und Mütze hatte quetschen können. Olli war letztes Jahr noch der wildeste Schüler der gesamten Schule gewesen, und ich hatte mich so manches Mal vor ihm versteckt, weil ich mir nicht sicher war, ob er es auf mich abgesehen hatte oder nicht. Er war berüchtigt dafür gewesen, montagmorgens mit Alkoholfahne im Unterricht zu sitzen, sich ab und zu im Oberstufenraum einen Joint zu drehen, Fünftklässler wie Bälle anderen Schülern zuzuwerfen und war selbst im kältesten Winter mit knielangen Armeehosen zur Schule gekommen. Vor allem aber hatte man ihn nie überhören können.

Seit seinem Abitur, das er wie durch ein Wunder bestanden hatte, machte er ein freiwilliges soziales Jahr bei der Gemeindeverwaltung und saß hin und wieder in den Abendstunden am Ausleihschalter der

Stadtbibliothek. Ob ich ihn falsch eingeschätzt hatte? Vielleicht feierte, trank und rauchte er gerne, war aber ansonsten ein friedlicher Zeitgenosse, der mich behandeln würde wie jeden anderen Besucher, sprach ich mir Mut zu und schob die Tür meines Fachs zu, um ihn lauernd ins Visier zu nehmen. Denn heute ging es um mehr als um eine stinknormale Buchausleihe.

Eigentlich sah er sogar harmlos aus, wie er in seinem grauen Pullover, seine langen Haare ordentlich zu einem Zopf gebunden, am Computer hockte und gelangweilt daran herumklickte. Also holte ich tief Luft, steckte den Schlüssel in meine Hosentasche und wankte auf ihn zu. Die Bücher waren so schwer, dass ich lief wie eine Betrunkene.

»Ah. Hi, Joss«, begrüßte er mich gähnend und klaubte mir hilfsbereit den Bücherstapel aus den Armen.

»Hi«, erwiderte ich piepsig.

»Na, schon wieder durch mit deinem Lesestoff?« In aller Seelenruhe begann er damit, den Strichcode der Bücher einzuscannen und am PC zu überprüfen, ob ich sie pünktlich abgegeben hatte.

»Ja, war nichts Neues dabei«, antwortete ich und holte noch einmal Luft. Jetzt wurde es ernst. »Genau deshalb bin ich hier.«

»Hmhm …«, brummelte Olli und schien mir nur mit halbem Ohr zuzuhören.

»Gibt es denn noch – andere Bücher über das Weltall und die Planeten?«

Blinzelnd sah er zu mir auf. »Andere Bücher?«

»Ja, eben nicht – so was.« Herrgott, wie sollte ich nur formulieren, was ich selbst nicht genau wusste?

»Romane? SciFi und so? Da musst du ins Obergeschoss.« Mit dem Daumen wies er hinter sich in Richtung Treppe. »Wir haben sogar 'nen eigenen Perry-Rhodan-Raum. Musste dir angucken. Echt krass, was der alles geschrieben hat.«

»Nein, das meine ich nicht«, entgegnete ich beharrlich. »Es sollen schon Sachbücher sein. Aber eben – andere. Nicht nur mit Daten und Berechnungen und Tabellen.« Ollis Gesicht wurde immer verständnisloser. »In denen mehr drinsteht. Über Planeten und Sterne.«

»Meeeehr?«, fragte er gedehnt, und ich verspürte den drängenden Impuls, mich umzudrehen und wegzulaufen. »Was meinst du damit?«

»Na, über uns Menschen und die Sterne. Was wir mit ihnen zu tun haben.«

»Ach, du meinst Astrologie? Echt jetzt?«

»Weiß nicht.« Von Sekunde zu Sekunde kam ich mir dämlicher vor, aber auch das durfte nichts an meinem Plan ändern. Seit dem Nachmittag mit den vielen Hinweisen hatte ich keine neuen Zeichen mehr bekommen. Deshalb musste ich Zeichen suchen – und ich würde beim Lesen von Büchern damit anfangen, denn wegen des nervigen Hochnebels, der nicht weichen wollte, war mein Blick in den Nachthimmel seit

Tagen versperrt. Google hatte mir auch nicht weitergeholfen, weil ich schlichtweg nicht wusste, was ich in die Suchmaschine eingeben sollte. Ich hatte es mit »Auserwählte« und »Botschaft aus dem All« versucht, und daraufhin war mir so viel Mist begegnet, dass ich ernüchtert aufgegeben hatte. »Vielleicht.«

»Oder eher Ufos? Ufo-Entführungen? Däniken und so? – Ach, komm einfach mal mit.« Schwer stöhnend erhob Olli sich, trat durch die kleine Schranke und schlurfte mir voraus in den weitläufigen Sachbuchbereich hinein, vorbei an Geschichte, Naturwissenschaften, den Kochbüchern und dem Handarbeitsbereich, bis er plötzlich links abbog und mich ein kleines Treppchen hinunter in einen Raum führte, in dem ich noch nie gewesen war. Er wirkte verborgen und vernachlässigt, fast, als schäme sich die Bibliotheksleitung ein wenig für ihn, sodass sie froh war, wenn so wenig Menschen wie möglich dorthin fanden. Trotzdem reichten auch seine Regale bis zur Decke und waren prall mit Büchern gefüllt, von denen auffällig viele lilafarbene Rücken hatten.

»Hier ist der Astrologie-Kram. Da drüben …«, Olli zeigte auf die Stirnseite des fensterlosen Raums, »Esoterik und bisschen Mythologie. Und dort, wo du gerade stehst, toben sich die Ufo-Spinner aus.«

»Okay, danke.« Geduckt rückte ich von dem Regal hinter mir weg, als wolle ich mich von ihm distanzieren.

»Kommste klar? Ich muss wieder nach vorne.«

Olli wartete meine Antwort nicht ab, sondern zog sich mit schweren Schritten zurück, und mit ihm verschwand auch der ihn umgebende Geruch nach kaltem Rauch und vergilbtem Papier, der in dieser Abteilung deutlich schwächer ausfiel als in den übrigen. Offenbar wurden die Bücher hier seltener ausgeliehen – falls sich überhaupt jemand in diese Ecke verirrte. Einige von ihnen wirkten fast jungfräulich, als habe sie noch nie jemand aus dem Regal gezogen und gelesen.

Und jetzt? Mit welcher Strategie ging ich vor? Ich wusste weder genau, wonach ich suchen musste, noch wo ich anfangen sollte – klar war mir nur, dass ich mit den bisher gelesenen Büchern, die allesamt auf Beweisen und Berechnungen beruhten, nicht weiterkommen würde. Am besten würde ich in allen Bereichen stöbern und mit Astrologie beginnen, auch wenn ich mich nie zuvor damit befasst hatte.

Nur zwei Buchstaben machten den Unterschied zwischen Wissenschaft und Fantasterei, stellte ich belustigt fest und ließ meine Augen suchend über die bunten Buchrücken gleiten, als es im Raum nebenan plötzlich einen Rums gab und etwas Schweres gegen die Wand krachte. Eine Erschütterung lief durch das gesamte Regal, wobei ein dünnes Buch sein Gleichgewicht verlor und mir entgegenrutschte. Sicher fing ich es auf und hörte noch, wie eine Frau im Nebenraum lautstark vor sich hinfluchte. Ich wollte das Büchlein gerade wieder zurückstellen, als mir sein Cover ins Auge fiel.

Ein junger antiker Gott war darauf abgebildet – muskelbepackt, aber schlank, mit einem wilden Ausdruck im Gesicht und Haaren, die sich schwungvoll nach oben wellten. Zu seinen Füßen hockte ein wölfisch aussehender Hund, den der Mann nicht weiter beachtete. Seine Augen waren glühend in die Ferne gerichtet, als würde er etwas sehen, was ihn magisch anziehen würde und wo seine geballte Kraft, vielleicht sogar sein Zorn, gefragt war …

»Mars, der Kriegerplanet. Mythologie, spirituelle Bedeutung, Astrologie. Eine Annäherung«, lautete der Titel des Buches.

Eine Annäherung … Mit spitzen Fingern schlug ich das Buch an einer beliebigen Stelle auf – und mein Verstand stürzte sich begierig auf die eng gedruckten Zeilen, während meine Beine sich auf einmal wie Butter anfühlten und ich mich an Ort und Stelle auf den Boden setzen musste, weil ich nicht mehr stabil stehen konnte.

»Mars-Entsprechungen: Streitsucht, Krieg, Kampfgeist. Soldaten, Pioniere, Söldner

Mars-Farbe: Rot (bis hin zu Blutrot/Dunkelrot), Orange

Krankheiten: Allergien, Fieber, Kopfverletzungen

Element: Feuer

Im Indischen wird Mars ›Der Rotfarbige‹ genannt. Aus

den Tränen Shivas manifestierte sich außerdem der Legende zufolge ein Kind, das ein rötliches Aussehen und vier Arme hatte und dem Mars zugeordnet wurde.«

»Maks«, flüsterte ich erschauernd und ließ das Buch auf den fleckigen Teppich fallen, während meine Schläfen zu pulsieren begannen und mir so warm wurde, dass ich am liebsten meinen Pullover ausgezogen hätte. »Maks, das erinnert mich an dich …«

Ich brauchte mehr von solchen Büchern. Am besten alle, die ich kriegen und nach Hause tragen konnte! Keuchend richtete ich mich wieder auf, was ein seltsames Gefühl war, weil ich meine Füße nicht mehr spürte. Aber sie trugen mich noch, und so schaffte ich es, sämtliche Bücher aus den Regalen zu ziehen und auf den kleinen Holzhocker in der Ecke zu stapeln, die irgendwie mit dem Mars und uns Menschen zu tun hatten – und das nicht nur aus der Astrologie-Ecke, sondern auch aus den Esoterik- und Mythologie-Bereichen, wo ich sogar ein paar wenige Bücher zu den Plejaden fand, die so seltsame Titel hatten, dass ich beinahe lachen musste. Doch es blieb mir im Halse stecken. Stattdessen kämpfte ich mit einer eisigen Dauergänsehaut, die im krassen Kontrast zu dem brennenden Hitzegefühl in meiner Brust stand. Mir war, als weise mich mein Körper darauf hin, hier die richtigen Bücher für mein Mysterium zu finden und sie auf keinen Fall ignorieren zu dürfen, so fremd und eigenartig sie mir auch vorkamen.

Als die Durchsage ertönte, dass die Bibliothek in fünfzehn Minuten schließe und die Besucher sich an der Ausleihe einfinden mögen, hatte ich so viele Bücher aus den Regalen gezogen, dass ich sie kaum tragen konnte. Zum Glück waren die meisten dünne Taschenbücher, von denen ich einige zwischen Arme und Rumpf klemmen konnte. Ein allerletztes, das nicht auf dem Stapel liegen bleiben wollte, schob ich kurzerhand zwischen meine Zähne. Ich würde Olli um eine Leihtasche bitten müssen, denn meine eigene Tasche würde allenfalls die Hälfte der Bücher fassen können.

In winzigen Trippelschritten kämpfte ich mich aus der Grenzwissenschafts-Abteilung zum Sachbuchgeschoss hinauf, was nicht nur für meine Kraft eine Herausforderung war, sondern auch für meine Orientierung, denn die Bücher versperrten mir die Sicht auf den Gang – und wenige Meter vor der Ausleihe wurde mir mein Blindflug zum Verhängnis.

Jemand stieß so heftig gegen mich und meinen Bücherstapel, dass mein gesamtes Konstrukt ins Wanken geriet und schließlich in sich zusammenstürzte. Die Wucht des Aufpralls riss auch mich aus dem Gleichgewicht, doch ich nutzte sie, um mich gleich mitsamt den Büchern zu Boden fallen zu lassen. Ich musste sie ja ohnehin wieder aufsammeln.

»Verzeihung, kleines Mädchen«, ertönte eine rasselnde, eigenartig kühle Stimme, und der Mann, der mich gerempelt hatte, kniete sich zu mir, um mit seinen langen, weißen Händen nach meinen Büchern zu greifen. »Hast mich nicht gesehen, was?« Sein kurzes Lachen klang mechanisch, ohne einen einzigen Hauch von Humor oder Wärme. »Ich helfe dir, Mädchen.«

»Danke, geht schon«, erwiderte ich gedämpft. »Sie müssen mir nicht helfen.« Ich wollte nicht, dass er mir half, denn er fing an, die Titel der Bücher zu lesen, und ich konnte nicht leugnen, dass ich mir da eine ziemlich abstruse Mischung zusammengestellt hatte. Trotzdem ging ihn das nichts an!

»Kann ich bitte …?«, fragte ich höflich, als er sich eine Abhandlung über die Botschaften der Plejaden aus dem Haufen gegriffen hatte und mit einer steifen Bewegung an seine Augen führte, denen die Wimpern und Brauen fehlten und die auffallend dunkel und leer wirkten. Irgendetwas an diesem Mann löste eine abgrundtiefe Angst in mir aus. Obwohl er vermutlich schwer krank und deshalb so blass und haarlos war, empfand ich keinerlei Mitleid mit ihm. Normalerweise fürchtete ich mich nicht vor kranken Menschen. Doch er war schon so leblos … so kalt …

»Bitte geben Sie es mir.«

»So was willst du lesen, ja?« Wieder lachte er auf, blechern und kalt, während seine langen, dünnen Finger sich besitzergreifend um das Buch krallten. »Du solltest dir andere Bücher ausleihen, Mädchen. Dieser Schund macht dich doch nur durcheinander im Kopf. Du solltest ihn ganz schnell wieder vergessen … vergessen, ja? Magst du nicht lieber Pferdebücher oder Abenteuergeschichten lesen? Ich zeige sie dir, da hinten sind sie … wir haben noch genug Zeit, sie anzuschauen, komm mit … komm mit mir, kleines Mädchen …«

Meine Stirn fühlte sich plötzlich fiebrig an, und obwohl ich nicht müde war, sondern vor Angst zitterte, musste ich so stark gähnen, dass mein Kiefer knackte.

»Ich … will … dieses Buch … haben …«, krächzte ich mit letzter Kraft und streckte meine Arme nach ihm aus. »Bitte …«

»Joss? Hey! Alles okay, Joss?« Wie durch eine höhere Macht wurde mein schlaff herabhängender Kopf nach oben gerissen und im gleichen Moment öffneten sich meine Augen. Blinzelnd erkannte ich Olli, der sich mit gehetztem, aber sorgenvollem Blick zu mir hinunterbeugte. Der fremde Mann war fort. Ich saß alleine auf dem Gang, inmitten meiner Bücher. »Oje … du hast ja alles fallen lassen! Ich helf dir, aber wir müssen uns beeilen. – Joss? Du willst sie doch ausleihen, oder?«

»Ja«, erwiderte ich matt und starrte auf das Plejadenbuch. Es war noch da! Es lag sogar direkt vor mir. Meine Stirn fühlte sich wieder normal an, auch zitterte ich nicht mehr. Doch ich war vollkommen verwirrt. »Wo ist der Mann?«

»Welcher Mann?«, fragte Olli verwundert und drückte mir drei weitere Bücher in die Hände – dünne und leichte; er selbst nahm die schweren, ohne auf ihre Titel zu achten.

»Na der, der mich gerempelt hat und wegen dem mir die Bücher aus den Armen gefallen sind! Ein Mann in schwarzem Anzug und Hut, groß, mit weißer Haut und einer schnarrenden Stimme!«

»Du, ich hab keinen Mann gesehen. Wahrscheinlich hat er sich verdrückt. Komm schon, Joss, ich muss zurück nach vorne, wir schließen gleich … es ist zwei vor sieben!«

Zwei vor sieben? Benommen schob ich meinen Pulliärmel hoch. Tatsächlich, auch meine Uhr zeigte 18:58 Uhr. Aber ich hatte doch gerade eben erst die Durchsage gehört, dass die Bücherei in fünfzehn Minuten schließe! Hatte ich so lange auf dem Boden gesessen? Was war eben eigentlich genau geschehen – war ich ohnmächtig geworden, im Sitzen?

»Joss …? Kannst du gehen?«

»Ja. Alles in Ordnung.«

Während ich Olli zur Ausleihe folgte, das Plejadenbuch fest und sicher in meiner linken Hand, begann die Erinnerung an den Mann in Schwarz bereits zu verblassen, bis sie sich nur noch anfühlte wie ein ferner, diffuser Traum, den ich vor Jahren einmal gehabt hatte und an den ich mich nie genau hatte entsinnen können – ja, von dem ich nicht einmal mit Sicherheit sagen konnte, ob ich ihn wirklich erlebt oder mir nur eingebildet hatte.

In dieser Nacht hatte ich zum ersten Mal in meinem Leben Angst vorm Einschlafen.

FEUER MIT FEUER LÖSCHEN

»Ehrlich? Er ist zurück?« Vor lauter Aufregung verschluckte ich mich an meiner eigenen Spucke und musste husten, um zu Luft zu kommen, während Herr Maziere mir sanft auf den Rücken klopfte.

»Ja, und er wird in den nächsten Tagen wieder die Schule besuchen. Dann kannst du ihn sehen und ihr könnt …«

»Das ist zu spät«, entschied ich heiser. »Ich muss ihn heute sehen.«

»Tu, was du nicht lassen kannst, Joss«, erwiderte Herr Maziere mit einem amüsierten Lächeln auf seinem pausbackigen Gesicht. »Aber denk dran, seine Mutter bewacht ihn wie eine Löwenmutter ihr Junges.«

»Das weiß ich doch.« Ich räusperte mich und atmete glücklich durch. »Ich muss zu meiner AG. Vielen Dank, Herr Maziere! Danke, danke, danke!«

Hätte ich zu den Menschen gehört, die andere Menschen umarmten, wäre ich ihm aus lauter Erleichterung um den Hals gefallen, doch so nickte ich ihm nur beschwingt zu und hopste aus seinem Zimmer, wobei ich ein Regal streifte und gegen den Türrahmen prallte, weil meine Augen die Entfernungen von mir zum Rest der Welt wieder mal nicht zuverlässig einschätzen konnten. Doch der fiese Schmerz in Schienbein und Schulter war mir egal. Maks war wieder zurück, endlich gab es einen Silberstreif am Horizont!

Der Gedanke an seine Mutter konnte mich auch nicht mehr schrecken. Ich hatte alleine vier lange Wochen Schule überlebt – wie, konnte ich gar nicht richtig sagen. Ich wusste nur, dass ich eines Tages damit aufgehört hatte, permanent auf den Boden zu starren, wie ich es mir angewöhnt hatte, um ja keine Aufmerksamkeit zu erregen oder Blicke auf mich zu ziehen. Denn diese Strategie hatte ohne Maks in meiner Nähe keinen Zweck. Ich konnte mich so klein machen, wie ich wollte, irgendwer fing immer an, über mich zu tuscheln, mich zu beleidigen oder Witze über mein Aussehen zu reißen, obwohl das nun langsam wirklich alte Kamellen waren. Eines Mittags war ich dieses ewige Spiel so leid geworden, dass ich abrupt meinen Kopf gehoben und Kim mitten ins Gesicht gesehen hatte. Ich sagte nichts, zwinkerte nicht, ich schaute jedoch auch nicht wütend oder gar drohend. Ich blickte sie einfach nur an – und sie verstummte mitten im Satz, als habe sie vergessen, was sie eigentlich sagen wollte.

Anfangs glaubte ich noch an einen Überraschungseffekt, weil man ein solches Verhalten nicht von mir gewohnt war. Doch selbst nach drei Wochen hatte es noch seine Wirkung gezeigt – zuletzt heute Mittag, als die dicken Jungs wieder Egghead- und E.T.-Witze zum Besten gaben und ich es zum ersten Mal wagte, auch sie anzuschauen und ihnen damit zu zeigen, dass ich sie hörte und keine Angst hatte, es sie wissen zu lassen. Mein Herz hatte so heftig gepocht, dass ich das Gefühl hatte, mein Gesicht würde vibrieren, aber sie waren leiser geworden und taten sich plötzlich schwer damit, über ihre eigenen blöden Scherze zu lachen.

Alleine mit meinen Blicken hatte ich mich über die vier Wochen ohne Maks gerettet, trotz ständiger Anspannung im Nacken. Also würde es mir auch gelingen, Maks' Mutter ins Gesicht zu sehen und ihr zu sagen, dass ich ihren Sohn sehen wolle – und zu hoffen, dass sie uns alleine ließ.

In der Schule würden Maks und ich ohnehin keine Möglichkeit haben, über all das miteinander zu sprechen, was ich inzwischen herausgefunden hatte.

Es war verrückt, bahnbrechend und stellte mein gesamtes Weltbild auf den Kopf, der vor lauter Informationen, Ahnungen und Eingebungen sowieso zu platzen drohte. Derartige Theorien waren für Schulen nicht geeignet. Wir durften auf keinen Fall das Risiko eingehen, belauscht zu werden – sonst würden wir hier ab sofort die Hölle auf Erden erleben. Außerdem brauchte ich für meine Offenbarung die passende Planetenkonstellation – und die gab es momentan nur abends, und glücklicherweise war heute der Himmel frei. Die Wettervorhersage sprach von einer klaren Nacht. Beste Voraussetzung für Paragraf 3.

Doch nach dem ersten Freudentaumel begann sich eine fiese, zerrende Nervosität in mir breitzumachen, die sogar meine geliebte Astro-AG vermieste und mir sämtlichen Appetit stahl, sodass ich zu Hause den Spezial-Joss-Kuchen (ohne Nüsse, Gluten, Vanille) verschmähte, den Mama mir gestern Abend noch gebacken hatte. Schon beim Gedanken an Essen wurde mir flau im Magen; nur übertroffen von der Vorstellung, wie ich es anstellen würde, Maks die Wahrheit zu sagen.

Seine Adresse war kein Geheimnis; sie stand ganz oben auf unserem Vertrag, der Form und Vollständigkeit halber. Gleichzeitig hatten wir uns jedoch in Paragraf 9 versichert, uns nur bei triftigen Gründen, akuter Bedrohung und Notfällen anzurufen oder zu Hause aufzusuchen. Uns beiden war wichtig gewesen, einander genügend Raum und Ruhe zu gewähren. Da wir uns zum Zeitpunkt des Unterzeichnens kaum gekannt hatten, war Paragraf 9 kein Problem für mich gewesen.

Ihn nun zusammen mit Paragraf 3 anzuwenden, kam für mich einer Revolution gleich. Beide waren Interaktions-Paragrafen und noch nie hatten wir einen Interaktions-Paragrafen genutzt. Eigentlich mochten Maks und ich keine menschliche Interaktion. Doch ich hatte genügend Argumente in der Hand, eine Ausnahme zu machen. Wozu außerdem derlei Paragrafen, wenn man sie nie nutzte? Sicherheitshalber holte ich meine Vertrags-Abschrift aus meiner Nachttischschublade, wo sie seit der Unterzeichnung lag, und las sie mir noch einmal genau durch, bevor ich sie in eine Mappe legte und diese in meine Tasche steckte, in der ich bereits mein Reise-Teleskop verstaut hatte. Eventuell würde ich beides brauchen.

Was meine Nervosität jedoch am meisten antrieb, war die Tatsache, dass ich nicht wusste, wie Maks sich inzwischen verändert hatte und was sie »dort« mit ihm gemacht hatten. Ich hatte nicht mehr Informationen als nach meinem ersten Gespräch mit Herrn Maziere. Gerüchte machten nach wie vor einen großen Bogen um mich und auch Mama und Papa hatten »den Vorfall« nicht erwähnt. Sie hatten mir lediglich zu verstehen gegeben, dass sie von Maks' »Auszeit«, wie sie es diskret nannten, wussten. Wen würde ich heute Abend antreffen – den Jungen, mit dem ich, wenn auch größtenteils schweigend, meine Mittagspausen verbracht und den ich mehrmals vorm Ersticken bewahrt hatte, oder einen völlig mutierten Wüstling mit flammendem Haar und roten Augen? Oder hatte er sich seit dem »Vorfall« in eine ganz neue Richtung verändert?

Mit glühender Stirn, aber eiskalten Händen und Füßen lag ich auf meinem Bett und versuchte mich für meine abendliche Begegnung zu wappnen, bis es draußen endlich dämmerte und ich mich nach unten arbeitete – die Treppenstufen kamen mir heute wieder sehr unregelmäßig vor –, um Mama zu sagen, dass ich Maks den Lernstoff der vergangenen Wochen vorbeibringen würde.

Sie brütete gerade über einer neuen Buchbesprechung, wie immer bei einer Tasse Tee, eine Kuscheldecke um den Bauch gewickelt und ihre runde Lehrerinnenbrille auf der Nase. Mama verschlang Romane wie andere Menschen Schokolade und schrieb in einem Internet-Blog, ob sie sie gut fand oder nicht. Auch jetzt summte das Laptop bereits leise vor sich hin, und ich konnte erkennen, dass sie die ersten Zeilen getippt hatte – ein idealer Moment, ihr zu verkünden, dass ich ganz alleine und ohne Notfallköfferchen das Haus verlassen würde, denn wenn Mama schrieb, war sie nur zur Hälfte anwesend.

»Ja, ist gut Joss …«, murmelte sie zerstreut, nahm dann aber ihre Brille ab und hob ihren Blick. »Bist du dir sicher? Wie willst du zu ihm kommen?«

»Mit dem Bus«, schlug ich mutig vor. Maks wohnte zu weit weg, um zu ihm zu laufen – ich bedauerte es schon jetzt.

»Oh, Liebes.« Mama verzog mitfühlend den Mund. »Wir können dich auch fahren, wenn du möchtest.«

»Nein«, wehrte ich rasch ab. Ich wollte nicht, dass sie vor Ort erfuhren, von mir angeschwindelt worden zu sein. Diese Sache musste ich alleine durchziehen. »Wird schon gehen. Hab Reisetabletten dabei.«

»Na gut«, erwiderte Mama mit zweifelndem Blick. »Sei um spätestens neun wieder zurück, in Ordnung? Und melde dich, wenn was ist. Das Handy hast du dabei?«

»Hab ich.« Jetzt versagte mir schon beinahe die Stimme – nichts wie weg hier, bevor Mama misstrauisch wurde und mich vorsichtshalber zu Hause behielt. »Bis nachher!«

»Ja, bis dann, Joss.« Mama klang ein wenig ratlos – genauso, wie ich mich fühlte, nachdem ich die Bushaltestelle erreicht und die passende Linie herausgesucht hatte. Doch sobald ich eingestiegen war und der Bus sich in Bewegung gesetzt hatte, war jegliches Denken und Planen sowieso gestrichen. Es ging nur noch ums nackte Überleben. Ich hatte zwar Reisetabletten in der Tasche, aber keine genommen, weil sie mich müde und apathisch werden ließen, und das konnte ich nicht gebrauchen. Obwohl ich kaum etwas gegessen hatte, bekam ich schon nach wenigen Biegungen das Gefühl, einen ausgewachsenen Walfisch in meinem Bauch zu beherbergen, und vor meinen Augen begann alles, was ich sah, kreisförmig ineinander zu verschwimmen. Wie konnten die anderen Menschen das nur aushalten und dabei sogar noch auf ihren Handys herumdrücken? Erschauernd kniff ich die Lider zusammen und hielt mich dabei an meinem Sitz fest, als könne er mir

Sicherheit geben, bis der Walfisch in meinem Bauch so wild herumzutoben begann, dass ich dieser Höllenfahrt ein vorzeitiges Ende setzen musste.

»Anhalten! Bitte!«, rief ich dem Busfahrer panisch zu, taumelte zur Tür und beförderte mich mit einem kühnen Satz nach draußen, wo ich mich erst einmal stöhnend auf den Bürgersteig kauerte und den Walfisch stumm anbetete, sich endlich zu beruhigen. Es dauerte quälende Minuten, bis er meiner Bitte nachkam und sich kleiner machte – und fast eine halbe Stunde, bis ich wieder ein so klares Sichtfeld gewonnen hatte, dass ich mein Handy nehmen und mich per GPS und einem prüfenden Blick in den Himmel orientieren konnte. Venus war bereits aufgegangen und zeigte sich strahlend weiß am Horizont – es wurde Zeit, Maks zu begegnen, und das Navi führte mich glücklicherweise sicher zu ihm. Der kurze Fußmarsch durch das ordentliche, aber langweilige Neubaugebiet, in dem Maks mit seiner Mutter lebte, erfrischte meinen Kopf und ließ auch den Rest des Walfisches verschwinden. Jetzt knurrte mein Magen vor Hunger, doch mein Herz schlug so hoch, dass ich kaum mehr gleichmäßig atmen konnte.

Das Haus mit der Nummer 42 fand ich sofort – es war das letzte in einer kleinen Stichstraße und das einzige, das Spuren eines Brandes zeigte. Im Obergeschoss war der Verputz über den Fenstern dunkel angelaufen, als seien Flammen aus ihnen geschlagen, und über dem gesamten Anwesen lag ein leichter Geruch von verbranntem Holz. Doch im Erdgeschoss drang Licht durch die zugezogenen Vorhänge und vor der Garage parkte ein Handwerker-Kleinbus mit der Aufschrift »Reparaturen im und am Haus. Wir verstehen Ihre Wünsche. Kleidermann und Töchter«.

Zögernd streifte ich mir die Mütze vom Kopf, weil ich mit ihr aussah wie ein zehnjähriges Kind, schob das Törchen auf und lief zur Eingangstür, die lediglich von einem viereckig getrimmten Buchsbäumchen geschmückt wurde. Das Klingeln schrillte so laut und durchdringend, dass ich zusammenzuckte und sofort meinen Finger wieder vom Knopf nahm. Klackende Absätze näherten sich; ein getriebenes, eiliges Stakkato.

»Wer bist du?« Frau Treborn starrte mich an, als sähe sie mich zum ersten Mal. Ihr Pony fiel nicht ganz so symmetrisch wie beim letzten Mal und ihre Brille saß leicht schief auf ihrer Nase – doch ihr Blick sagte alles. Ich war hier nicht erwünscht.

»Joss Heyne«, entgegnete ich unterwürfig. »Maks' Schulkameradin. Wir sind uns kürzlich beim Hausmeister begegnet.«

»Ah ja. Ja. Du.« Frau Treborn sah an mir vorbei, als sei ich gar nicht da, versuchte sich aber an einem künstlichen Lächeln. »Was gibt es denn?«

»Ich möchte Maks die Hausaufgaben der vergangenen Wochen bringen.«

Noch immer machte Frau Treborn keinerlei Anstalten, mich ins Haus zu bitten, sondern positionierte sich so dicht vor den offenen Türspalt, dass ich keine Chance hatte, hineinzublicken. Doch ich konnte hören, dass drinnen gehämmert und geschliffen wurde.

»Die haben wir bereits, danke. Du kannst wieder gehen.«

»Nein, bitte warten Sie ...« Mutig trat ich einen Schritt nach vorne, um nach dem Knauf zu greifen und Frau Treborn daran zu hindern, die Tür zu schließen. »Ich muss mit Maks sprechen. Es ist wichtig.«

»Worüber?« Mit verkniffenem Mund und verschränkten Armen ließ sie ihre Augen über mein Gesicht wandern, als wolle sie mich röntgen und dabei auf meine Absichten prüfen.

»Es tut mir leid, das geht Sie nichts an«, antwortete ich ehrlich, aber in möglichst höflichem Ton.

»Dann tut es mir auch leid«, erwiderte sie schnippisch, doch ich schob meinen Fuß zwischen die Tür, bevor sie sie schließen konnte. »Kind, versteh doch, es passt jetzt nicht! Maks ruht sich sowieso gerade aus!«

»Und ich muss mit ihm sprechen, seit Wochen schon! Bitte, sagen Sie ihm, dass ich hier bin und Paragraf 3 einfordere!«

Frau Treborns spöttischer Blick ließ mich meine vorschnellen Worte sofort bereuen.

»Paragraf 3?«

»Ja. Wir haben einen Vertrag miteinander und Paragraf 3 besagt, dass ...«

»Oh, du lieber Himmel.« Frau Treborn stieß ein glucksendes Lachen aus, das ihre Brille zum Erzittern brachte. »Ein Vertrag. Das ist ja niedlich.« Klackend kam sie ein Stückchen näher, um mir von oben herab in die Augen zu sehen, als sei ich ein kleines, dummes Kind. »Verträge zwischen Minderjährigen haben keine Gültigkeit. Weißt du das nicht? Du gehst jetzt am besten wieder nach Hause zu deinen Eltern und lässt Maks in Frieden … Herrgott, was ist denn jetzt schon wieder?«, unterbrach sie sich selbst in einem unangenehmen Kreischton und warf gereizt ihren Kopf herum, nachdem es im Inneren des Hauses vernehmlich gekracht hatte, als sei irgendein Möbelstück in sich zusammengefallen. Ich tippte auf Kleidermann und Töchter. »Kriegen Sie denn überhaupt nichts gebacken?«

»Kommense mal bitte her, Frau Treborn!«, antwortete eine tiefe Frauenstimme. »Wir ham da ein Problem.«

Das war meine Chance. Ehe die Haustür zufallen konnte, stoppte ich sie sanft mit meinem Ellenbogen und wartete, bis sich die Absätze ein Stückchen entfernt hatten – und startete durch; in der Hoffnung, dass meine Achsenkrümmungen mir keinen Strich durch die Rechnung machen würden. Doch wie durch ein Wunder gelang es mir, mich blitzschnell und lautlos zur Treppe vorzuarbeiten, ohne gegen eine Wand oder einen Schrank zu prallen. Ich hatte gerade den ersten Absatz erreicht, als die Haustür leise ins Schloss fiel – nur Sekunden später, als sie es eigentlich hätte tun sollen. Das laute Zetern zwischen Frau Treborn und Kleidermanns Töchtern hielt an; also hatte sie nichts gemerkt. Flink huschte ich die nächsten Stufen empor. Dank der kargen Inneneinrichtung – Frau Treborn hatte auf jeglichen Schnickschnack verzichtet – gelang es mir, mich schnell zu orientieren.

Hier oben musste sich der »Vorfall« ereignet haben. Das Treppenhaus war bereits frisch gestrichen worden, doch der Flur wartete noch auf seine Renovierungsarbeiten und die Spuren der Zerstörung waren deutlich zu sehen. Die Decke war schwarz angelaufen, die Tapete verkohlt und der Teppich an mehreren Stellen angesengt. Es sah nicht nach einem Flächenbrand aus, eher nach punktuellen Explosionen. Ich folgte den Brandspuren bis zu einer Tür am Ende des Gangs, die gerade erst ersetzt worden sein musste – sie war nagelneu und roch durchdringend nach Fichte, was sofort meine empfindliche Nase jucken ließ.

Frau Treborn und die Kleidermann-Töchter stritten immer noch lautstark über die Qualität der Renovierungsarbeiten, doch ihre Stimmen kamen dem Treppenaufgang nun gefährlich nahe. Ich musste eine Entscheidung treffen – und vor allem musste ich mich in Sicherheit bringen.

Ohne anzuklopfen, öffnete ich die Tür, schob mich ins Zimmer und schloss sie sofort wieder hinter mir.

»Pscht!«, zischte ich, bevor Maks etwas sagen konnte. Obwohl ich vor Anspannung hätte heulen können, huschte ein Lächeln über mein Gesicht. Maks hatte nach wie vor glänzende, braunrote Locken auf dem Kopf und seine Statur war nicht eingefallen, sondern sogar noch ein bisschen größer und muskulöser geworden als bei unserem letzten Zusammentreffen. Wo immer er auch gewesen war und was er dort erlebt hatte – es hatte seine wahre Herkunft nicht unterdrücken können. Doch seine Augen blickten mich müde und leer an – und sie waren voller Fragen. »Sag nichts, sie weiß nicht, dass ich hier bin! – Verdammt, sie kommt …«

Schon jagten Frau Treborns Absätze die Treppe hinauf und ihr nach die plumpen Schritte der Handwerkerinnen. Mit fliegenden Blicken sah ich mich um. Ich musste mich verstecken, schnell! Doch in Maks' Zimmer standen fast keine Möbel (mehr?) – da war nur ein vollgestopftes Regal, ein angekokelter Schreibtisch und das Bett, auf dem er saß und von dem aus er mich anblickte, als sei ich eine Halluzination.

»Verrate mich nicht, bitte!«, flüsterte ich ihm zu, bevor ich mich flach auf den Boden warf und samt meiner Tasche unter sein Bett robbte. »Gott, was ist denn das?«, wisperte ich keuchend und schob unzählige piksende Zinnsoldaten, Panzer und antik wirkende Katapult-Modelle zur Seite, damit ich genügend Platz fand, um meine Beine nachziehen zu können. Hier unten herrschte im wahrsten Sinne des Wortes Krieg.

Ich hatte gerade meine Tasche auf meinen Bauch zerren können, als die Tür aufging und im selben Moment ein nüchternes Telefonklingeln ertönte – das Handy von Maks' Mutter?

»Oh, nicht jetzt … Praxis Dr. Treborn?« Mit angehaltenem Atem lauschte ich, die Tasche fest an meinen Bauch gepresst. Bitte sag nichts, Maks … verrate mich nicht … Ich will nur mit dir reden …

»Ja. Nein. Oh … Verstehe. Nein, warten Sie auf mich. Ja, vor der Praxis. Verhalten Sie sich ruhig, atmen Sie tief in den Bauch, wie wir es besprochen haben, ja? Es ist alles gut. Ihr Vater lebt nicht mehr, er kann Ihnen nichts mehr tun.« Noch nie hatte ich Frau Treborn so sanft und einfühlsam sprechen hören. Fast bekam ich ein schlechtes Gewissen, sie eben derart frech ausgetrickst zu haben. Andererseits war sie mir gegenüber ziemlich gemein gewesen. »Ich bin in zehn Minuten da. Dann reden wir über alles.« Aha. Bei ihren Patienten gab es also einen Paragraf 3 – und sie hielt sich dran.

»Wunderbar«, murmelte Frau Treborn in ihrer üblichen Kühle, nachdem sie aufgelegt hatte. »Auch das noch … Die Damen? Sie können nach Hause, wir reden morgen weiter. Los, Abmarsch!«

»Is ja gut.« Polternd entfernten sich die Schritte von Kleidermanns Töchtern, während die Treborn-Pumps sich so weit dem Bett näherten, dass meine aufgerissenen Augen sich bläulich in ihrem polierten Lackleder spiegelten. »Maks? Ich wollte eigentlich mit dir sprechen, aber gerade ist ein Notfall reingekommen. Kann ich dich für eine Stunde alleine lassen?«

»Klar kannst du«, brummte Maks. Seine tiefe Stimme war ihm ebenfalls geblieben – und noch immer brachte sie mich zum Staunen

»Hast du deine Atemübungen gemacht?« Atemübungen? Mühsam unterdrückte ich ein Kichern.

»Hab ich.« Jetzt klang Maks widerwillig – und es freute mich. Wenn er Atemübungen so hasste, wie ich es annahm, war er der Alte-Neue geblieben.

»Ruf mich an, wenn etwas ist. Ja?« Nun klang sie aufrichtig sorgenvoll.

»Ja. – Wer hat denn da eben geklingelt, Mutter?« Jetzt wurde es spannend. Der linke Pump zuckte, dann hatte sie sich wieder im Griff.

»Niemand. Ich muss weg, Maksymilian. Mein Patient wartet. Bis nachher!«

Ich wagte es erst, wieder zu atmen, nachdem die Absätze den unteren Treppenabsatz erreicht hatten.

»Darf Niemand jetzt herauskommen?«, fragte ich spitz, als Maks sich über mir bewegte, wobei feiner Staub aus der Matratze rieselte und mich unterdrückt niesen ließ. Er roch nach Rost.

»Warte noch, bis sie aus dem Haus ist, okay?«

»Von mir aus.« Wieder regnete es rostigen Staub, obwohl ich keinerlei Metallverstrebungen an Maks Bett erkennen konnte. Endlich fiel unten die Tür ins

Schloss und wir hörten das Garagentor summen. Dann fuhr das Handwerkerauto davon – und anschließend Frau Treborn. Wir waren alleine.

»Ganz schön was los unter deinem Bett«, bemerkte ich vielsagend, nachdem ich mich unter ihm hervorgekämpft und mir den Staub vom Gesicht gewischt hatte. Er roch nicht nur nach Rost, sondern blieb auch rötlich auf meinen Fingern haften. Mit einem Taschentuch entfernte ich ihn.

»Scheiße«, murmelte Maks tonlos, als er seine Spuren auf dem Taschentuch sah, doch für mich war er nur ein weiteres Indiz einer sehr langen und abenteuerlichen Beweiskette.

»Nicht schlimm. Eisenoxid. Passt ins Bild.«

»Was?« Fragend äugte Maks zu mir hoch und schüttelte dabei abwehrend den Kopf, als wolle er gar nicht ernsthaft wissen, welche Antworten ich dazu auf Lager hatte. »Joss – wieso bist du hier?«

»Paragraf 3«, verkündete ich feierlich, zog den Vertrag aus meiner Tasche und legte ihn vor seine Füße. »Nachdem ich Paragraf 9 nutzen musste, möchte ich nun gerne von Paragraf 3 Gebrauch machen.«

»... der besagt, dass ...?« Maks braunrote Brauen hoben sich langsam.

»Dass wir miteinander sprechen – oder besser: dass ich rede und du mir zuhörst!«, rief ich ungeduldig. »Hast du denn alles vergessen?«

»Joss, weißt du eigentlich, wo ich die letzten Wochen war und was hier passiert ist? Hast du irgendeine Ahnung?« Maks' ernster, leidgeplagter Tonfall ließ mich einen Schritt zurücktreten. Er wirkte verstört.

»Na ja, eine grobe Ahnung schon … es gab wohl einen Vorfall …«

Maks lachte heiser auf und mir lief ein Schauer über den Rücken. »Ich hab fast das Haus abgefackelt und Möbel kaputt geschlagen, Joss. Ich weiß nicht mal genau, warum! Da war auf einmal eine solche Wut … Energie … keine Ahnung … ich musste es tun, ich musste es ausdrücken, das … das in mir, verstehst du?«

»Ja, ich verstehe.« Mit ruhigem Blick sah ich ihn an. Ich verstehe dich so gut, Maks.

»Nein, das tust du nicht, denn sonst würdest du nicht herkommen! Ich musste in ein Anti-Aggressions-Camp an der Ostsee, weil ich hier fast durchgedreht bin und nicht mehr wusste, wohin mit meiner Kraft und meinem Zorn! Ich wollte alles niederbrennen und in die Luft jagen, es sollte in Flammen stehen, leuchtend rot … Gott …« Maks raufte sich seine wilden Haare. »Ich hab einen riesigen Vulkan gebaut und wollte ihn ausbrechen lassen und vorher hab ich meine gesamten Armeen niedergemetzelt … das unter dem Bett ist der letzte Rest, der noch heil ist …«

»Ich fand den Kram eh nie besonders toll«, versuchte ich sein wirres Geständnis zu unterbrechen. Er musste mir nichts gestehen. Ich wusste doch um ihn –

und so ähnlich hatte ich es mir sowieso vorgestellt. Es bestärkte mich, anstatt mich von ihm fernzuhalten. »Aber das ist nicht wichtig, wichtig ist nur …«

»Doch, es ist wichtig, Joss! Für mich ist es wichtig! Die sagen, ich hätte meine Aggressionen nicht unter Kontrolle und müsse lernen, mich zu beherrschen und meine Emotionen in Liebe annehmen und meinen inneren Frieden finden. Pah!«, machte Maks angewidert, als wolle er gleich ausspucken. Von innerem Frieden hielt er offenbar nicht viel. »Und ich hab die letzten Wochen mit Jugendlichen verbracht, die ihre Aggressionen wirklich nicht unter Kontrolle haben … was es nicht leichter macht … Mann, ich war eh schon der totale Außenseiter und komm außerdem mit meinem Körper nicht mehr klar! Und jetzt marschierst du hier rein, als wäre nichts gewesen, und willst mit mir über deine Problemchen reden und bestehst auf Paragraf 3! Ej, Joss, ehrlich!«

Beinahe verzaubert hörte ich Maks' Schimpferei zu – die Worte selbst waren nebensächlich, es war ihr Klang, der mich berührte. Ein Planetenklang, kriegerisch und kraftvoll. Ich fand ihn wunderschön.

»Ich will dir nicht von meinen Problemen erzählen. Du verstehst mich falsch. Ich möchte dir erklären, was mit dir passiert ist. Denn du bist kein Schlägertyp und erst recht nicht verrückt, hörst du? Du machst nur eine Phase durch.«

»Joss, ich … Mensch, schau dich doch um … selbst

ein Blinder würde sehen, dass mit mir was nicht stimmt …«

»Aber ich sehe etwas anderes.« Langsam trat ich wieder auf ihn zu und setzte mich auf seine Bettkante, obwohl er seine Arme abweisend verschränkt hatte und finster an mir vorbeistierte. »Ich sehe dich.«

»Wie meinst du das, Joss?« Hilflos hob Maks seine kräftigen Schultern.

»Das alles ist passiert, weil du nicht von hier bist, Maks.«

Jetzt wagte er nicht einmal mehr, Fragen zu stellen, sondern sah mich nur an, unsicher, zornig und mit zuckenden Flammen in seinen Augen. Behutsam streckte ich meine Hand aus und strich über seinen linken Arm. Feiner, rötlicher Roststaub blieb an meinen Fingern haften; nur ein Hauch, doch auf meiner hellen Haut deutlich sichtbar. Wie zum Beweis hielt ich sie in die Luft und Maks erzitterte am ganzen Körper.

»Du hast Heimweh, Maks.«

»Ja, das hab ich …«, flüsterte er rau. »Ich sehne mich nach meinem Zuhause … Aber ich weiß nicht, wo es ist …«

»Dafür weiß ich es.« Meine Hand sank hinunter, doch ich löste meinen Blick nicht von seinen Augen, in dem das Feuer loderte, als wüsste es, worüber ich spreche. »Du bist nicht von hier, Maks. Du kommst vom Mars.«

KLEINE GRÜNE MÄNNCHEN?

»Sag das noch mal.«

Jetzt starrte Maks mich nicht mehr an, als sei ich eine Halluzination, sondern eine äußerst reale und hoffnungslos geistesgestörte Heimsuchung. Sein gesamtes Gesicht drückte pure Abwehr aus. Doch noch immer sah ich das dunkelrote Züngeln hinter seiner braunen Iris – und es verlieh mir neuen Mut.

»Du kommst vom Mars. Und nun bricht deine Herkunft …«

»Vom Mars, Joss.« Maks lachte höhnisch auf, wobei seine Stimme schepperte. »Vom *Mars*! Willst du mich verarschen?«

»Nein.« Ich musste tief in den Bauch atmen, um mein inneres Zittern zu bezwingen. Obwohl ich damit gerechnet hatte, dass Maks nicht »Yippie« schreien und mir zustimmend um den Hals fallen würde, brachte mich sein Spott aus dem Gleichgewicht. »Ich meine das ganz ernst, und ich kann es dir erklären, wenn du mich von Paragraf …«

»Was!?«, unterbrach mich Maks erneut und schickte ein zweites Lachen durch den Raum. »Findest du das irgendwie lustig? Jemanden, der wochenlang jeden Tag über seine Gefühle sprechen und dämliche Atemübungen machen musste und dabei fast bekloppt geworden ist, so einen Bullshit zu erzählen? Oder bin ich gar nicht der Bekloppte in diesem Raum, sondern du?« Kopfschüttelnd stieß er die Luft aus, während ich verzweifelt nach der Argumentationskette suchte, die ich mir zu Hause zusammengeschustert hatte und die nun in alle Einzelteile zu zerfallen drohte.

»Wir sind beide nicht bekloppt, Maks. Wir kommen nur nicht von hier und du bist eindeutig vom Mars …« Oh, verflucht, ich hörte mich wirklich wie eine Bekloppte an. Es klang absurd, wenn ich es so klar aussprach, und jeder einigermaßen vernünftige Mensch musste mich dafür auslachen – genau, wie Maks es jetzt tat. Es war kein heiteres Lachen, sondern dumpf und verzerrt und sein Widerhall tat mir weh.

»Joss, da oben gibt es nichts! Das ist wissenschaftlich belegt, da ist kein Leben möglich, das weiß sogar ich, obwohl ich mich mit so was gar nicht beschäftige! Kam kürzlich überall im Fernsehen … auf dem Mars existiert nicht mal flüssiges Wasser! Es gab höchstens mal welches!«

»Das weiß ich auch«, erwiderte ich trotzig. »Und wahrscheinlich noch viel besser als du. Der Mars hat kein Wasser mehr, da oben toben heftige Stürme, es ist eiskalt, meistens um die minus 200 Grad Celsius, an guten Tagen etwas über dem Gefrierpunkt. Nicht besonders gemütlich. Kein Mensch kann dort ohne Schutzmaßnahmen leben. Ich beschäftige mich seit Jahren mit solchen Daten, ich kenne sie auswendig. Aber darum geht es mir nicht.«

Maks, der mir mit offenem Mund und nervenaufreibendem Kopfschütteln zugehört hatte, die Arme fest verschränkt und die Augen geweitet, stieß ein undefinierbares Kehlgeräusch aus. »Ja, und wie kommst du dann auf einen solchen Blödsinn? Haben dich die dicken Jungs auf mich gehetzt?«

»Oh, Maks, denk doch nicht so was!« Nun war ich es, die sich wehrlos fühlte, beinahe ausgeliefert. »Ich versuche dir gerade zu helfen und dir zu erklären, dass das, was dir in den letzten Wochen passiert ist, mit dem Mars zusammenhängt, also hör mir einfach zu, ohne mich ständig zu unterbrechen! Bitte! – Ja?«, fragte ich verunsichert nach, als er mich nur schweigend anschaute. Er nickte knapp.

»Okay, gut. Wir sind da ja auf einer Linie. Menschliches Leben existiert auf dem Mars nicht. Darin stimme ich dir zu.«

»Und wir beide *sind* Menschen …«

»… aber wir sind es nicht gerne und auch nicht besonders gut darin«, riss ich das Wort wieder an mich. Endlich schloss sich Maks' Mund und ich sah ihn heftig schlucken. Treffer, versenkt. »Das weißt du ebenso genau wie ich. Ja, wir haben einen menschlichen Körper, aber er funktioniert alles andere als reibungslos. Wir haben tausend Allergien und Unverträglichkeiten, jede Mahlzeit ist eine Bedrohung für uns. Du schaffst es ja nicht mal, dein Essen ordentlich zu kauen und runterzuschlucken, diese ganze Angelegenheit der Nahrungsaufnahme ist dir total lästig! Oder?«

Maks, der nun wie erstarrt an dem Kopfteil seines Bettes lehnte, nickte nur stumm. Sein Gesicht war kalkweiß geworden und eine dunkelrote Locke wellte sich in einem dramatischen S in seine Stirn. Sie sah aus wie ein Fragezeichen.

»Wir verstehen die Menschen um uns herum oft nicht und sie verstehen uns nicht. Es ist, als befänden wir uns in einem riesigen Zoo und würden fremde Wesen betrachten. Unterbrich mich, wenn du das anders siehst ...«

Ich gab ihm eine kleine Pause, doch er wedelte lediglich kurz mit der Hand, um mir zu bedeuten, dass ich weitersprechen könne.

»Ich hatte viel Zeit, über all das nachzudenken, während du weg warst. Unmengen an Zeit. Und ich habe Bücher gelesen – andere Bücher als je zuvor; Bücher, die einem nicht begegnen, wenn man nicht nach ihnen sucht. Ich glaube inzwischen, dass es nicht nur das gibt, was wir sehen und beweisen können – und auch nicht nur die kausale Logik. Aber vor allem glaube ich, dass die Wissenschaftler den Begriff Leben zu eng definieren. Stimmt, es gibt kein menschliches Leben auf dem Mars. Aber das heißt noch lange nicht, dass es dort oben gar kein Leben gibt.«

»Willst du damit sagen, ich sei eine mutierte Mikrobe aus dem Weltall!?« Maks versuchte es mit Humor, was ich ihm nicht verübeln konnte. Ohne Humor wäre ich die vergangenen Wochen die Wände hochgegangen. Doch sein Lachen fiel ebenso unglücklich aus wie meines.

»Keine Mikroben. Die hätten sie längst gefunden. Sie suchen nach Materie und Mikroben sind materiell. Aber wer sagt, dass unsichtbare Energie, die wir weder filmen noch anfassen noch unter dem Mikroskop anschauen können, nicht auch eine Lebensform sein kann? Und dass das All in Wahrheit voller Wesen ist, die wir Menschen noch nicht sehen können – die aber leben wie wir? Und sogar intelligent sind?«

Sekundenlang schaute Maks mich schweigend an, die Stirn in Denkerfalten gelegt, und knetete mit der Linken seinen rechten Unterarm, von dem ich eben noch Eisenoxid abgestreift hatte. Der Mars war voller Eisenoxid. Maks hatte sich nicht darin gewälzt – nein, das nicht. Der rostige Staub war nur eines dieser zahlreichen nonkausalen Zeichen, die ihn seit Wochen bestürmten, um ihn (und mich) auf seine Heimat hinzuweisen.

»Intelligente unsichtbare Energie. Du meinst Geister?« Seine Stimme klang belegt und wieder musste er schlucken.

»So ähnlich«, erwiderte ich, weil ich ihm nicht ständig widersprechen wollte. Das, was ich mir innerhalb von vier Wochen zusammenklamüsert hatte, prasselte jetzt binnen Minuten auf ihn ein. »Wesen. Wesen aus dem All.«

»Aliens.«

»Keine kleinen grünen Männchen mit Antennen auf dem Kopf. Nach denen können sie lange suchen.« Ich grinste, um die Spannung zu lösen – erfolglos. »Ich meine eher unsichtbare Wesen von anderen Planeten, Sternen und Galaxien.«

»Und du meinst … wir beide … also, wir …«

»Wir haben dazu gehört, ja, genau das meine ich. Ich glaube, wir haben lange woanders gelebt. Und jetzt sind wir zum ersten Mal als Mensch auf der Erde und das bekommt uns nicht und wir haben Heimweh.«

Maks atmete lautstark aus, die linke Hand auf seinem Bauch. Er sah aus, als ob ihm schlecht wäre. Sicherheitshalber zog ich den leeren, durch die Feuerhitze verformten Papierkorb unter seinem Schreibtisch hervor, um ihn im Falle eines Falles rechtzeitig neben Maks Bett schieben zu können.

»Aber …« Er konnte kaum noch sprechen. »Aber wieso … wie kommst du darauf, dass ich … dass mein zu Hause … oh, Joss, das ist so krass!«

»Ja, ich weiß.« Noch immer zwang ich mich zur

Ruhe, obwohl ich zum ersten Mal in meinem Leben Lust bekam, laut zu schreien. Die Spannung im Raum war kaum mehr zu ertragen und der latente Brandgeruch schien sie zusätzlich zu verstärken. »Es ist abgefahren, keine Frage. Pass auf … diese plötzlichen Veränderungen in dir – die passen zum Mars wie die Faust aufs Auge. Ich hab alles gelesen, was ich in der Bücherei zum Mars gefunden hab, und daraus ergibt sich ein stimmiges Bild. Er ist der Kriegerplanet, auch der Rote Planet genannt. Ihm wurde der Kriegsgott zugeordnet, nicht nur bei den Römern, sondern auch in anderen Kulturen. Und du – du warst immer fasziniert von Kriegsführung und Kampf, stimmt's?«

»Ja, aber das sind viele Menschen, oder? Und die kommen deshalb doch nicht alle vom Mars!«, wandte Maks keuchend ein. Mit dem Fuß schob ich den Mülleimer unauffällig in seine Richtung. »Außerdem hat meine Mutter mich geboren, das weiß ich ganz genau! Ich musste mir jahrelang an meinem Geburtstag das Video aus dem Kreißsaal ansehen, es war schrecklich!«

»Das glaube ich dir«, entgegnete ich nüchtern. »Aber lass uns bitte erst mal beim Mars bleiben, okay? Der Rote Planet. Du kannst ihn dir anschauen, wenn du magst, ich hab mein Reiseteleskop dabei.« Kein Nicken, vermutlich war er gerade zu schwach, um aufzustehen – also musste ich weitersprechen. »Sogar von der Erde aus kann man sein rotes Flackern sehen. Du bist über Nacht rothaarig geworden – ja, von mir aus rotbraun, ist ja gut!« Ich warf Maks einen strengen Blick zu. »Am gleichen Tag stürzt du dich in ein Basketballspiel und reißt es ohne Sinn und Verstand an dich, um drei Körbe zu werfen, und schwafelst danach wie verliebt von dem runden, dunkelroten Ball. Mars, kapierst du? Pure Mars-Energie.« Nun hatte ich mich in Form geredet. Maks' zutiefst zweifelnder Ausdruck konnte mich nicht mehr beirren. »Innerhalb von einer Woche hast du deine Pubertät absolviert, bist gewachsen und hast Muckis bekommen. Auch Mars-Energie. Das Symbol des Mars ist das Männlichkeitssymbol. Kreis mit Pfeil nach oben. Steht für Libido und Manneskraft und … solche Sachen eben«, schloss ich verlegen. Nun war es Maks, der grinste, doch ich ignorierte es. »Du hast hier einen Vulkan gebaut, hast du gesagt?«

Sein Grinsen erlosch in Sekundenbruchteilen. »Hmhm.«

»Sah er etwa so aus?«

Ich hielt ihm mein Handy entgegen, auf dem ich während meines Vortrags das Bild des Olympus Mons geladen hatte. Maks' Kinn sackte herab, und sein Mund zuckte wie bei einem Kind, das gleich anfangen würde zu weinen.

»Du erkennst ihn also wieder. Er ist 22 Kilometer hoch. Ein echter Monstervulkan«, fuhr ich fort und nahm das Handy zurück zu mir. »Und er befindet sich auf dem Mars. Feuer steht übrigens auch für Mars-Energie. Ich kann das Feuer sogar in dir sehen, Maks, es ist in deinen Augen! Hast du das nicht bemerkt?«

»Doch, aber …«

»Dazu deine Zerstörungswut, die sich hier Bahn gebrochen hat, ohne Rücksicht auf Verluste, als wolle sie alles umwälzen – das passt zum Kriegsgott Ares. Rohe, ungestüme Gewalt. Das ist es, was sich in dir zeigt! Der Mars!«

»Oh, Joss …« Maks klang aufrichtig verzweifelt. »Das klingt ja alles ganz nett und sogar logisch, aber stell dir doch mal vor, ich würde morgen zu meinem neuen Therapeuten gehen und ihm sagen, hey, das war alles ein Irrtum, ich bin nicht unkontrolliert aggressiv, ich komme nur vom Mars und deshalb benehme ich mich neuerdings so komisch. Ich wäre schneller wieder in diesem blöden Camp, als ich Hallo sagen könnte, aber dann in der Abteilung mit den wirklich Bekloppten!«

»Deshalb hältst du auch bitte deinen Schnabel«, erwiderte ich mahnend. »Komm bloß nicht auf die Idee, das alles irgendjemand anderem zu erzählen – du bist gemäß Paragraf 3 zum Schweigen verpflichtet!«

»Also weißt du selbst, dass es gaga ist.«

»Nein.« Ruhig sah ich Maks an. »Ich glaub nur nicht, dass die anderen Menschen damit umgehen können. Denn sie wissen nicht, was wir fühlen. Natürlich würden sie sagen, wir sind verrückt.«

»Pfffff …«, machte Maks leise und schloss seine Augen, als versuche er in Ruhe über das nachzudenken, was ich ihm vor die Füße geworfen hatte – und es dauerte lange, bis er sie wieder öffnete.

»Okay, Joss, in einer Sache gebe ich dir recht. Ich fühle mich nicht, als ob ich auf der Erde zu Hause wäre. Ich fühl mich hier fremd, seit diesen ganzen Veränderungen erst recht. Aber warum jetzt? Wieso zeigt sich das ausgerechnet jetzt? Hast du dafür auch eine Mars-Erklärung? Denn die Betreuer im Camp sagten, dass solche aggressiven Schübe bei Jungs meistens in der Pubertät zum ersten Mal auftreten, und in diesem Alter sind wir nun mal.«

»Du vielleicht. Ich nicht«, widersprach ich gedämpft. Sam hatte in meinem Alter schon einen richtigen BH getragen, während ich immer noch einen Körper wie eine Zwölfjährige hatte. »Nein, ich habe einen Auslöser dafür gefunden, aber der ist ziemlich … abgedreht.«

»Noch abgedrehter als das, was du mir eben aufgetischt hast? Geht das noch?« Maks lachte halblaut auf.

»Leider ja. Deine Veränderungen sind exakt nach der Nacht aufgetreten, in der ich eine …« Nein, wenn ich Vision sagte, würde er mir meine Mars-Theorien niemals glauben. Das konnte ich nicht bringen. Ich musste ehrlich bleiben – so ehrlich, wie ich es bisher mir selbst gegenüber nicht gewagt hatte. Denn es war keine Vision gewesen. Ich hatte diese Begegnung wahrhaftig erlebt. »In der ich eine Botschaft aus dem All bekam.«

»Hä!?« Nun war alles wieder da, was eben für kurze Zeit zurückgewichen war und erstem, zartem Interesse Platz gemacht hatte – Maks' Hohn, sein Spott und ein tiefes, schmerzendes Misstrauen. Errötend sah ich zur Seite.

»Sorry, so war es. Ich habe eine Botschaft aus dem All bekommen. Da waren auf einmal helle, bläuliche Lichter am Himmel, die sich meinem Dachfenster näherten, und dann …«

»… dann hat das Ufo dich nach oben gezogen und dir was ins Hirn gepflanzt. Schluss jetzt, Joss, es reicht!« Wütend sprang Maks vom Bett und trat mir einen drohenden Schritt entgegen. »Du willst mich wohl für blöd verkaufen, was? Findest du das witzig?«

»Nein, und ich meine es ernst, ehrlich, Maks!« Es kostete mich alle Kraft, stehen zu bleiben, denn er überragte mich nun um fast zwei Köpfe, und seine Schultern waren so breit, dass ich kaum mehr an ihm vorbeischauen konnte. Vor mir stand Ares persönlich und er war verdammt streitsüchtig unterwegs. »Es ist passiert! Ich hab sogar Beweise, mein Papagei hat einen Teil der Botschaft nachgeplappert und …«

»Dein Papagei!« Maks' Lachen dröhnte wie Donnergehall in meinen Ohren. »Joss, hör dir nur mal eine Minute lang zu! Ich hab wochenlang Jungs um mich rum gehabt, die mit der Realität nicht klarkamen, aber niemand hat so einen Mist gelabert wie du! Das ist krank, echt, und ich will, dass du mich damit in Ruhe lässt, denn die brauche ich dringend!« Nein, das konnte er mir nicht erzählen. Maks wollte keine Ruhe. Er wollte etwas zerstören und das lieber heute als morgen. Dennoch lief ich nicht vor ihm weg.

»Maks, bitte, hör mir doch erst mal richtig zu! Ich habe dir noch nicht alles erzählt, du wirst es verstehen, wenn …«

»Nein!«, brüllte er und hieb seine Faust gegen das Regal, worauf Dutzende halb verkohlte Militär-Zeitschriften herausrutschten und zu Boden fielen. »So eine Kacke werde ich niemals verstehen, und ich will sie auch gar nicht verstehen. Ich will, dass du mein Zimmer verlässt und zwar sofort!«

»Aber du bist verpflichtet, mir zuzuhören!« Mit bebender Hand wies ich auf den Vertrag am Fußende des Bettes. »Du hast ihn unterschrieben, du musst dich daran halten!«

»Ach, muss ich das, ja? Bist du dir sicher?« Grollend und mit knisternden Locken griff Maks nach dem Bündel Papier, hielt es in die Luft und zerriss es in winzige Fetzen, die wie Schneeflocken Richtung Teppich schwebten, sodass ich sein Muster kaum noch sehen konnte. »Dieser bescheuerte Vertrag existiert nicht mehr, Joss, genauso, wie es keine unsichtbaren Wesen im All gibt und erst recht keine blinkenden Raumschiffe, die dich nachts durch das Dachfenster raufholen und dir irgendwelche Botschaften einpflanzen!«

»Es war kein Raumschiff!«, schluchzte ich und versuchte, die Vertragsfetzen vom Boden aufzulesen. Noch nie hatte mir ein Mensch so wehgetan. Dieser Vertrag hatte mir alles bedeutet. »Es waren Lichter und sie haben …«

»Raus hier!«

Es hatte keinen Sinn. Mit einem aufgebrachten Kriegsgott zu diskutieren, war zwecklos und zudem gefährlich. Maks hatte Kräfte, mit denen er noch nicht umzugehen gelernt hatte. Doch mich von ihm abzuwenden, schlug tiefe Krater in mein Herz, und ich schaffte es vor lauter Zittern kaum, einen Fuß vor den anderen zu setzen. Maks bemerkte es nicht einmal. Er brannte vor Zorn.

»Verschwinde endlich, Joss, hau ab! Und komm bloß nicht auf die Idee, mich morgen in der Schule anzusprechen! Wir haben ab sofort nichts mehr miteinander zu tun, nada, merk dir das!«

Schon auf der Treppe kullerten dicke, schwere Tränen meine Wangen hinunter, und als ich hinaus in die kalte Nachtluft trat, verwandelte sich mein Zittern in ein unkontrolliertes Schlottern. Weinend lief ich nach Hause, immer wieder stolpernd, weil ich vor lauter Tränen nichts mehr sehen konnte, und versuchte zu begreifen, dass alles aus und vorbei war.

Ich hatte es ruiniert, weil ich den Fehler gemacht

hatte, jemand anderem helfen zu wollen, indem ich ihm sagte, wer er war. Ich verstand jedes seiner Argumente und wahrscheinlich hätte ich an seiner Stelle ähnlich reagiert.

Doch in einem war ich mir nach wie vor sicher. Maks kam vom Mars. Er war wie ich nicht von dieser Welt. Wir hätten uns zusammentun können, uns gegenseitig stärken, uns auf unserem schwierigen irdischen Weg beistehen können.

Aber nun war ich wieder alleine – und fühlte mich einsamer und unverstandener denn je.

Am liebsten wäre ich gar nicht mehr da gewesen.

NICHT VON DIESER WELT

»Kann ich reinkommen?«

Papa hatte mein zögerliches Klopfen nicht bemerkt – also öffnete ich die Tür kurzerhand, und nun wusste ich, wieso er mich nicht hatte hören können. Er hatte seine Funkkopfhörer auf den Ohren, während auf dem Fernseher stumm eine uralte Folge von *Bob-Ross – Malen für Jedermann* lief und er sich an einem neuen Leinwand-Bild versuchte – das wie immer vollkommen anders aussah als jenes, das Bob Ross in dieser Zeit tiefenentspannt und unter allerlei Gemurmel zauberte. Ganz egal, welches künstlerische Hobby Papa sich aussuchte und welche ausgeklügelten Anleitungen es dafür gab: Irgendwann stieß er an eine Schallgrenze. Anscheinend war diese Grenze jetzt auch beim Malen erreicht.

»Papa!?«, versuchte ich erneut, mir Gehör zu verschaffen, und stellte fest, dass meine Stimme immer noch wackelte. Ich musste außerdem furchtbar aussehen mit meinen verweinten Augen und meiner geschwollenen Nase. Doch meine Fragen konnten nicht länger warten. »Papa, ich bin es! Hallo!«

Keine Reaktion. Auf die Gefahr hin, ihn zu erschrecken, trat ich neben ihn und zupfte sanft am Ärmel seines Kittels – und er fuhr so heftig zusammen, dass sein Pinsel quer über die Leinwand rutschte und das Bild endgültig ruinierte. Einhändig riss Papa sich den Kopfhörer herunter und drehte sich mit tropfendem Pinsel zu mir herum.

»Oh, Entschuldigung ... das wollte ich nicht ... Du hast mich nicht klopfen gehört und ich ...«

»Ist doch kein Problem, Kleines. Moment.« Papa legte den Pinsel ab, umgriff meine Schultern und zog mich an seine schmale Brust, die nach Farbe und Terpentin roch, aber ein so verlässliches, ruhig schlagendes Herz beheimatete, dass ich mich automatisch dagegen lehnte, obwohl mir Umarmungen selbst bei meinen Eltern merkwürdig vorkamen und wie etwas erschienen, das ich erst noch gründlich üben musste, bis ich mich daran gewöhnen konnte. »Ich bin froh, dass du da bist. Das Bild ist sowieso nichts geworden. Ich verstehe das nicht, ich versuche exakt das Gleiche zu machen wie er – und bei ihm sieht es toll aus und bei mir, als wäre eine Horde Nacktschnecken über die Leinwand gekrochen.« Papa lachte über sein eigenes Unvermögen und strich mir sanft über meinen wuscheligen Haarschopf. »Geht es dir etwas besser?«

»Nein«, antwortete ich ehrlich. Als ich nach Hause

gekommen war – nach einem so langen Fußmarsch, dass ich mich kaum mehr aufrecht halten konnte und meine Zehen wie Feuer brannten –, hatten Mama, Papa und Sam beim Abendbrot gesessen, doch ich war mit abgewandtem Gesicht an ihnen vorbeigeschossen und hatte sie darum gebeten, mich in Ruhe zu lassen. Natürlich hatte Mama sich nicht daran gehalten, was ich ihr nicht verdenken konnte. Schließlich wusste man bei mir nie, ob ich Kummer hatte oder gerade mit dem Tod kämpfte. Wir hatten uns kurz unterhalten, meine Zimmertüre als sicheres Bollwerk zwischen uns, bis ich ihr klarmachen konnte, dass niemand mich geärgert hatte (was stimmte, denn Maks hatte viel Fataleres getan als mich zu ärgern – er hatte uns verraten) und ich nicht in Gefahr war dahinzusiechen, sondern nur ein wenig alleine sein wollte. Das mit dem Alleineseinwollen war ein heiliges Gesetz in unserer Familie – es wurde respektiert. Papa hatte es einst durchgesetzt und jeder hielt sich daran, sogar Sam. Wir hatten ein enges Haus mit kleinen Zimmern und nur einem Klo. Wenn wir einander nicht ab und zu alleine ließen, würden wir uns irgendwann gegenseitig an die Kehle springen. Aber jetzt wollte ich nicht mehr alleine sein. Noch immer hielt Papa mich in seinem Arm und wartete, bis ich so weit war, zu reden.

»Eigentlich geht es mir sogar schlechter als vorhin«, sprach ich weiter, nachdem Papa einige Sekunden lang meinen Kopf gekrault hatte – etwas zu viel Nähe für mich, doch solange ich mein Gesicht an seinen Malkittel presste, würde er nicht sehen können, wie viel ich geweint hatte, und das war ein guter Deal.

»Magst du erzählen, warum?«

»Gleich«, bat ich um einen kleinen Aufschub, denn noch würde ich nicht tränenfrei sprechen können. Obwohl ich mir auf dem Heimweg noch sicher gewesen war, dass meine Mutmaßungen richtig waren, hatten Maks' Worte Zweifel in mir säen können – Zweifel nicht nur über meine Mars-Theorie, sondern vor allem Zweifel über mich selbst. Ich hatte nie infrage gestellt, dass ich anders war als die anderen, und jetzt, wo ich glaubte, ein Zeichen aus dem All bekommen zu haben, ergab dieses Anderssein zum ersten Mal Sinn. Doch aus Maks' Sicht hatte ich einfach nur eine Schraube locker, und das Beklemmende daran war, dass ich diese Meinung nachvollziehen konnte. Klar, es wäre ein großer Zufall gewesen, wenn zwei Freunde zur exakt gleichen Zeit Probleme mit ihrer Wahrnehmung bekamen und quasi synchron den Verstand verloren. Aber warum hatten Maks und ich uns überhaupt zusammengetan? Weil wir beide so schräg waren, dass wir diese Schrägheit auf den ersten Blick im anderen erkannt hatten.

Was, wenn Maks recht hatte und ich mich irrte? Wenn ich kein Plejaden-Kind war und er nicht vom Mars kam, sondern wir beide nichts anderes als biologische Fehlkonstruktionen waren, die sich gesucht und gefunden hatten? Diese Frage hatte mich nicht mehr losgelassen, sodass ich mir die Nase geputzt und meine Tränen getrocknet hatte und nach oben auf den Dachboden gegangen war, um im familiären Foto- und Filmarchiv zu wühlen. Dieses Archiv füllte ein Regal und mehrere Kartons, denn Fotografieren und Filmen war eine von Papas vielen künstlerischen Phasen gewesen. Immerhin hatte er die Früchte dieser Schaffenszeit nicht eingestampft, sondern sorgfältig archiviert, und so brauchte ich nur Minuten, um meine Fotos und Filme zu finden. Glücklicherweise hatte Papa im Kreißsaal die Kamera ausgelassen – und zwar nicht, weil er meine ersten Lebensminuten nicht hatte filmen wollen, sondern weil mein Herzschlag plötzlich ausgesetzt hatte und die Ärzte einen Kaiserschnitt hatten vornehmen müssen, während Papa ohnmächtig geworden war.

Doch gegen Morgen hatte er sich ausreichend erholt, um mich und Mama ins Visier zu nehmen – wie auch in den ersten Lebenswochen und Monaten – und das in erschlagender Masse und Vielfalt. Ich hätte Stunden gebraucht, um sämtliche archivierten DVDs anzuschauen. Deshalb spulte ich immer wieder vor – und die wenigen Szenen, die ich mir vollständig ansah, genügten, um neue Zweifel in mir zu säen. Es waren keine Zweifel mehr an meiner Andersartigkeit. Für die gab es eine erschlagende Beweislast. Nein, mich plagten Zweifel, ob ich je irgendwo dazugehören würde;

ganz gleich, woher meine Andersartigkeit rührte. Denn bereits meine eigenen Eltern waren mit mir überfordert gewesen.

Auf den meisten Aufnahmen schrie ich wie am Spieß, die Fäustchen geballt, meine frappierend großen Augen aufgerissen, als glaube ich nicht, was ich sehe, das Mündchen zu einem O geformt. Meine Stimme klang auffallend hell und klar – ein Ton, der meine Eltern vermutlich an den Rand des Nervenzusammenbruchs gebracht hatte, zumal sie Tag und Nacht damit beschallt wurden. Offenbar hatte ich fast nie geschlafen. Manchmal lächelte Mama hilflos in die Kamera, dieses brüllende, zappelnde Baby auf ihren Armen, und unter ihren Augen lagen dicke Schatten, als sei sie tagelang auf den Beinen gewesen. Auf einer anderen Aufnahme stand Sam mit skeptischer Miene neben meinem Bettchen und wandte ihre fragenden Augen schließlich zu ihrem filmenden Papa, als könne er ihr sagen, welch seltsames Geschöpf Mama ihr da aus dem Krankenhaus mitgebracht hatte.

Doch am meisten berührte mich jene kurze Sequenz, in der Mama mit mir im Arm auf einem Sessel saß, halb tot vor Erschöpfung und in unmöglichen Schlabberklamotten, und ich ausnahmsweise fest schlief. Sie sagte nichts, als sie mit einem schwachen Lächeln die Schultern hob und wieder fallen ließ, in ihren Augen Ratlosigkeit, leise Angst und tausend unbeantwortbare Fragen. Sie musste nichts sagen, damit ich verstand, was sie in dieser Situation empfunden hatte. Manchmal sah ich diesen Blick heute noch, wenn auch weniger erschöpft und angstvoll. Mama verstand ihr eigenes Kind nicht. Es war schon damals so gewesen.

»Du warst bei Maks, oder?«, durchbrach Papa mein stilles Grübeln und schob mich ein Stückchen von sich weg, damit er mir ins Gesicht sehen konnte. Verlegen senkte ich die Lider. »Habt ihr euch gestritten?«

»Hmpf«, machte ich verschnupft und ließ mich auf dem dunkelblauen Sitzsack neben der Leinwand nieder. »Er hat sich verändert und … nun will er nichts mehr mit mir zu tun haben.«

Die Wahrheit würde ich Papa niemals erzählen können, aber meine knappe Zusammenfassung beschrieb die Sachlage ganz gut. Ausgerechnet jetzt, wo Maks und ich uns so nahe sein konnten wie noch nie, weil wir beide unzählige Zeichen bekamen, die besagten, dass wir »von da draußen« stammten, setzte er unserer Freundschaft ein Ende.

»Ja, manchmal sind Jungs Idioten.« Papa zog sich seinen Schreibtischstuhl heran, schaltete den Fernseher aus und setzte sich mir gegenüber. »Irgendwann wird er es bereuen und sich in den Hintern beißen, weil er so gemein zu dir war. Weswegen habt ihr euch denn gestritten?«

»Ist nicht wichtig«, schwindelte ich und versuchte, eine bequeme Position zu finden, ohne dass der Sitzsack mich dabei zu verschlucken drohte. »Ich bin auch nicht wegen Maks hier. Sondern wegen mir.«

»Wegen dir?« Papa schlürfte einen Schluck Kaffee und warf einen trübseligen Blick auf seine Leinwand, bevor er sich wieder mir zuwandte.

»Ja.« Ich musste schlucken, weil meine Stimme schon bei diesem einen kurzen Wort gebebt hatte. Mein Kopf platzte fast vom vielen Weinen; ich wollte nicht wieder damit anfangen. »Ich hab oben Filme von mir als Baby angeschaut und ich … ich möchte dich fragen, ob …« Stockend hielt ich inne, weil ich nicht wusste, wie ich formulieren sollte, was ich erfahren wollte. »… ob du dir sicher bist, dass ich von dir bin, weil ich so … so …«

»Oh du lieber Gott, Joss.« Papa ließ sich vom Stuhl auf die Knie fallen und robbte mir entgegen, um meine Hände in seine zu schließen. Weich schauten mich seine dunkelbraunen Augen, die so anders waren als meine, an. »Natürlich bist du von mir! Ich weiß es ganz genau und ich hatte niemals Zweifel daran. Ich weiß sogar, in welcher Nacht du gezeugt wurdest, und glaub mir, ich war dabei.«

»Bitte keine Einzelheiten«, bat ich errötend, doch Papa lachte nur, liebevoll und betroffen zugleich.

»Ganz bestimmt nicht. Aber ich erinnere mich an einen grandiosen Sternenhimmel. Es war sehr romantisch. Du bist unser Kind, Joss, ich schwöre es dir.«

»Aber ich bin so anders – das kannst du nicht leugnen! Ich sehe niemandem von euch ähnlich!«

Papa nickte seufzend. »Ja, da sagst du was, aber das kommt öfter vor, als du denkst. Gene überspringen gerne mal eine Generation.«

»Ich sehe auch meinen Großeltern nicht ähnlich. Und auch nicht meinen Tanten und Onkeln und Urgroßtanten und Urgroßonkeln …« Ihre Fotos hatte ich ebenfalls studiert. Niemand hatte meine Augen oder meinen Kopf.

»Ich weiß.« Papa nickte erneut, lächelte mich aber immer noch an, meine Hände fest in seinen. »Doch das sind Äußerlichkeiten, mehr nicht. Die sind nicht wichtig.«

»Aber ihr habt euch bestimmt darüber gewundert, oder? Ich war schon als Baby seltsam.«

Stöhnend begab Papa sich in den Schneidersitz und zog eine Kiste mit Schallplatten zu sich heran, um sich dagegen zu lehnen. Er wirkte müde; wahrscheinlich hatte er einen langen, anstrengenden Tag hinter sich.

»Ich wusste, dass dieses Gespräch irgendwann kommt. Aber ich war mir sicher, du würdest es mit Mama führen. Es macht mich stolz, dass du mich ausgesucht hast. Ich bin nur leider überhaupt nicht darauf vorbereitet.« Ein leichtes Grinsen huschte über seinen Mund. »Doch ich geb mein Bestes und ich will ehrlich zu dir sein. Ja, du warst anders als Sam. Ich würde lügen, wenn ich das bestreiten würde.«

»Schlimm anders?«, hakte ich leise nach.

»Anders. Einfach anders, Joss. Ohne Wertung.«

Papa schloss die Augen, als würde er sich zu erinnern versuchen. »Als deine Mama so schnell wieder schwanger war, haben wir uns riesig gefreut. Alle sagten, beim zweiten Kind sei es einfacher, und schon bei Sam war es nicht allzu schwierig gewesen. Natürlich waren die ersten Monate anstrengend, es war ja auch neu, eine riesige Umstellung, verstehst du? Aber jetzt wussten wir, was auf uns zukam. Das dachten wir jedenfalls.«

»Und dann kam ich …«

»Ja, und schon am ersten Tag war uns klar, dass wir uns was vorgemacht hatten.« Papa lachte erheitert auf. »Wir waren so naiv gewesen, Joss. Wir dachten, wir wuppen das mit links. Mama nimmt Elternzeit, dann nehme ich Elternzeit, die Klamotten und die Babyausstattung hatten wir ja schon da, wir konnten alles von Sam nehmen und dann … dann war nichts so wie bei Sam. Gar nichts. Du hast unser Leben komplett auf den Kopf gestellt.« So, wie Papa das sagte, klang es nach einem Kompliment, doch mir stiegen neue Tränen in die Augen.

»Ich hab so viel geschrien … oder?«

»Ja, du warst ein Schreibaby, das sagten sie uns schon beim ersten Kinderarzttermin – und auch, dass sich das legen würde. Tat es aber nicht. Irgendwas hat dir nicht gepasst, und wir fanden nie genau heraus, was es war. Du hast uns angeschaut, als hätten wir dich, ohne dich zu fragen, in diese kalte, lebensfeindliche Welt gesetzt, und wenn man es genau nimmt, haben wir das ja auch …« Papa schüttelte sinnend den Kopf. »Ich wusste bis damals nicht, dass Säuglinge einen so vorwurfsvoll anschauen können.«

»Dachtet ihr, ich bin behindert?«

Papa seufzte unterdrückt, als bereite ihm diese Frage unschöne Erinnerungen. »Es gab da ein paar Untersuchungen, ja, wegen deines Kopfumfangs und deiner Augen. Ohne Ergebnisse. Wir waren in großer Sorge um dich, Liebes. Ich war so froh, als sie sagten, dass alles so weit normal ist … Und es hat sich ja auch vieles angeglichen. »

»Nein, das hat es nicht, Papa!«, widersprach ich zittrig. »Es ist nichts normal an mir!« Je größer ich wurde, desto harmonischer fügten sich Kopf, Augen und Figur zusammen, da hatte er recht – aber Durchschnitt war ich nicht.

»Ach, Joss, was ist denn schon normal …«

»Du weißt, was ich meine«, beharrte ich. »Ich hab diese eine Filmaufnahme gesehen, in der Mama in die Kamera guckt, als wisse sie nicht, was sie da eigentlich zur Welt gebracht hat!«

»Es war nicht leicht für sie, Liebling. Sie hatte keine Ahnung, was sie falsch macht. Egal, was sie dir zu essen gab, du bekamst Koliken und hast stundenlang geschrien. Sogar die Muttermilch hast du nicht vertragen. Wir wussten manchmal nicht, wie wir dich durchbringen sollten! Und das hat uns Sorge bereitet, weil wir dich liebten. Nicht, weil wir dich ablehnten –

sondern, weil wir alles tun wollten, damit es dir gut geht!«

»Ich weiß.« Ich hatte es ja gesehen – sie hatten sich beinahe selbst aufgegeben, um für mich da zu sein. »Das weiß ich ja …« Und doch konnte ich mir nicht vorstellen, dass sie sich nicht eines Tages heimlich gewünscht hatten, ein pflegeleichteres, normaleres Kind zu haben.

»Du warst nie aggressiv, nie feindlich. Selbst wenn du geschrien hast, warst du lieb.« Papas Stimme wurde sonnig und tiefer, als er weitersprach. »Auch Sam konnte mit dir anstellen, was sie wollte. Und sie hat so einige Experimente mit dir veranstaltet.« Ein Schmunzeln lief über Papas müdes Gesicht. »Immerhin haben wir eines Abends herausgefunden, was dich beruhigt. Lange Spaziergänge unter dem Nachthimmel. Je klarer er war, desto schneller hast du aufgehört zu weinen und stumm nach oben geschaut. In den ersten Monaten haben wir damit unsere Abendstunden verbracht – wir haben dich warm eingepackt und sind mit dir durch die Straßen spaziert. Ich weiß noch genau, wie das Licht der Straßenlampen sich in deinen Augen gespiegelt hat … du hast kaum gezwinkert, fast wie eine Puppe, aber bei einem dieser Spaziergänge hast du zum ersten Mal gelächelt … ein so schönes, beseeltes Lächeln, Joss. Das hast du heute noch.« Wieder seufzte Papa, dieses Mal etwas gelöster. »Leider war der Zauber im Sommer vorbei, da hat es nicht mehr funktioniert. Du hast auch dann geschrien, wenn wir dich herumgefahren haben, selbst beim schönsten Nachthimmel.« Ja, weil die Plejaden nicht mehr zu sehen gewesen waren. Von Frühjahr bis Herbst verschwanden sie vom Firmament. Ich hatte mich schon damals nach ihnen gesehnt, erkannte ich gerührt und spürte einen Kloß in meiner Kehle. Ihr Anblick hatte mich beruhigt und mir Frieden geschenkt. Mama und Papa wussten es nicht, doch nun waren auch meine letzten Zweifel zerstreut. Ich hatte niemals auf dieser Erde sein wollen. Meine Eltern konnten nichts dafür. Sie hatten alles gegeben, um es mir hier trotzdem schön zu machen – und sie taten es immer noch.

»Hast du dir jemals gewünscht, ich wäre anders?«

Papa sah mich fest an, entschlossen, mich auch beim Beantworten dieser Frage nicht zu belügen. »Natürlich habe ich mir oft gewünscht, du hättest es leichter. Dass du essen kannst, was du willst, dass du beim Sport nicht dauernd Bälle ins Gesicht kriegst, dass du den Sommer genießen kannst, ohne täglich Medikamente nehmen zu müssen, dass deine Klassenkameraden dich nicht ständig aufziehen. Ja, ich wünschte, du hättest es leichter. Aber für mich bist du perfekt wie du bist, Joss. Du bist für mich die beste Tochter der Welt und diesen Platz teilst du nur mit Sam!« Papa zwinkerte mir humorvoll zu. Sam und ich waren wie Tag und Nacht – und deshalb konnte auch keine Konkurrenz zwischen uns entstehen. Wir waren beide seine Lieblingstöchter. Dennoch hatte ich den engeren Draht zu ihm und Sam wiederum zu Mama. Wir hatten das ziemlich gerecht aufgeteilt. »Du hast das Herz am rechten Fleck und einen klugen, analytischen Verstand. Dir kann man nicht so leicht ein X für ein U vormachen – und gleichzeitig bist du eines der friedlichsten Kinder, die mir je begegnet sind. Und mir begegnen viele Kinder.« Darin konnte ich ihm nicht widersprechen. Papa arbeitete seit fünfzehn Jahren als Förderschullehrer – und er war einige Male kurz davor gewesen, alles hinzuschmeißen. »Ich bin stolz auf dich, weil du dich nie beklagt hast. Ich weiß, dass es nicht leicht für dich ist. Ich liebe dich, Joss. Du bist ein wunderbares Mädchen – und süß obendrein, selbst wenn du mir das nicht glauben willst. Bitte zweifel niemals daran.«

»Okay«, murmelte ich ohne echte Überzeugung, was das »süß« betraf. Väter waren verpflichtet, ihre Töchter süß zu finden. Das ging gar nicht anders. Unbeholfen kämpfte ich mich aus meinem Sitzsack-Gefängnis heraus und versuchte mich an einer Umarmung, bei der Papas und mein Kopf dumpf aneinanderstießen. Doch seine Arme hielten mich fest und sicher. »Danke. Ich hab mal gehört, wie du mich in einem Telefongespräch Nerd genannt hast und … es klang für mich, als würdest du dich für mich schämen …«

»Oje. Das war dumm von mir. Richtig dumm. Du

darfst mich dafür in die Rippen hauen. Na los, Joss … hau mich …«

»Schon gut.« Ich würde es sowieso nicht fertigbringen. Papa erinnerte mich immer an einen lieben, großen Hund, und so jemanden konnte man nicht schlagen, selbst im Spaß nicht.

»Ich versuche, so was nicht mehr zu sagen. Das war albern. Okay? Alles wieder gut, Joss?«

Blinzelnd nickte ich – und begriff, dass ich Mama und Papa niemals würde offenbaren können, woher ich wirklich kam und dass sie mich zwar zur Welt gebracht hatten und mit all ihrer Liebe und Fürsorge aufzogen, aber ich mich wahrscheinlich erst wahrhaft zu Hause fühlen würde, wenn ich diesen ungeschickten, kleinen Körper verlassen und zu meinen Sternen zurückkehren konnte.

Ich verstand weniger denn je, warum ich ihn eigentlich bekommen hatte.

HEIMATPLANET

»Wann haben wir endlich mal wieder richtiges Brot?« Anklagend ließ Sam ihre frisch bestrichene Stulle auf den Teller fallen. »Das schmeckt wie Zement!«

»Es ist richtiges Brot«, erwiderte Mama mit sichtlich erzwungener Geduld.

»Ist es nicht!« Sam schob den Teller fort. »Es fängt an in seine Einzelteile zu zerfallen, sobald man es berührt. Noch schlimmer als der Steinkuchen, echt.«

Als Steinkuchen bezeichnete Samantha gerne den Spezialkuchen, den Mama ab und zu für mich buk. Sie hatte ja recht, man brauchte gute Zähne, um ihn zu zerkleinern. Aber lieber tat mir der Kiefer weh als dass ich einen Tag lang mit Bauchschmerzen im Bett lag.

»Wir haben kein anderes da. Also iss es oder nimm eine Scheibe Knäckebrot«, schlug Papa ihr vor.

»Das ist ja noch staubiger! Da kann ich gleich Kieselsteine lutschen! Warum muss ich den ganzen Joss-Kram eigentlich immer mitessen?«

»Weil wir auf den Schwächsten in der Familie Rücksicht nehmen und kein Geld haben, jedem sein persönliches Lieblingsessen zu kaufen«, wiederholte Mama, was sie schon oft gesagt und mir nie richtig gefallen hatte. »Dieses Brot bringt dich nicht um, Sam.«

»Und ich bin nicht schwach«, widersprach ich gedämpft, obwohl ich mich ununterbrochen so fühlte, seitdem Maks und ich nicht mehr miteinander sprachen.

»Bringt mich vielleicht nicht um, macht aber auch keinen Spaß«, nölte Sam weiter. Wenn sie einmal mit ihrer Motzerei angefangen hatte, hörte sie nicht so schnell wieder damit auf. »Ich kann alles essen, warum darf ich es dann nicht und muss so tun, als hätte ich die Macken von Joss?«

»Samantha, bitte!« Mama schaute sie durchdringend an, doch sie zog nur eine Schnute und zuckte mit den Schultern.

»Is' doch wahr …«

»Ich versteh sie schon«, meldete ich mich wieder zu Wort. »Ich würde auch alles essen wollen, wenn ich es könnte, und nicht dauernd auf andere Rücksicht nehmen wollen.«

»Boah, jetzt bist du auch noch so nett und verständnisvoll!« Sam verdrehte die Augen und stieß mir brummelnd ihren Ellenbogen in die Seite, sodass ich fast vom Stuhl kippte. »Mensch, Joss, das ist ätzend. Ich kann dir nicht mal böse sein!«

»Hat sie wieder Tollwut?«, raunte Papa Mama zu, als er sich das Salz von der Anrichte nahm, und ein wissendes Lächeln huschte über ihr Gesicht. Tollwut war das Synonym für Samanthas Unausstehlichkeit, wenn sie ihre Tage hatte – ein Thema, bei dem ich noch nicht mitreden konnte.

Lautstark kratzte Sam Butter auf ihr Knäckebrot und bedachte uns dabei mit blitzenden Blicken. Ich konnte sie wirklich verstehen. Ihr ganzes Leben lang hatte sie permanent auf mich Rücksicht nehmen müssen – wie alle Menschen um mich herum. Es ging mir selbst auf den Keks.

»Themawechsel«, beschloss Mama mit einem unterdrückten Seufzen. »Joss, Frau Heinrich hat heute bei mir angerufen. Du hast uns gar nicht erzählt, dass du für die Belohnungsfahrt ausgewählt wurdest.«

»Weil es keinen Sinn macht, das zu erzählen.« Angestrengt schluckte ich den Brotklumpen an meinem Gaumen hinunter und trank einen Schluck Tee hinterher. »Es ist besser für alle, wenn ich nicht dabei bin.«

»Frau Heinrich sieht das anders«, widersprach Mama sanft. »Sie würde sich freuen, wenn du mit nach England fährst und wir uns auch.«

»Was!?« Mit aufgerissenen Augen starrte Sam Mama, Papa und mich in fliegendem Wechsel an. Dramatische Gesichtsausdrücke beherrschte sie wie keine andere. »Ej, das glaub ich nicht! Jetzt darf Joss nach England, ja, auf einmal? Geht's noch?«

»Samantha, würdest du bitte …«

»Nein, würde ich nicht!« Samantha sprang auf und verschränkte trotzig die Arme. »Jahrelang verbringen wir todlangweilige Urlaube in doofen Ökohotels im Bayerischen Wald, wo nix los ist, immer nur wegen Joss und ihren tausend Allergien, und jetzt soll sie auf einmal nach England reisen? Ich will auch nach England!«

»Keine Sorge, ich fahre nicht mit. Du musst dich nicht aufregen.«

»Sam, setz dich wieder. Bitte.« Schnaufend nahm Sam Platz. Aus den Augenwinkeln sah ich, wie Papa ihr beruhigend auf die Schulter klopfte, während Mama sich erneut mir zuwandte. »Joss, du solltest wenigstens darüber nachdenken … Frau Heinrich meinte, wenn sie rechtzeitig mit dem Planen beginnen, könnten sie alles so einrichten, dass auf dich Rücksicht genommen wird. Es könnte dir guttun.«

»Wisst ihr, was *mir* guttun würde?« Sam warf ihre blonde Mähne zurück und verschränkte bockig ihre Arme. »Ein Urlaub in Ägypten, am Meer. Oder in der Türkei. Türkei soll toll sein … ein ganz normaler Urlaub, so wie die anderen ihn auch machen … und zwar da, wo es coole Typen gibt und Discos und Strände und ich shoppen gehen kann!«

»Ich will doch gar nicht nach England«, wiederholte ich ruhig, doch Sam sprang erneut vom Tisch auf und dieses Mal stürmte sie aus der Küche, bevor sie jemand aufhalten konnte.

»Lass sie«, stoppte Papa Mama, die aufstehen und hinterhergehen wollte. »Ist nicht immer leicht für sie – und du bekommst deshalb jetzt bitte keine Schuldgefühle«, fügte er etwas leiser hinzu, als er sah, dass ich betroffen auf meinen Teller schaute. Ich hatte niemals um diese Kur-Urlaube im Bayerischen Wald gebeten. Von mir aus mussten wir gar nicht in Urlaub fahren. Aber verantwortlich fühlte ich mich trotzdem.

»Ich möchte auch gerne nach oben gehen. Darf ich?« Normalerweise half ich Papa beim Geschirrspülen und Abtrocknen, doch seit gestern sah ich wieder so schlecht, dass ich den Tellern beim Einräumen in den Schrank Macken verpasst hatte und mehr Schaden anrichtete, als ich ihn unterstützen konnte.

»Von mir aus.« Mama unterdrückte ein Gähnen. »Aber über die Belohnungsfahrt reden wir noch einmal. Es könnte dir guttun, ein bisschen Zeit mit deinen Mitschülern zu verbringen.«

Da ich nicht wusste, was ich dazu sagen sollte – denn sie wollten ihre Zeit sicherlich nicht mit mir verbringen –, stand ich stumm auf, nickte meinen mir heute wieder so fernen Eltern mit einem verkrampften Lächeln zu und stapfte auf den Dachboden, wo Horst schon auf mich wartete und ich mich ratlos umsah. Ich wusste nicht mehr, was ich hier oben eigentlich noch sollte. Meine Sternenguckerei kam mir sinnlos vor, seitdem Maks und ich uns zerstritten hatten – und das, obwohl sie die einzige verlässliche Basis meines

Lebens gewesen war. Die Sterne taten mir nichts. Doch nun schmerzte es, an sie zu denken, weil ich es nicht tun konnte, ohne an Maks zu denken. Die Sterne, Planeten, Maks und ich – wir gehörten zusammen.

Still blieb ich stehen, die Arme schlaff herunterhängend, und betrachtete leidenschaftslos mein teuerstes Teleskop, für das ich jahrelang gespart hatte. Ich verspürte nicht das geringste Bedürfnis, hindurchzusehen. Unten polterte es vernehmlich; offenbar kam Sam zurück in die Küche gebraust, um weiterzudiskutieren. Darin hatte sie beachtenswerte Ausdauer. Nur wenige Sekunden später klingelte es an der Tür – wahrscheinlich Peter, der zusammen mit Papa alte Platten hören wollte. Dazu Geschirrklappern und Mamas Schritte, die sich geschäftig hin und her bewegten. Eine ganz normale Familie, dachte ich traurig. Wo war meine?

»Könnt ihr mir nicht helfen?«, flüsterte ich fragend und machte einen zaghaften Schritt in Richtung Fenster und Teleskop. »Ich verstehe gar nichts mehr, bitte helft mir doch! Ich brauche Maks, sonst ergibt das alles keinen Sinn!«

Doch genauso fühlten sich meine Erlebnisse für ihn an. Was ich ihm erzählt hatte, ergab für ihn keinen Sinn, und ich konnte es ihm nicht verdenken. Mit einem schweren Gefühl im Bauch dachte ich daran, wie ich heute in der Pause alleine am Tisch gesessen hatte und er in der anderen Ecke des Raumes – und als wäre das die Aufforderung gewesen, hatten die Hänseleien von Neuem angefangen, und nun zielten sie nur noch auf mich ab. An Maks traute sich keiner mehr ran. Seitdem er aus seinem Antiaggressions-Camp zurück war, war er den dicken Jungs unheimlich geworden. Er konnte ja vor Kraft kaum noch laufen. Kein Wunder, dass sie ihre Gemeinheiten nun auf mich konzentrierten.

Oh nein, jetzt näherten sich auch noch Schritte die Treppe hinauf – forsch und stampfend, das konnte nur Sam sein. Unser Zank ging in die zweite Runde – vermutlich war sie bei Mama und Papa gegen Mauern geprallt. Schon hatte sie den Dachboden erreicht; ich glaubte sogar ihr blumiges Parfum riechen zu können.

»Falls du wegen England hier bist, ich will da echt nicht mit und …«

»Jo-hooss!?« Verwundert fuhr ich herum – Sam hörte sich kein bisschen sauer an, sondern verdächtig geheimnisvoll und aufgeputscht. Grinsend zwinkerte sie mich an. »Du bist mir ja eine … Warum hast du mir das nie gesagt?«

»Was denn?«, fragte ich verwirrt. Ich hatte keine Ahnung, wovon sie redete – und ihre abrupten Stimmungswechsel würde ich sowieso niemals verstehen.

»Na, was für ein verschärfter Typ dein Maks ist.« Auf Zehenspitzen trat sie näher und legte spielerisch den Arm um meine Taille. »Der ist ja richtig *heiß*.

Mensch, Schwesterchen …« Kichernd pustete sie mir ins Gesicht. »Er will zu dir! Knutscht ihr dann hier oben rum?«

»Halt den Mund«, zischte ich unterdrückt, weil ich schon wieder Schritte auf der Treppe vernahm. Ach du grüne Neune, war das etwa wahr, was Sam gerade andeutete – Maks war bei uns und wollte zu mir?

»Tataaaaa!«, trötete Sam und deutete schwungvoll auf die Tür, in der gerade ein rötlich schimmernder Schatten auftauchte. »Viel Spaß euch beiden … und wenn du ihn nicht willst, ich nehm ihn«, wisperte sie mir ins Ohr und gab mir einen so heftigen Klaps auf meinen Po, dass ich ins Schwanken geriet. Erst, als sie summend die Treppe hinunterhüpfte, gelang es mir, mich zurück ins Gleichgewicht zu bringen und meinen Blick zu schärfen. Ja, dieser purpurne, hohe Schatten in der Tür war Maks. Offensichtlich traute er sich nicht, ohne meine Erlaubnis näher zu treten.

»Willst du nicht reinkommen?«

»*Darf* ich denn reinkommen?«

Mir entwich ein leiser Seufzer. »Ich kann dich nur warnen, hier oben haust eine Verrückte. Ach ja, und entschuldige bitte die verrückte Schwester der Verrückten. Liegt wohl in der Familie.«

Maks gab ein Schnauben von sich, halb Belustigung, halb Frustration, und kam drei vorsichtige Schritte näher, bevor er wieder stehen blieb und sich mit großen Augen umschaute. Stimmt, so sah kein normaler Dachboden aus. Trotzdem verwunderte mich sein Staunen. Was hatte er sich denn vorgestellt?

»Wow. – Gehört das alles dir?«

»Jep.«

Fragend deutete Maks auf meine drei Teleskope, die ich an den Fenstern Richtung Süden, Westen und Osten aufgestellt hatte.

»Die auch? Deine eigenen, ehrlich?«

Dieses Mal nickte ich nur, während Maks Blicke auf die Bücher fielen, die ich in der Mitte des Raumes zu Stapeln aufgeschichtet hatte, da sie nicht mehr in meine Regale passten und ich sie sowieso bald wieder zurückgeben musste. Die besonders abstrusen Exemplare hatte ich so positioniert, dass man ihre Titel und Buchrücken nicht sehen konnte, aber alles in allem befand sich auf dem Boden genau jenes Material, das mir zu meinen Mars-Theorien verholfen hatte.

»Die hast du alle gelesen?«

»Im Großen und Ganzen ja«, antwortete ich schlicht. Wieso war er hier – um zu überprüfen, was ich den ganzen Tag so trieb, und mich dann des Wahnsinns zu überführen?

»Heftig.« Ja, dieser Ausdruck traf es ganz gut. Manche Bücher waren so skurril gewesen, dass ich sie lediglich überflogen hatte – aber meistens waren es genau jene Werke gewesen, welche ein oder zwei Sätze enthalten hatten, die mir ein neues Puzzlestück lieferten. Andere schienen handfest und wissenschaftlich zu sein, hatten aber nur gähnende Langeweile in mir ausgelöst. Doch auch in ihnen hatte ich winzige Hinweise gefunden, eher zwischen den Zeilen als direkt ausgesprochen. Es war, als ob über all diesen Büchern ein einziges, unsichtbares Buch schwebte und die Autoren nur Bruchstücke dieses einen, großen Opus erhalten hatten, die sie notgedrungen in viele andere, nichtssagende Informationen hatten packen müssen, um ihre Bruchstücke zu veröffentlichen.

»Ich dachte immer, du … du verbringst deine Zeit mit Star Trek gucken oder Star Wars und so … Dr Who …«, druckste Maks leise herum. »Weiß nicht, Science Fiction halt.«

»Nein, tu ich nicht. Hat mich nie interessiert. – Warum bist du hier?«

Oh Gott, ich freute mich so sehr, dass er hier war, und trotzdem traute ich der ganzen Sache nicht. Erst gestern noch hatte er mich angeschrien und gesagt, nie wieder etwas mit mir zu tun haben zu wollen, und nun stand er in meinem heiligen Reich auf dem Dachboden – just zu jener Stunde, in der sich der Mars am Himmel zu zeigen begann!

»Ich … äh … also. Hier.« Maks trat noch einen Schritt nach vorne und griff in seine neue Jacke – eine mattschwarze Lederjacke mit vielen silbernen Knöpfen und Reißverschlüssen, die ich noch nie an ihm gesehen hatte, ebenso wie die dunklen Jeans und den lässigen Pullover. Anscheinend hatte seine Mutter ihm einen ganzen Schwung Klamotten kaufen müssen, weil sein »Entwicklungssprung« die alten gesprengt hatte. Sam hatte recht, er hatte sich gemausert, und wenn man nicht wusste, wie er vorher ausgesehen hatte, musste man denken, ich habe mir den hübschesten Jungen der Schule als Beschützer ausgeguckt. Doch Maks kannte sich in seiner eigenen Jacke noch nicht aus, und so dauerte es zähe Sekunden, in denen mein Herz unruhig vor sich hin pumpte, bis er endlich gefunden hatte, was er suchte. »Das ist … ich … ach, schau einfach selbst.«

Zögernd nahm ich das Papierpäckchen entgegen und faltete es auseinander – und konnte kaum glauben, was ich sah.

»Ja, ist unser Vertrag. Ich hab ihn für dich neu ausgedruckt und unterschrieben, denn ich … ich … Das war scheiße von mir, Joss.« Wie vom Donner gerührt stand ich vor ihm, den Vertrag in der Hand und sprachlos vor Überraschung. »Egal, was ich von dir denke und von dem halte, was du mir erzählt hast, man zerreißt deshalb nicht einen Vertrag. So was ist ziemlich schäbig. Ich will so nicht sein.«

»Ich … ich weiß nicht, was ich …«

»Ich werde mich in Zukunft an ihn halten«, versprach Maks mit heroischem Blick, nachdem ich stotternd verstummt war. »Ich werde dafür sorgen, dass die anderen nicht wieder so fies zu dir sein können, und ich werde auch Paragraf 3 befolgen, okay? Denn das hab ich nicht. Ich hab dich nicht ausreden lassen. Und mich über dich lustig gemacht. Aber Joss – ich kann dir nicht versprechen, dass ich dir glaube. Das geht nicht.«

»Schon klar.« Meine Stimme war kaum noch zu hören.

»Das war alles zu viel für mich gestern. Gerade raus aus dem blöden Camp, das echt nur genervt hat, dann die ganzen Brandspuren im Haus, der Rost in meinem Bett und auf meiner Haut und dazu deine Geschichte … Ich hab das in meinem Kopf nicht unterbekommen.«

»Versteh ich«, murmelte ich tonlos. »Und jetzt?«

»Ich hab Fragen«, stieß Maks rau hervor. »Jede Menge Fragen, und bevor ich dich laut Paragraf 3 anhöre, ohne dich zu unterbrechen oder auszulachen, muss ich eine dieser Fragen stellen. Geht das?«

»Ja, klar. Das ist Paragraf 7.« Argwöhnisch blickte ich ihn an. »Du warst gestern noch so wütend … und jetzt …«

»Genau das ist es ja, Joss!«, rief Maks und warf den Kopf in den Nacken, wobei seine Haare nach hinten fielen und die Sehnen an seinem kräftigen Hals hervortraten. Für einen Augenblick sah er aus wie eine dieser wuchtigen, in Stein gemeißelten Ares-Statuen aus dem alten Rom. »Ich dreh immer wieder vollkommen ab und werde dabei so zornig, dass ich was kaputt machen will! Das Haus kann man ja reparieren, aber gestern war es unsere Freundschaft und der Vertrag! Was wird es das nächste Mal sein, was?«

»Keine Ahnung. Die dicken Jungs?«, schlug ich gelassen vor. »Stell lieber deine echte Frage, bevor dein nächster Zornesblitz einschlägt.«

»Gut, mach ich.« Noch einmal ließ Maks seinen feurigen Blick, an den ich mich langsam zu gewöhnen begann, über meine Teleskope und meine übrige technische Ausrüstung gleiten – und mir wurde bewusst, dass sein Misstrauen auch daher rührte, dass wir uns kaum kannten. Er hatte nicht wissen können, dass ich mich seit der Grundschule ernsthaft mit Astronomie und Himmelskunde beschäftigt und erst jetzt etwas erlebt hatte, was dieses Wissen sprengte. Stattdessen hatte er mich für einen realitätsfremden Trekkie gehalten. Das war fast schon lustig. »Du sagst, ich käme vom Mars«, begann er zögernd, die Augen abgewandt. »Ich weiß immer noch nicht genau, wie du das meinst, aber okay, nehmen wir an, ich komme vom Mars. Weil ich Mars-Zeichen in mir trage, die plötzlich aufgetaucht sind, weshalb auch immer.« Fahrig wedelte Maks mit der linken Hand. »Aber du hast dauernd von ›uns‹ gesprochen. Dass *wir* nicht von der Erde sind. Also kommen wir beide, wenn das stimmt, von da draußen, und ich bin mir ziemlich sicher, dass du nicht vom Mars stammst, denn an dir ist nichts feurig oder aggressiv und deine Augen …« Fast unmerklich schüttelte Maks den Kopf. Langsam richtete er seinen

Blick auf mich, bis das weißliche Hellblau meiner und das Rotbraun seiner Iris sich vereinten. Ich konnte die Gegensätze zwischen uns förmlich in meinen Adern pulsieren spüren. »Du bist nicht vom Mars. Oder?«

»Nein, bin ich nicht«, bestätigte ich flüsternd.

»Dann ist das meine erste Frage, denn du scheinst die Antwort darauf schon dein ganzes Leben lang zu wissen. Wenn das alles stimmt, was du gesagt hast, wo liegt dann *deine* Heimat?« Maks trat noch einen Schritt auf mich zu und musterte mich, als sähe er mich zum ersten Mal – meine eigensinnigen Haare, meinen auffälligen Hinterkopf, meine zierliche Gestalt und mein blasses Gesicht mit diesen unfähigen, hellen und zu großen Augen, die nichts lieber taten, als stundenlang in Lichtjahre entfernte Galaxien zu schauen.

»Verdammt, woher kommst du, Joss?«

SIEBEN AUF EINEN STREICH

»Also, ich … hm.« Ich hatte mit dieser Frage gerechnet – und es wunderte mich, dass Maks mich nicht schon gestern mit ihr bombardiert hatte. Doch obwohl ich darauf vorbereitet war, spürte ich, wie brennende Hitze meinen Nacken heraufkroch und sich Verlegenheit in mir ausbreitete. Verdammt, es war so viel einfacher, einem anderen zu sagen, wo seine Heimat lag, als seine eigene zu benennen. »Ich komme … von etwas weiter weg.«

»Mond? Nein, der ist ja nicht so weit weg. Jupiter? Saturn?«, riet Maks ins Blaue hinein.

»Kein Planet.«

»Kein Planet? Ja, was denn dann?«

»Ich … oh Mann.« Ich schaffte es nicht mehr, Maks anzuschauen. »Ich komme wohl von … von … den Plejaden.« Scheu riskierte ich einen Blick nach oben. Maks hatte seine Brauen gerunzelt, seine Miene voller Fragen. »Nie gehört?«

»Nee.«

»Ein Sternenhaufen. Also mehrere Sterne auf einem Fleck … ziemlich viele, um genau zu sein. Ich weiß nicht genau, von welchem ich komme, aber auf jeden Fall von – dort.«

»Sind die weit weg?« Maks war sichtlich hin- und hergerissen zwischen brennender Neugierde und sofortiger Flucht.

»Um die vierhundert Lichtjahre. Sieben Sterne kann man mit dem bloßen Auge erkennen. Deshalb werden sie auch das Siebengestirn genannt. Subaru ist übrigens das japanische Wort für die Plejaden. Die Automarke, weißt du? Deshalb der Stern im Logo«, versuchte ich Maks' Fluchtinstinkte mit ein paar handfesten Sachinformationen einzudämmen.

»Okay … und was weißt du sonst noch darüber? Hast du zu deren *Energie*« – Maks rümpfte kurz die Nase – »in deinen vielen Büchern auch was gefunden?«

»Na ja. Schon, ja. Aber das war … Puh, ich weiß nicht.« Nun hatte sich die Hitze auch in meinem Gesicht verteilt. Was ich über die Plejaden gelesen hatte, konnte ich Maks beim besten Willen nicht erzählen. Über sie gab es keine Informationen wie über unsere Planeten, denn noch nie war jemand in ihrer Nähe gewesen. Umso mehr Mythen und unglaubwürdige Geschichten von hellblonden Plejadierinnen, vorzeitlichen Raumfahrern und allerlei makaberen Alien-Entführungen rankten sich um meine geliebten Sterne. Ein einziges Buch hatte sich davon abgehoben; in ihm hatte ich Wahrheit gespürt, zumindest Funken davon. Aber auch sie waren unerzählbar. Maks begann endlich zögerlich Vertrauen zu meiner Theorie zu fassen. Ich durfte ihn nicht wieder überfordern. »Es gibt in allen Völkern rund um die Erde alte Geschichten über die Plejaden«, wählte ich einen anderen Weg. »Vor allem bei den Indianern. Ist immer das Gleiche. Entweder kommen Wesen von den Plejaden zur Erde oder es steigen Menschen zu den Plejaden hinauf. Märchen, verstehst du?«

»Dann bist du also eine Märchenprinzessin.«

Es gelang mir nicht, auf Maks' scherzhafte Bemerkung einzugehen. Mir war überhaupt nicht nach Lachen zumute. »Ich und Prinzessin … Haha. Oh Maks, ich weiß es ehrlich gesagt nicht. Ich hab schon als Baby da hochgeschaut und nur, wenn ich sie gesehen habe, habe ich aufgehört zu schreien. Und in dieser einen Nacht kürzlich, da …« Unsicher brach ich ab. »Es gibt eine Verbindung zwischen ihnen und mir.«

Mit gesenktem Blick blieb Maks stehen, als versuche er, meine bruchstückhaften Informationen einzuordnen. Sie waren zu dürftig, ich wusste es. Bei ihm war die Sache wesentlich klarer. Nach einigen Sekunden des Nachsinnens brummelte er ausatmend in sich hinein und setzte sich an Ort und Stelle auf einen der vielen weichen Flickenteppiche, die Mama auf dem Boden ausgebreitet hatte, damit ich beim Sternegucken keine kalten Füße bekam. Weil ich nicht wie ein Ölgötze vor ihm verharren und auf ihn heruntergucken wollte, tat ich es ihm gleich. Vielleicht ließen sich derartige Themen im Sitzen ja besser besprechen.

»Weißt du, was ich bei der ganzen Sache überhaupt nicht verstehe?« Maks Augen wurden schmaler, was ihren feurigen Schimmer beinahe hypnotisch werden ließ. »Ich bin doch aus Fleisch und Blut. Und auch wenn ich aus einer Samenspende stamme, war ich im Bauch meiner Mutter und bin von ihr geboren worden, und wir waren uns gestern darin einig, dass es keine kleinen grünen Männchen auf dem Mars gibt. Heißt das dann, dass es etwas in mir gibt, was mehrere Leben lang existiert …?«

»Ja, genau.«

»Die Seele?« Maks Augen weiteten sich ein wenig, als sie suchend über mein Gesicht glitten.

»Anders würde es nicht funktionieren, oder?«

»Ich dachte, die haben nur Menschen. Und wenn wir sterben, dann stirbt die Seele auch.«

»Wozu bräuchten wir sie denn dann?«, fragte ich leise und rieb mir über meine Oberschenkel, weil sie plötzlich kalt wurden. »Ich hab keine andere Erklärung, Maks. Es ist die einzige, die Sinn macht. Dass unsere beiden Seelen zum ersten Mal in einem menschlichen Körper wohnen und vorher – na ja, da draußen unterwegs waren.« Mit der linken Hand deutete ich hinter mich, wo mein Teleskop bereits auf den Südhimmel ausgerichtet war.

»Und warum sind sie dann jetzt auf der Erde, als Menschen? Welchen Sinn ergibt das? Wir kommen hier doch gar nicht gut zurecht!«

»Vielleicht haben wir einen Auftrag, den wir erfüllen müssen.«

»Du bist die Auserwählte Nummer 1!«, trötete Horst so unvermittelt und penetrant durch den Raum, dass wir beide zusammenzuckten und unsere Knie sich dabei berührten. Maks' Bein fühlte sich kühl und heiß zugleich an. Stöhnend nahm er seine Hände vor sein Gesicht. Auch sie waren männlicher geworden; er hatte sogar feine, bronzene Haare auf dem Handrücken. Vorher hatten sie mit winzigen Zinnsoldaten hantiert. Jetzt schienen sie bereit dafür zu sein, eine Kriegsaxt zu schwingen. »Scheiße«, hörte ich ihn flüstern.

»Das war es, was ich gestern meinte. Ich hab ihm das nicht beigebracht, Maks, ehrlich.« Maks verbarg sich noch immer hinter seinen Kriegerhänden. »Er hat es aufgeschnappt, als … diese Sache passiert ist. Nur durch ihn weiß ich, dass sie wirklich geschah.«

»Und woher soll ich wissen, dass du nicht rumspinnst und ihm diesen Satz beigebracht hast?«

»Weil er nie nachplappert, was ich ihm vorsage. Nie! Er pickt sich das raus, was ihm gefällt!« Wie zur Bestätigung wippte Horst eifrig mit dem Kopf auf und ab – es sah aus wie ein freches Nicken.

»Würde ich an deiner Stelle auch behaupten. Oh

Joss …« Maks ließ seine Finger durch sein dichtes Haar gleiten. »Du machst es mir echt nicht leicht.«

»Meinst du denn, für mich ist das leicht? Bei jedem Satz, den ich sage, hab ich Angst, dass du wieder aus der Haut fährst und alles niedertrampelst! So ein Vertrag ist schnell zerrissen! Das hab ich gestern ja gesehen!«

»Okay, dann …« Maks' Wirbelsäule knackte, als er die Finger aus seinen Haaren nahm und sich die Lederjacke von den Schultern streifte, wobei die Reißverschlüsse leise klickten. »Dann erzähl es mir jetzt. Erzähl mir, wieso dein Papagei diesen Satz sagt und was in dieser Nacht passiert ist. Ich verspreche, dich nicht zu unterbrechen, nicht zu lachen und nicht davonzustürmen.« Maks kreuzte die Hände über seiner Brust und neigte bedeutsam seinen Kopf. Seine Geste war frei von jeder Ironie und wirkte so würdevoll und ehrlich, dass ich mich automatisch aufrichtete. Wir erlebten gerade eine heilige Ruhe zwischen zwei Mars-Stürmen – ich sollte sie nutzen.

Also holte ich tief Luft und begann zu erzählen – erst langsam, abgehackt und fast unterwürfig, bis ich von Satz zu Satz mutiger wurde und meine Stimme immer klarer und deutlicher durch den Raum schwebte. Mit gesenkten Wimpern hörte Maks mir zu, seine Miene unbewegt, doch ab und zu hob ein schweres Atmen seine Brust oder seine Hände zuckten unruhig. Ich berichtete von dem hellen Flackern, das ich in

Alkyone gesehen hatte, von den kreisenden Lichtern, die ich für Meteoriten gehalten hatte, der Stimme, meinen Verdachtsmomenten wegen des Erdnuss-Schocks, von dem Stein und seiner Herkunft, von den vielen Zeichen, die mich heimgesucht hatten. Ich ließ nichts aus, obwohl ich das Gefühl hatte, irgendetwas Wichtiges nicht erwähnt zu haben – etwas, was in der Bibliothek geschehen war, doch so sehr ich auch versuchte, mich daran zu erinnern, ich fand es nicht. Ähnlich verhielt es sich mit den Botschaften, die ich auf die blaue Karte notiert hatte. Sie waren nicht vollständig. Eine oder zwei Hinweise fehlten.

»Ich habe es anfangs für einen Erdnuss-Schock gehalten. Deshalb hab ich es nicht ernst genommen und auch nichts aufgeschrieben, weißt du? Aber als dann die ganzen Zeichen auf mich einprasselten und Horst plötzlich den Satz sagte, da … Ich konnte nicht mehr wegschauen. Zumal ich plötzlich wusste, dass du ein Teil des Ganzen bist. Das ist die Geschichte. Jetzt weißt du alles. Kein Raumschiff, keine Entführung. Sondern eine Botschaft.«

Minutenlang hockten wir uns schweigend gegenüber, ich auf meinen Knien, Maks im Schneidersitz, die Hände wieder in seinen Haaren vergraben und die Ellenbogen aufgestützt. Ich wagte es nicht, auch nur ein Wort zu sagen, weil ich nicht wusste, welch explosive Kraft es in ihm auslösen würde. Denn hinter Maks' Stirn arbeitete es unentwegt. Als ich die Stille kaum mehr ertragen konnte, riss er plötzlich knurrend den Kopf hoch.

»Aber wieso wir? Wenn ein Auftrag dahintersteckt und wir Auserwählte sind, haben die sich dann nicht fürchterlich in uns geirrt? Schau uns doch mal an, Joss!«

Wie ich aussah, wusste ich zu gut und auch, dass ich nicht mal in der Lage war, einen Tennisball auf die andere Straßenseite zu werfen – aber bei Maks war das eine andere Geschichte. Vor mir saß ein Kerl, der einem das Fürchten lehren konnte. Maks musste sich nicht verstecken. Noch vor ein paar Wochen war er ein blasser, farbloser Eigenbrötler gewesen, nach dem sich niemand umdrehte. Jetzt konnte er durchaus als ein Auserwählter gehandelt werden.

»*Du* hast dich verändert … Du sagst selbst, dass du mit deiner Kraft kaum umgehen kannst.«

»Das meine ich nicht. Nicht das Äußere. Sondern das hier.« Er deutete auf seinen Kopf. »Ich kenne mich selbst nicht mehr. Und du weißt ja nicht mal, was wir tun sollen, du hast lediglich Ahnungen! Du glaubst nur, dass ein Auftrag dahintersteckt!«

»Ich hoffe, es fällt mir wieder ein. Ich warte die ganze Zeit darauf.«

Ächzend ließ Maks sich hintenüberfallen und breitete die Arme aus, um mit offenen Augen an die Decke zu schauen – genauso, wie ich es kürzlich hier oben getan hatte, weil ich nicht mehr weiterwusste.

»Mein Kopf schreit Nein. Ununterbrochen. Er lacht uns aus! Sagt, dass es nicht sein kann. Ich will ihm so gerne glauben … aber das bedeutet automatisch, dass ich so bin, wie die Betreuer es im Camp gesagt haben … und dass ich all das tun muss, was sie und Mutter von mir wollen, um mich unter Kontrolle zu kriegen. Also bin ich doch lieber vom Mars und meine Veränderungen sind total normal für mich, weil Marsianer eben so sind …« Maks lachte belustigt auf, doch ich hörte auch Verzweiflung in seiner Stimme. »Das ist echt klasse, Joss. Ich hab nur die Wahl zwischen verrückt und verrückt. Also, welches verrückt nehme ich?«

»Das, was sich für dich richtig anfühlt. Hey …« Schüchtern robbte ich auf den Knien an ihn heran, bis ich zwischen seinem Arm und seiner Brust angelangt war und ihm ins Gesicht sehen konnte. Er hatte seine Lider herunterfallen lassen, als habe man ihn gerade erschossen, aber seine Rippen hoben und senkten sich kraftvoll unter dem Rhythmus seines Atems. »Du bist doch nicht allein. Wir sitzen im selben Boot. Wenigstens haben wir jemanden, mit dem wir darüber reden können.«

»Zwei Falsche ergeben keinen Richtigen, Joss. Das weißt du selbst.«

»Aber wir sind nicht falsch. Wir sind nur anders.«

Grummelnd zog Maks ein Bein an und dehnte seine Arme noch ein Stück, bis sein ganzer Körper erzitterte. Waren das etwa Vorboten für einen neuen Aggressionsausbruch? Sollte ich mich in Sicherheit bringen?

»Jetzt mal abgesehen von einem möglichen Auftrag, den wir haben – woran ich nicht glaube, Joss, da müssen sie sich schon andere suchen … Aber abgesehen davon – wenn meine Herkunft nun in mir durchschlägt, was mache ich denn nur damit? Ich kann doch nicht dauernd irgendwas zerstören oder abfackeln, wenn dieses Gefühl in mir ist … dieses Gefühl, dass ich alles umwälzen und verändern muss …«

»Na, du könntest zu deinen Mars-Eigenschaften stehen und sie gezielt ausleben.«

»Ich soll gezielt etwas zerstören und es auch noch gut finden!?«

»Nein«, antwortete ich geduldig, ohne Maks auch nur eine Sekunde aus den Augen zu lassen. Er wirkte auf mich wie ein Vulkan kurz vor dem Ausbruch. »Du könntest dir zum Beispiel eine Kampfsportart suchen und dich darin abreagieren. Oder dieses … dieses … Kriegführen mit Farbkugeln … wo man sich gegenseitig jagt und abschießt …«

»Paintball? Nee, das ist nichts für mich.«

»Probier's aus.« Ich zuckte mit den Achseln. »Da ist auf jeden Fall mehr los als im Schachclub.«

»Nein, dann lieber echter Kampfsport. Boxen oder so. Kickboxen!« Der Hauch eines Lächelns umspielte Maks' Mundwinkel. »Oh Gott, Mutter würde durchdrehen … ich müsste das heimlich angehen …«

Betreten musterte ich ihn. Was für eine Verwandlung innerhalb kürzester Zeit – es war unfassbar. Selbst mir fiel es schwer, ihn wiederzuerkennen. Als hätten die neuen Perspektiven ihm frische Energie verliehen, wuchtete er seinen Oberkörper schwungvoll vom Boden hoch und bedachte mich mit einem funkelnden Glutblick. Ich zuckte leicht zusammen, als er plötzlich seine Hände auf meine Schultern legte. Eigentlich fassten wir uns nicht an. Auch das hatten wir vertraglich abgesichert. Anfassen war nur erlaubt, wenn es um unser Überleben ging. Doch sein Blick bannte mich zu sehr, um ihn darauf aufmerksam zu machen »Kannst du ihn mir zeigen?«

»Wen?« Verdattert schaute ich mich um, während Maks Hände wie glühende Kohlen auf meinen Oberarmen ruhten.

»Na, den Mars. Ist er zu sehen? Jetzt?«

»Ja … Ja, noch ist er zu sehen.« Endlich nahm Maks seine Hände von mir und deutete auf mein Teleskop.

»Gut, dann zeig ihn mir. Vielleicht fühl ich ja irgendwas, wenn ich ihn anschaue …«

»Okay, von mir aus.« Wir standen auf und Maks schaute sich suchend um. »Hier – wir müssen an dieses hier«, deutete ich auf das richtige Fenster und ging voraus. Um diese Uhrzeit und zu dieser Jahreszeit war der Mars nah bei der Venus im westlichen Abendhimmel zu sehen. Ich verspürte leise Widerstände in mir, als ich an das Teleskop trat, Maks dicht hinter mir.

Papa war der einzige Mensch gewesen, der in meiner Anfangszeit auf der Dachboden-Sternwarte ab und zu bei mir war, weil er Zweifel hatte, dass ich mit der Technik der Linsen zurechtkäme. Doch er sah schnell ein, dass ich damit keinerlei Schwierigkeiten hatte und am liebsten alleine und ohne ablenkende Gespräche nach oben sah. Meine Teleskope waren mir heilig, und nun würde nicht mein, sondern Maks' Auge hindurchsehen.

»Was ist? Worauf wartest du?« Maks stand so dicht hinter mir, dass ich seinen Atem an meinem Hals spürte.

»Muss noch was überprüfen«, schwindelte ich, um Zeit zu schinden, und drehte ein wenig an den Objektiven herum, obwohl ich den Mars längst gefunden und ins Visier genommen hatte. Schließlich gab ich mir einen Ruck und löste mich vom Teleskop, um Maks Platz zu machen. »Hier. Beweg es nicht, es ist schon eingestellt, und dann …« Jedes weitere Wort war überflüssig. Er hatte ihn längst entdeckt. Ich sah es an dem Erzittern in seiner Brust, hörte es an dem unterdrückten Seufzen, das durch seine Kehle rann. Schweigend studierte ich sein Profil, während er stumm am Teleskop klebte, und mein Hals wurde eng, als sich eine winzige, rötlich schimmernde Träne aus seinem linken Auge löste und seinen markanten Wangenknochen hinabperlte. Hätte ich noch einen Beweis erbringen müssen: Hier war er. Doch ich freute mich nicht und fühlte auch keinen Triumph in mir. Ich wusste zu gut, wie schmerzhaft es sein konnte, seine Heimat anzublicken und auf der Erde festzuhängen. Immerhin, Maks hatte Chancen, den Mars eines Tages zu besuchen – Rückkehr vermutlich ausgeschlossen. Es rührte mich, zu sehen, wie fasziniert er durch das Teleskop schaute; unfähig, sich vom Anblick seines Roten Planeten zu lösen. Er bemerkte nicht einmal die Träne, die nun an seinem Kinn hing und sich bei einem neuerlichen Seufzen löste und auf den Boden tropfte. Die eisige Luft, die durch das Fenster drang, schien ihn ebenfalls nicht zu stören. So ging es mir auch, wenn ich mein Zuhause ansah. Kälte, Hunger und Durst wurden völlig nebensächlich und ich vergaß die Zeit.

Deshalb ließ ich Maks schauen, bis er die Kraft fand, sich loszureißen. Seine Lippen waren schmal geworden, als müsse er um seine Fassung ringen, doch nun wirkte er nicht mehr wie ein brodelnder Vulkan, sondern beinahe erlöst. Auf seine Heimat zu gucken, hatte ihm Frieden geschenkt. Doch ich sah auch brennende, hitzige Sehnsucht in seinen Augen.

»Und dein Zuhause?« Seine Stimme klang tief und dunkel. »Kannst du es mir auch zeigen?«

Nickend trat ich hinüber zu meinem Luxus-Teleskop Richtung Süden, öffnete die Fenster und brachte es in Position. Die Plejaden zu finden gelang mir inzwischen ohne jede Sucherei. Ich richtete das Teleskop wie beim Mars so aus, dass sich der Sternenhaufen in der Mitte der Linse befand und Maks nur noch hindurchblicken musste.

»Der hellste Stern heißt Alkyone«, klärte ich ihn sachlich auf. »Die anderen Sterne … Maks? Alles in Ordnung?«

Nach nur Sekunden des Schauens hatte Maks sich wieder vom Teleskop gelöst und starrte mich schwer atmend an. Die Sehnsucht in seinen Augen war verschwunden; stattdessen sah ich ungläubiges, fassungsloses Staunen in ihnen.

»Was ist denn?«, fragte ich alarmiert und versuchte ihn ein Stückchen zur Seite zu schieben. Spielte Alkyone etwa wieder verrückt? War eine neue Botschaft im Anmarsch? »Maks, bitte …« Doch er stand wie ein Fels und hörte nicht auf, mich anzustarren. Also schob ich das Teleskop kurzerhand zur Seite und versuchte, mit dem bloßen Auge nach oben zu schauen. Für die Lichtkugeln hatte ich schließlich auch keine Vergrößerung gebraucht.

Die Plejaden leuchteten erhaben wie immer am Firmament, ich konnte keine Veränderung feststellen – sah Maks vielleicht etwas anderes, weiter unten am Himmel? Mein Herz setzte aus, als ich beim Scannen der Hausdächer einen Schatten auf der Straße erkannte, an dem meine Augen sich sofort festsaugten, als würden sie ihn wiedererkennen. Ein hochgewachsener, reglos stehender Mann, schwarzer Anzug, schwarzer Hut, einen Aktenkoffer in der Hand und sein weißes Gesicht nach oben zu meinem Dachfenster gerichtet … Ich hatte ihn schon einmal gesehen. Ja, er war mir schon einmal begegnet, ich fühlte es genau, und die eisige Gänsehaut auf meinem Rücken ließ mich heftig erschauern … Hatte Maks ihn auch entdeckt und benahm sich deshalb so seltsam?

Ängstlich schloss ich das Fenster und machte drei große Schritte rückwärts. Noch immer stierte Maks mich an. Jetzt stand sogar sein Mund ein Stückchen offen und seine Hände waren erhoben, als versuchten sie, dem Gestalt zu geben, was er gerade zu begreifen begann.

»Hast du ihn auch gesehen? Den Mann? Maks, bitte, rede doch mit mir!«

»Ich muss weg.«

In einer steifen Rückwärtsbewegung las er seine Jacke vom Boden auf, drehte sich um und stürzte aus dem Zimmer. Ehe ich die Tür erreichte, war er schon die steile Treppe hinuntergerannt, mit unregelmäßigen, hämmernden Schritten. Dann folgte die nächste Treppe, auf dessen Mittelteil er rumpelnd stürzte und sich sofort wieder aufrappelte – und nur Sekunden später hörte ich unten die Haustür zuschlagen. Rasch löschte ich das Licht und lief zurück zum Fenster, um auf die Straße zu sehen. Der schwarze Mann war verschwunden; ich sah nur Maks' Schatten, der auf den Bürgersteig trat, sich kurz umsah und dann im Joggingtempo entfernte, der nächsten Bushaltestelle entgegen.

»Ei der Daus«, murmelte ich, und Horst gab ein missbilligendes Krächzen von sich. Auch er war Dachbodenbesuche noch nicht gewöhnt – vor allem, wenn sie so plötzlich und unverständlich endeten.

Was nur hatte Maks am Himmel gesehen, das ihn so schockte, dass er die Flucht ergriff – etwas, von dem er mir glaubhaft versprochen hatte, dass er es nicht tun würde? Er hatte nach oben geschaut, nicht auf die Straße, also konnte es der Mann nicht gewesen sein. Aber war der überhaupt wirklich da gewesen? Ich zweifelte an meiner eigenen Wahrnehmung, zumal ich mich nicht erinnern konnte, wo ich ihn schon einmal gesehen hatte. Mein Déjà-vu-Gefühl war verschwunden, als hätte ich es mir nur eingebildet. Trotzdem zog ich meine Schublade auf und kritzelte auf ein Post-it: »Mann auf der Straße. Maks fragen« darauf, um den Zettel mit runter in mein Zimmer zu nehmen und in mein Hausaufgabenheft zu kleben.

Doch als ich gegen Mitternacht einschlief, hatte ich den Mann in Schwarz längst vergessen.

SCHLAFZIMMERBESUCHE

»Nein … nein, lasst mich los, bitte …«

In dem Moment, in dem ich realisierte, dass ich meine Worte nur denken, nicht aber aussprechen konnte, kapierte ich auch, dass dies kein Traum war. Ich war wach – so wach, dass ich das Blut in meinen Ohren rauschen und mein Herz schlagen hören konnte. Grelle Panik schoss durch meinen Körper, und wie im Krampf versuchte ich mich in meinem Bett aufzurichten – vergebens. Ich war wie gelähmt, fixiert von einer fremden Macht.

Obwohl mich niemand festhielt, spürte ich Berührungen an meinen Handgelenken und Knöcheln; da war eine monströse Kraft, die mich an die Matratze fesselte und es mir unmöglich machte, zu fliehen.

So sehr ich auch versuchte, etwas um mich herum zu erkennen: Meine Augen sahen nur Licht, und es war derart gleißend und grell, dass ich meine Lider sofort wieder schloss. Doch ich musste nichts sehen, um zu spüren, was geschah: Ich war nicht mehr alleine in meinem Zimmer. Um mich herum waren fremde Wesen, und sie waren es, die dafür sorgten, dass ich mich nicht mehr rühren konnte und meine Stimme versagte.

Noch eben hatte ich mich in einem glückseligen Traum befunden, in dessen watteweicher Welt ich schwerelos durch den Kosmos getrudelt war – einer meiner liebsten Träume, die ich seit meiner Kindheit hatte –, dann hatte sich schlagartig das nackte Grauen über mich gesenkt. Noch einmal versuchte ich mich zu bewegen und gleichzeitig zu schreien, doch die Kraft auf meinen Armen und Beinen war stärker und meiner Kehle entwich nur ein klägliches Wimmern, das nicht einmal bis auf den Flur dringen würde. Keiner konnte meine Hilferufe hören.

Durch meine geschlossenen Lider sah ich, wie das Licht noch greller wurde, bis sich plötzlich etwas Rundes, Festes auf meine Stirn drückte und ein starker Schauer durch meinen Körper lief. Mein Gehirn erzitterte, ein massives Beben in meinem Kopf – und schon war der Spuk vorüber. Schlagartig waren meine Handgelenke und Fesseln wieder frei und ich konnte mich aufrichten – und schreien.

»Hört sofort damit auf!« Für Sekundenbruchteile blickte ich in zwei schwarze und merkwürdig schräg stehende Augen, bis das Licht aus meinem Zimmer schwand und ich krank vor Panik beobachtete, wie ein kleines, dünnes Wesen mit lang gezogenem Schädel rückwärts von mir wegschwebte und durch die Wand nach draußen drang, als hätte es die Gesetze der Materie außer Kraft gesetzt. In Lichtgeschwindigkeit raste meine Angst durch meinen Kopf und deckte alles auf, was ich in den vergangenen Tagen und Wochen vergessen hatte. Da war dieser merkwürdige Mann in Schwarz gewesen – ich hatte ihn in der Bibliothek getroffen, ja, so war es gewesen, und er hatte versucht, mir mein Buch über die Plejaden wegzunehmen und mich zu anderem Lesestoff zu überreden. Aber er war nicht der Einzige gewesen! Seit meiner nächtlichen galaktischen Botschaft war ich immer wieder solchen Männern begegnet; mal waren sie vor mir in einen Bus gestiegen, mal standen sie auf der anderen Seite der Straße vor der Schule, als würden sie auf jemanden warten, und vor einer Woche erst hatte einer von ihnen zu mir hochgeschaut, als Maks neben mir durch das Teleskop auf die Plejaden geblickt hatte – Gott, die Plejaden, der Mars, unsere Mission! Wie nur hatte ich nicht mehr daran denken können? Versuchten die Wesen, die gerade in meinem Zimmer gewesen waren, mein Gedächtnis zu löschen – und waren sie schon öfter hier gewesen, ohne dass ich etwas davon mitbekommen hatte? Hatten sie mit den Männern in Schwarz zu tun? Oder hatte ich doch nur einen dieser scheußlichen Wachträume gehabt, die mich in der Grundschule immer wieder heimgesucht hatten und nach denen ich mir sicher gewesen war, dass sich etwas unter meinem Bett oder in meinem Schrank verbarg, das mir wehtun wollte?

»Ich bleibe hier keine Sekunde länger«, flüsterte ich schlotternd, schnappte mir mein Plüsch-Pantoffeltierchen vom Kopfkissen und tapste mit weichen Knien zum Ende des Flurs. Ohne zu klopfen trat ich ein, immer noch am ganzen Körper zitternd und mit ungesund rasendem Herzen. »Kann ich bei euch schlafen? Ich hatte einen Albtraum!«

Ohne die Antwort abzuwarten, krabbelte ich am Fußende aufs Bett und robbte zwischen Mama und Papa, die noch damit beschäftigt waren, wach zu werden und zu begreifen, was hier gerade geschah.

»Joss …« Verschlafen tastete Mama über meinen Rücken. »Meine Güte, du bist ja klatschnass geschwitzt …«

Brummelnd wie ein Bär, den man gerade aus seiner Winterruhe gerissen hatte, drehte sich Papa zu mir herum und schlug seine Decke über mich; dann folgte sein Arm, mit dem er mich an seine warme Schulter zog – eigentlich zu viel Nähe, doch jetzt, das wusste ich instinktiv, war dieses elterliche Bett die sicherste Trutzburg, die ich finden konnte. Hier würde mir nichts passieren.

»Alles gut, Liebes«, murmelte Papa gähnend und hob meinen Kopf sanft an, damit er mir einen Teil seines Kissens darunterschieben konnte. »In diesem Zimmer haben böse Träume keinen Zutritt.«

Sobald ich zugedeckt und warm eingepackt zwischen Mama und Papa in der Stille der Nacht lag, wurde mir bewusst, dass ich viel zu alt für derartige Aktionen war. Sam durfte niemals davon erfahren, sie würde mich tagelang damit aufziehen. Mit vierzehn kam man nicht mehr zu seinen Eltern ins Bett, weil man schlecht geträumt hatte; Punkt, fertig, aus. Aber es war viel mehr gewesen als ein mieser Traum, viel, viel mehr! Deshalb konnte ich mich auch nicht für mein Verhalten schämen; ich war zu sehr damit beschäftigt, in meinen Körper hineinzulauschen. Hatten diese Wesen mir etwas angetan? Doch alles schien in Ordnung zu sein. Mein Herz schlug bereits wesentlich langsamer und gleichmäßiger als eben noch, auch brach mir kein Schweiß mehr aus. Nur der Punkt auf meiner Stirn vibrierte noch sachte vor sich hin, während in meinem Kopf all die vergessenen Erinnerungen ihren festen, unerschütterlichen Platz suchten. Irgendetwas oder irgendjemand musste versucht haben, sie zu löschen! Ich sollte mich weder an die Männer in Schwarz erinnern noch daran, wie Maks reagiert hatte, als er die Plejaden angeschaut hatte. Er musste dort oben etwas gesehen haben, von dem sie nicht wollten, dass ich es erfuhr. Doch das würde ich, gleich morgen. Ich war aufgewacht, bevor sie weiter an mir hatten herumschrauben können; also würde ich es nicht noch einmal vergessen und hier, zwischen Mama und Papa, würden sie mich niemals unerkannt heimsuchen können.

Obwohl ich vor wenigen Minuten in meiner Panik fast den Verstand verloren hatte, senkte sich nun tiefe, entspannte Schläfrigkeit und ein unpassendes »Alles ist gut«-Gefühl über mich. Erlöst schloss ich meine Augen, genoss den tiefen, gleichmäßigen Rhythmus meines Atems und war schon fast in einen traumlosen Schlaf geglitten, als ich hörte, wie Mama sich ein zusätzliches Kissen unter den Nacken schob und die Nachttischlampe anknipste.

»Schläft sie?«, wisperte sie.

»Ich glaube schon. Atmet ganz ruhig.« Nun richtete sich auch Papa ein Stückchen auf, ohne seinen Arm von mir zu nehmen. Behutsam schloss sich seine Hand um meinen Nacken.

»Ist das nicht ungewöhnlich? Dass sie in ihrem Alter noch zu uns ins Bett kommt?« Mama klang besorgt.

»Ich weiß es nicht genau.« Ich spürte, wie Papa die Schultern hob und wieder sinken ließ. »Sie ist kein überängstliches Mädchen. Der Traum muss schlimm gewesen sein, wenn sie deshalb zu uns kommt.«

»Ich frag mich, ob es mit den Büchern zusammenhängt, die sie in letzter Zeit ausgeliehen und gelesen hat ...«

»Sie hat sie vorgestern allesamt zurückgegeben. Ich hab ihr dabei geholfen. Es waren Unmengen.« Papa lachte leise. »Sie sagte, das meiste davon sei Müll und sie interessiere das Thema nicht mehr.«

Nun musste ich mich zwingen, meinen Atem nicht

wieder schneller werden zu lassen. Papa hatte recht, genau das hatte ich gesagt – plötzlich waren mir die Bücherstapel auf dem Dachboden lästig gewesen und ich wollte sie loshaben. Dabei hätte ich ohne sie niemals herausgefunden, dass Maks vom Mars kam. Selbst das war mir auf einmal lächerlich vorgekommen!

»Zum Glück.« Mama atmete schnaufend aus. »Ich hatte sie mir mal durchgesehen. Es war eine wilde Zusammenstellung. Esoterik, Astrologie, Ufo-Verschwörungstheorien und so ein Zeug. Gefiel mir gar nicht. Vielleicht sind die Bücher an ihrem Traum schuld?«

»Hmhm«, machte Papa unbestimmt und strich mir ganz leicht über den Nacken, während Mama näher zu uns heranrückte und ihre Hand auf Papas Unterarm legte, sodass ich wie eine Hotdog-Wurst zwischen zwei Brötchenhälften im Bett lag. Kein Bewegungsspielraum mehr.

»Ich würde sie so gerne besser verstehen«, flüsterte Mama. »Sie teilt sich mir einfach nicht mit! Nie weiß ich, was in ihr vorgeht.«

»Na ja … Sie hat mich kürzlich gefragt, ob wir uns sicher sind, dass sie von uns ist, und ob wir uns lieber eine andere Tochter gewünscht hätten.«

»Oh Gott …« Mama gab ein ersticktes Geräusch von sich; halb Lachen, halb Schluchzen. »Ich hatte befürchtet, dass das passiert. Sie ist so anders als wir! Und so anders als Sam …« Vorsichtig streichelte ihre

Hand über meinen Hinterkopf. »Sie hat doch hoffentlich keine Zweifel, dass wir sie lieben?«

»Nein, und sie glaubt mir ja auch, dass sie unser Kind ist. Ich nehme an, es ist das Alter. Sie denkt darüber nach, wer sie ist. Pubertät«, befand Papa fachmännisch, und von Mama kam ein zustimmendes Murmeln. »In der Phase stellen sie manchmal alles infrage.«

»Ich mache mir trotzdem Sorgen. Sie war so abwesend und gleichgültig die letzten Tage. Und vorher hat sie sich wochenlang auf dem Dachboden verkrochen. Ich wünschte, sie hätte mehr Freunde als diesen Maks. Hast du gesehen, wie er sich verändert hat? Nicht wiederzuerkennen!«

»Sophie, sie sind vierzehn. Als ich vierzehn war, wachte ich eines Morgens auf und hatte einen Riesenzinken im Gesicht und drei fette Pickel auf dem Kinn. Es hat drei Jahre gedauert, bis mein Kopf wieder zu meiner Nase gepasst hat.« Wieder lachte Papa gedämpft auf. »Maks kann froh sein, dass es bei ihm so schnell ging. Das ist ein Segen.«

»Aber er ist körperlich schon so reif …«

»… und stolpert beim Treppenlaufen über seine eigenen Füße, um kopfüber den Rest der Stufen zu nehmen. Ich dachte, wir müssen den Krankenwagen rufen. Mann, war das ein Stunt.« Nun lachten beide, rückten noch ein Stückchen näher zusammen und schwiegen ein Weilchen.

»Es wäre trotzdem schön, wenn sie die anderen finden würde.«

»Die anderen?«, hakte Papa fragend nach, während ich plötzlich jedes einzelne Nackenhaar spürte und mich beherrschen musste, um nicht zusammenzuzucken. Wenn sie die anderen finden würde, hatte Mama wie zu sich selbst gesagt … die anderen finden … was nur klingelte bei diesen Worten bei mir?

»Na, die, die so sind wie sie. Eben ungewöhnlich.«

Genau, das war es gewesen! Das war einer der Sätze gewesen, die meine nächtliche Sternenbotschaft enthalten und die ich vergessen hatte: Finde die anderen Auserwählten! Danke, Mama, dachte ich beglückt und unterdrückte einen tiefen Seufzer. Danke, endlich weiß ich es wieder! Es musste noch andere von uns geben, andere Sternen- und Planetenkinder. Maks und ich waren nicht alleine, und jetzt wusste ich auch, was wir zu tun hatten!

»Ja, das wäre schön. Wobei Maks ja auch nicht ganz durchschnittlich ist, oder?«

»Hm, ja, ist wohl so.« Seufzend nahm Mama ihre Hand von meinem Kopf, um sie wieder auf Papas Unterarm zu legen. »Erinnerst du dich noch an die Hebamme im Krankenhaus?«

»Dunkel«, gestand Papa. »Du meinst die ältere Polin, die sich in den ersten Tagen um Joss gekümmert und sie zum Trinken ermuntert hat?«

»Ja. Sie hat zu mir gesagt, sie sehe kristallines Licht

um Joss herum. Sie habe eine besondere … Aura, ja, genau, das sagte sie. Aura.« Mama hielt inne, als überlege sie, ob sie an eine Aura glaube oder nicht. »Manchmal muss ich daran denken, wenn ich Joss betrachte. Ich sehe zwar keine Aura und halte nicht viel von solchen Geschichten, aber … die Worte der Hebamme kommen mir immer wieder in den Sinn.«

»Wir sollten noch einmal Joss' Augen untersuchen lassen; vielleicht von einem Spezialisten«, schlug Papa sachlich vor. »Sie ist in den letzten Tagen wieder öfter gegen Türrahmen und Möbelstücke gestoßen. Schau mal, ihr rechter Arm ist voller blauer Flecken.«

»Ich bin trotzdem gegen eine Operation. Sie ist so zart! Wer weiß, wie sie die Narkose verkraftet!«

»Ich will auch keine Operation. Aber vielleicht können die Fehler mit einer Brille oder Kontaktlinsen ausgeglichen werden.«

»Mit der Brille ist es damals nur schlimmer geworden …«, erinnerte Mama Papa an die unglückselige Phase in meinem Leben, als ich die Welt durch Gläser hindurch betrachten musste und eines davon halb zugeklebt war. In nur einer Woche hatte ich mir drei Mal mein Knie aufgeschlagen. Die Narben konnte man heute noch sehen. »Ich wünschte, es gäbe nur einen einzigen Tag, an dem ich mir keine Gedanken um sie machen müsste. An dem ich wüsste, dass alles in Ordnung ist und ihr nichts passieren kann. An dem ich weiß, was in ihr vorgeht und es nachvollziehen kann.

Ich hab sie so lieb und doch fühle ich mich manchmal, als betrachte ich ein kompliziert konstruiertes, weit entferntes Wesen, von dem ich nie genau wissen werde, wie es funktioniert.«

»Ehrlich gesagt geht es mir so bei Sam, wenn sie Tollwut hat«, erwiderte Papa trocken, und Mama schnaubte, als verkneife sie sich ein Lachen. »Mach dir nicht zu viele Sorgen. Ich finde, Joss wird langsam etwas robuster und selbstbewusster. Und solange sie zu uns kommt, wenn sie sich mal fürchtet, ist doch alles im grünen Bereich, oder? Dann haben wir als Eltern nicht versagt.«

Das habt ihr auch nicht, dachte ich traurig und spürte, wie eine Träne aus meinem rechten Auge in Papas Kopfkissen sickerte. Doch so sehr ich euch mag, ich werde nicht aufhören, merkwürdige Bücher zu lesen und mich mit Themen zu beschäftigen, die Angst in euch auslösen.

Ich muss es tun. Ich weiß noch nicht warum, denn ich kann mich leider immer noch nicht an den Grund dafür erinnern. Aber ich muss.

Ächzend griff Mama zur Seite und knipste die Nachttischlampe aus, bevor sie sich über mich beugte und Papa einen Kuss gab. Dann hauchte sie auch mir einen auf die Stirn, ganz vorsichtig, um mich ja nicht zu wecken.

Noch bevor sie sich auf ihre Seite gerollt hatte, war ich fest eingeschlafen.

»Schön, schön.« Herr Maziere holte einen dicken, karierten Block aus seiner Schublade, legte ihn auf seinen Tisch und schraubte seinen Füllfederhalter auf. Er liebte es traditionell, schrieb am liebsten mit dunkelblauer Tinte und duldete keinen summenden Computer auf seinem Pult. »Dann machen wir doch mal eine Liste.«

»Sie könnte lang werden«, warnte ich ihn vor. »Sehr lang.«

»Das ist schon in Ordnung, Joss. – Woher kommt eigentlich dein plötzlicher Sinneswandel?«

»Ich dachte, es ist vielleicht ganz gut, wenn ich mal rauskomme.« Wegkomme, verbesserte ich mich in Gedanken. Wegkommen war der treffendere Ausdruck. Weg von Männern in schwarzen Anzügen, deren weiße, starre Gesichter inzwischen fast jeden meiner Gedanken verfolgten, als könnten ihre toten Augen sehen, was in meinem Kopf vor sich ging. Ich musste sie abschütteln. Noch immer wusste ich nicht, ob sie mit meinem Albtraum zu tun hatten oder der Albtraum mir geholfen hatte, mich an sie zu erinnern. Doch es gab sie. Ich spürte sie wie eine verborgene, fremde Macht. »Ich hoffe, es klappt und wird nicht zu schwierig.«

»Oh, wir kriegen das hin, keine Sorge. Ich freu mich, dass du mitkommst, denn dadurch darf ich nun auch dabei sein. Ich wollte schon immer mal nach England, du hast mir einen Gefallen getan!« Während Herr Maziere mich hasengesichtig anstrahlte, blieb mein Lächeln angefroren. Frau Heinrich hatte also extra einen zusätzlichen Babysitter für mich und meine vielen Eventualitäten angeheuert. Das war mir mehr als unangenehm. »Also, fangen wir an. Laktoseunverträglichkeit?«

Ich nickte. »Und Zöliakie. Ein bisschen Gluten geht. Ein normales Brötchen am Tag, das kriege ich hin. Mehr besser nicht. Hafer vertrage ich.«

»Ist notiert. Allergien?«

»Erdnüsse, Haselnüsse, Mandeln, Erdbeeren, alle Kohlsorten, Krustentiere, Radieschen, Schweinefleisch, Salami, Tomaten ...« Ich machte eine Pause, weil Herr Maziere mit dem Notieren kaum mehr hinterherkam. »Kernobst und Steinobst. Kiwis. Ananas. Aber das meiste davon erkenne ich ja, wenn es auf dem Teller liegt.«

»Nun, wir müssen den Speiseplan schon darauf abstimmen, damit du uns nicht verhungerst. – Äpfel? Gehen denn Äpfel?«

»Granny Smith, wenn sie geschält sind. Die vertrage ich.«

»Ich kaufe vorher einfach einen großen Beutel«, entschied Herr Maziere resolut. »Dann haben wir auf jeden Fall immer einen Snack parat. Und du weißt ja – an apple a day keeps the doctor away.«

»Den brauchen wir bestimmt nicht«, entgegnete ich selbstsicher und hoffte, dass ich recht behalten würde. »Ich werde Reisetabletten für die Busfahrt einstecken und auch meine Allergietabletten. Kann sein, dass ich dadurch ein bisschen schläfrig sein werde.« Das war maßlos untertrieben. Wenn wir in den Ferien nach Bayern fuhren, pennte ich durch und wurde meistens erst im Hotel wieder wach. Doch das war mir lieber als permanenter Schwindel, Übelkeit und regelmäßiges öffentliches Explodieren, weil die Pollen flogen. »Hier ist außerdem ein Notfallplan, zur Sicherheit.« Verlegen reichte ich Herrn Maziere das Kuvert, das Mama mir heute Morgen noch mitgegeben hatte. Zur großen Überraschung aller Anwesenden hatte ich vorgestern beim Frühstück verkündet, es mir anders überlegt zu haben und nach England mitzufahren – was Sam dazu ermuntert hatte, eine epische Diskussion zu beginnen, in der sie Mama und Papa bedrängte, sie doch bitte für ein Jahr als Au-pair nach Mexiko reisen zu lassen. Alles andere sei eine himmelschreiende Ungerechtigkeit. Warum es nun ausgerechnet Mexiko sein müsse, wo sie vorher doch noch auf die türkische

Riviera gepocht hatte, konnte sie uns nicht schlüssig erklären, aber sie hielt daran fest wie ein Bluthund an seiner Fährte. Fazit der Diskussion: Ich bekam das Ja für England und Sam musste Geschirr spülen, weil sie Mama und Papa als die unfairsten Eltern der Welt beschimpft hatte.

Jetzt galt es nur noch einen Menschen zu überzeugen, sich mir anzuschließen. Maks. Er musste mitkommen! Wir hatten so viel nachzuholen und zu besprechen – und ich brauchte ihn als Beschützer. Nach dem nächtlichen Besuch in meinem Zimmer (oder war es doch ein Albtraum gewesen?) hatte mich ein heftiger grippaler Infekt heimgesucht, und ich war eine Woche lang nicht in der Schule gewesen. Noch immer wusste ich nicht, warum Maks meine Sternwarte so fluchtartig verlassen hatte, doch das würde ich heute klären – und einiges andere auch.

»Ich glaube …« Stirnrunzelnd schob Herr Maziere den Notfallplan zurück ins Kuvert. Er war ein wenig blass um die Nase geworden. »Ich glaube, den lese ich mir zu Hause noch einmal in Ruhe durch. – Und lerne ihn auswendig«, fügte er flüsternd hinzu, bevor er sich wieder mir zuwandte. »Maks' Plan habe ich auch schon. Wenn man euch kreuzt, bekommt man ein Wesen, für das neues Essen erfunden werden muss.«

»Ich weiß«, entgegnete ich schuldbewusst, obwohl Herr Maziere alles tat, um seine Bemerkung als Scherz zu kennzeichnen. Auch ihm wurde langsam mulmig zumute. »Aber wir mögen beide Pommes und Pommes gibt es in England ja an jeder Ecke. Wir müssen nur den Fisch weglassen. Und den Essig.«

»Ja, natürlich.« Mit der Zungenspitze befeuchtete Herr Maziere seine Lippen, während mir plötzlich klar wurde, was er gerade gesagt hatte.

»Hab ich das richtig verstanden, Maks kommt mit!?«

»Hast du.« Herr Maziere wagte ein Grinsen, das jedoch schnell verlosch. »Seine Mutter hat zwar die Bedingung gestellt, dass er täglich seine Entspannungs- und Atemübungen macht – aber auch das kriegen wir hin. Irgendwie.« Zerstreut kratzte er sich an der Schläfe, als überlege er sich, welchem Wahnsinn Frau Heinrich da eigentlich zugestimmt habe. »Er hat gestern wieder ein Basketballspiel an sich gerissen und sieben Körbe hintereinander geworfen«, raunte er, halb ehrfürchtig, halb ratlos. »Das war kein Ballspiel mehr, das war Kampfsport. Er hat Rollo einfach umgenietet. Ich konnte alles sehen, da ich gerade eine Bank reparieren musste … Einen Ball hab ich beinahe an den Kopf bekommen, und dann schoss dieser rote Blitz an mir vorbei und holte ihn sich zurück, um aus zehn Metern Entfernung den Korb zu treffen …« Maziere pfiff leise durch die Zähne. »Ich hoffe, er nimmt uns nicht den Bus auseinander.«

»Wird er schon nicht«, entgegnete ich optimistisch, obwohl ich inzwischen selbst meine Zweifel hatte, dass Maks' und meine Teilnahme an der England-Reise eine gute Idee war. Doch wenn ich zwischen gruseligen, mich aus der Ferne belauernden Männern in Schwarz und einem wütenden Maks in Zerstörungslaune wählen musste, nahm ich immer noch Maks. Vor allem aber musste ich mich mit ihm unterhalten, um ihn auf den neuesten Stand zu bringen. Er musste dringend erfahren, dass ich ein neues Puzzleteil gefunden hatte!

»Gut, Joss, damit bist du entlassen. Du hast ja jetzt eine Freistunde, oder?«, vergewisserte sich Herr Maziere mit einem Blick auf die Stundenpläne über seinem Schreibtisch, die von allerlei Mut machenden, farbenfrohen Postkarten umrankt waren. Einige der Weisheiten sollten wir uns für unsere Reise wohl zu Herzen nehmen – wie zum Beispiel »Der Weg ist das Ziel«. Ich war mir immer noch nicht sicher, ob ich überhaupt in England ankommen würde. Doch Herrn Mazieres Blick klebte am Stundenplan.

»Ja. Ich will in die Bibliothek gehen und mich über England informieren.« Danach war endlich Mittagspause und ich würde Maks sprechen können. Mit einem leicht wackeligen Gefühl in den Knien – ganz gesund war ich noch nicht – erhob ich mich. »Ich werde mir Mühe geben, so wenige Allergieanfälle wie möglich zu bekommen. Versprochen.«

»Ist doch in Ordnung, Schätzchen.« Besänftigend tätschelte Herr Maziere meine Schulter und winkte mir, noch immer mit blasser Nasenspitze, von seiner Tür aus hinterher, bis ich im Gewusel der Schüler verschwunden war. Doch bevor ich den Gang der Bibliothek und damit sicheres Terrain erreichen konnte, packte mich plötzlich eine kühl-heiße Hand am Unterarm und zog mich rabiat in eine dunkle Nische zwischen Kaffeeautomat und Toilettenzugang. Quiekend versuchte ich mich zu wehren, doch der Griff war unerbittlich. In meiner Verzweiflung versuchte ich gegen das Schienbein des Angreifers zu treten, kippte dabei jedoch hintenüber, weil er abrupt losließ, und traf somit mitten in seine Kronjuwelen. Unsanft prallte ich auf meinen Hintern und rappelte mich sofort wieder auf.

»Verdammt, Joss, bist du bescheuert!?« Stöhnend krümmte Maks sich nach vorne und lehnte seine Stirn gegen die Wand. Sein Gesicht war noch blasser als es die Nase von Herrn Maziere gewesen war. »Scheiße …«, knurrte er mit zusammengebissenen Zähnen und hieb die Faust gegen den Getränkeautomaten, als könne er damit seinen Schmerz vertreiben.

»Tut mir leid.« Zerknirscht rieb ich meine Hände aneinander. »Ich dachte, du bist jemand anderes.«

»Boah, das tut echt weh.« Maks kämpfte immer noch um seine Fassung. »Mach das nie wieder, okay? Fuck …« Zitternd holte er Luft und fluchte anschließend so derb, dass ich mich vorsichtshalber nach möglicherweise lauschenden Lehrern umdrehte. Doch der Gang war leer, es hatte soeben zur nächsten Stunde geklingelt.

»Dann erschreck mich halt nicht so. Ist da was kaputt gegangen?« Fahrig deutete ich auf seinen Hosenladen, was mir jedoch so unanständig vorkam, dass ich meine Hand sofort wieder zurückzog.

»Ich glaub nicht.« Testweise richtete Maks sich auf, die Augen geschlossen, den Atem angehalten. Erst nach einigen Sekunden wagte er es, Luft zu holen – und es schien ohne allzu starke Schmerzen zu funktionieren. »Geheimbesprechung«, verkündete er kratzig und griff erneut nach meinem Arm. »Komm mit.«

»Du fasst mich ziemlich viel an in letzter Zeit«, beklagte ich mich ohne echten Eifer, als er mich wie ein störrisches Zicklein hinter sich herzog, doch er ließ mich nicht los. »Wo willst du denn hin?«

»Abwarten.«

»Ich schwänze nicht die Schule, das kannst du vergessen, Maks, ich will nämlich mit nach England und … oh.« Verdutzt hielt ich inne, denn Maks kramte im Gehen einen Schlüssel aus der Tasche, hielt ihn mir wortlos vor die Nase und marschierte weiter Richtung Pausenkiosk, seine Finger immer noch um meinen Unterarm gelegt, was zwar nicht wehtat, mir aber langsam lästig wurde. »Wir bleiben also im Schulhaus, gut. Aber was wollen wir im Kiosk und wieso hast du einen Schlüssel für ihn? Okay, es ist gar nicht der Schlüssel zum Kiosk, es ist …«

»Joss.« Maks stoppte, drehte sich zu mir um und sah mir warnend in die Augen. »Möchtest du dir vielleicht noch ein Megafon schnappen und deine Moderation für alle Schüler und Lehrer kundgeben? Ich habe gesagt *Geheimbesprechung*. Eine Geheimbesprechung ergibt keinen Sinn, wenn man sie schon auf dem Weg dorthin durch ununterbrochenes Krähen verrät.«

»Ich krähe nicht«, widersprach ich gestelzt und fuhr instinktiv über meine Haare, die sich heute in besonders eigenwillige Richtungen sträubten.

»Du schnatterst ohne Pause!«

»Gut, dann lasse ich mich jetzt eben still ins Verderben führen.«

Maks verdrehte seine Feueraugen und ging wieder voran, bis er endlich den Ort des Verderbens erreicht hatte – eine unscheinbare Tür neben dem Sicherungskasten, die ich bisher nie bemerkt hatte. Mit geübter Hand zückte er den Schlüssel und öffnete sie.

»Wieso hast du diesen Schlüssel?«, wisperte ich betont unauffällig. »Hast du den geklaut?«

»Blödsinn. Maziere hat ihn mir gegeben.«

»Warum?«

Maks wandte sich mit der Klinke in der Hand zu mir um. »Damit ich mich zurückziehen kann, wenn – ich mich ein bisschen ausruhen muss.«

»Du meinst, wenn du wieder in Versuchung bist, etwas anzuzünden«, entgegnete ich naseweis und kassierte einen weiteren lodernden Blick. »Oder eine neue Kampfsportart mit Basketbällen zu erfinden …«

»Warst du eigentlich schon immer so frech? Ist mir nie aufgefallen.« Nun wurde Maks Blick unlesbar, doch die Flammen in seiner Iris flackerten noch. »So, und jetzt halt dich fest …«

Aufmerksam sah er sich nach hinten um, als wolle er sich vergewissern, dass wir alleine waren; dann stieß er die Tür auf, schob mich in den Raum, huschte hinterher und schloss ihn. Sekunden später leuchtete über unseren Köpfen flackernd eine Neonröhre auf. Aber wieso sollte ich mich festhalten? Ich sah lediglich ein altes, abgenutztes Zweiersofa und einen schiefen Ikea-Couchtisch, der auch schon bessere Zeiten erlebt hatte – und dass der Raum fensterlos war, behagte mir gar nicht.

»Hübsch«, bemerkte ich spitz. »Und so heimelig, deine neue Gummizelle.«

»Hier, du Huhn.« Maks packte mich an den Oberarmen und schob mich um 90 Grad herum, sodass ich auf die Wand gegenüber der Couch gucken musste. »Maziere meinte, dieser Anblick würde mich vielleicht entspannen.«

»Ein neues Zeichen …«, flüsterte ich atemlos. Das Poster, das fast die gesamte Wand bedeckte, zeigte wie im Scherenschnitt ein Mädchen und einen Jungen, die mit dem Rücken zum Betrachter nebeneinander auf einem Hausdach saßen und in einen gigantischen

Sternenhimmel guckten, auf dem alle Planeten und wichtigen Sterne übergroß zu sehen waren – auch der Mars und sogar die Plejaden. »Ich fass es nicht. – Hast du ihm etwa von uns erzählt?«

»Hab ich nicht, was denkst du denn!« Maks prustete entrüstet. »Dann könnte ich mich ja gleich selbst einliefern. Ich hab ihn nicht mal um so einen Raum gebeten. Ich glaub, Frau Heinrich weiß gar nichts davon. War seine Idee. Weißt ja, wie er ist.«

»Das ist kein Zufall, Maks«, erwiderte ich aufgeregt. »Das ist wieder eines dieser nicht-kausalen Zeichen! Es muss eines sein!«

»Ja, und es ist nicht das einzige. Ich kriege sie jetzt nämlich auch, nicht nur körperlich.« Mit bedeutungsvollem Blick lehnte sich Maks an das Poster und musterte mich. »Deshalb: Geheimbesprechung. Hier. Nirgendwo sonst, okay, Joss? Die Mensa ist nicht mehr sicher genug.« Mit den Fingerknöcheln klopfte er gegen die Wand. Sie klang dumpf und schwer. »Dieser Raum ist nahezu schalldicht. Alte Kellermauern. Hier drinnen gibt es keinen Handyempfang, kein Internet. Niemand kann uns belauschen oder sich bei uns einhacken. Kapiert?«

Ich nickte nur; sagen konnte ich nichts mehr. Wieder einmal erkannte ich Maks kaum wieder. Vor zwei Wochen noch hatte er sich mit Händen und Füßen dagegen gewehrt, etwas mit dem Mars zu tun haben zu wollen. Jetzt redete er wie ein Geheimagent, der sich und mich in Lebensgefahr brachte, weil er streng gehütete, aber tödliche Machenschaften der Menschheit aufzudecken versuchte.

»Doch vorher muss ich dich was fragen, Joss.«

»Ich dich auch.«

Unsere Augen trafen sich, und als wäre das die Aufforderung gewesen, sprachen wir unsere Frage gleichzeitig aus, ich dünn und leise, er tief und laut.

»Was ist eigentlich mit dir los?«

NUR WÜTEND, ABER NICHT BÖSE

»Wer fängt an?«

Maks stand an der Wand, während ich mich auf die schmuddelige Couch niedergelassen hatte. Mir steckte immer noch die Grippe in den Knochen und außerdem tat mein Hintern weh. Schulfußböden waren verflucht hart. Generös zuckte Maks mit den Schultern.

»Von mir aus du.«

»Was ist in dich gefahren? Erst haust du ab, als hättest du den Mann im Mond gesehen, sodass ich denken muss, dir wird wieder alles zu viel, und nun richtest du einen geheimen, abhörsicheren Besprechungsraum für uns ein. Wie kommt das alles?«

Maks verzog seinen Mund zu einem spöttischen Grinsen. »Tja, das müsste ich dich ebenfalls fragen. Erzählst mir Geschichten von unsichtbaren Existenzen im Weltall und dann willst du von allem nichts mehr gewusst haben. He, ich hab dich mehrmals angesprochen in der Mensa, und du hast nur gesagt, ich soll dich in Ruhe lassen, du müsstest lesen!«

»Hab ich das?«, fragte ich unsicher. Auch daran konnte ich mich nicht erinnern.

»Ja, hast du! Ich dachte schon, du machst einen Rückzieher und hast doch nur alles erfunden!« Maks' Locken flogen, als er seinen dunkelroten Schopf schüttelte. »Ich kam mir so doof vor!«

»Aber jetzt ist es wieder anders …?«, fragte ich vorsichtig.

»Weil ich mich selbst auf Spurensuche begeben habe! Mit dir konnte man ja nicht mehr reden. Aber dieser Blick durch dein Teleskop, der … der ging mir nicht mehr aus dem Sinn. Konnte ihn einfach nicht vergessen.«

»Apropos Blick durch das Teleskop«, hakte ich ein. »Wieso bist du so erstarrt, als du dir die Plejaden angeschaut hast? Hast du was Auffälliges gesehen am Himmel? Und wenn ja, was war es, kannst du es mir beschreiben? Oder hast du auch den Mann in Schwarz auf der Straße gesehen?«

»Welchen Mann in Schwarz?« Maks Brauen zogen sich zusammen, als würde er versuchen, sich zu erinnern. »Da war kein Mann.«

»Doch. Doch! Ich hab ihn genau gesehen, unten, neben der Laterne!«

»Joss, ich hab in den Himmel geschaut, ich hatte keinen Sinn für die Straße!« Maks lachte erheitert auf. »Trotzdem, da war kein Mann, ich war ja Sekunden später unten. Wieso ist dir das eigentlich so wichtig?«

»Weil ich von Männern in Schwarz verfolgt werde, seitdem ich unsere Botschaft empfangen habe.« Maks bekam wieder jenen ungläubigen Blick, den ich in den vergangenen Wochen so oft hatte ertragen müssen – doch nun fehlte mir endgültig die Geduld dafür. »Nein, Maks, so geht das nicht, fang nicht wieder an mir zu zweifeln an, bitte!«

»Das würde ich ja gerne, wenn du nicht eine Woche lang so getan hättest, als wüsstest du nichts von Planeteneinflüssen und galaktischen Botschaften! Du machst mich irre, Joss!«

»Ja, weil die versuchen, mein Gedächtnis zu beeinflussen! Ich hatte ganz vieles vergessen, es war wie gelöscht!«, rief ich aufgebracht. »Das ist einer der Gründe, weshalb ich unbedingt nach England möchte! Ich will wissen, ob die dort auch noch um mich herum sind und was sie mit all dem zu tun haben!« Weil Maks immer noch mit geweiteten Augen auf mich glotzte, zog ich es vor, die kleinen, dünnen Besucher in meinem Zimmer nicht zu erwähnen. Erst einmal musste er die bittere Pille mit den Männern in Schwarz verdauen, zumal ich mir immer sicherer war, einen Wachtraum gehabt zu haben. Es gab keine Wesen, die durch Wände gehen konnten. Doch die Männer waren echt. Kein Zweifel.

»Men in Black, ja?« Er lachte trocken auf. »Du willst mich wohl verkohlen.«

»Nein, das will ich nicht und ich wollte es niemals!«

Nun schrie ich ihn lauthals an, doch es war mir egal – dieser Raum war schließlich schalldicht, und irgendwie musste ich Maks zeigen, dass es mir ernst war. »Ich erlaube mir keine Späße, denn ich habe Angst, und das ist nicht zum Lachen! Nach einem schrecklichen Albtraum sind meine Erinnerungen teilweise zurückgekommen, und jetzt weiß ich, dass ich diesen Männern immer wieder begegnet bin, sogar in der Stadtbibliothek, einer von ihnen wollte mir mein Buch wegnehmen, das Buch über die Plejaden! Er sagte, ich solle andere Sachen lesen, die besser für mich wären, das hier würde mich nur durcheinanderbringen. Maks, bitte, glaub mir doch, ich hab wirklich Angst vor ihnen, auch wenn sie mir bisher nichts getan haben!« Meine Stimme kiekste und mir stieg das Wasser in die Augen, so sehr fühlte ich mich in die Enge getrieben. »Wem soll ich denn sonst davon erzählen? Ich hab doch nur dich! Lass mich nicht schon wieder im Stich!«

»Okay, ist ja gut … ist gut … Sorry …« Maks kickte schwungvoll den klapprigen Tisch zur Seite, zog mich mit einem kräftigen Ruck von der Couch und drückte mich an seine lederbejackte Brust. Augenblicklich erstarrte ich, zu überrumpelt, um mich zu wehren. »Beruhig dich, ja? Nicht heulen.« Unbeholfen klopfte er auf meinen Rücken. »Ich dachte, du machst einen Witz. Nie *Men in Black* gesehen? Den Film mit Will Smith?«

»Nein, ich …« Keuchend rang ich nach Luft. »Maks, du erdrückst mich, ich kann nicht mehr atmen!«

»Entschuldige.« Sofort ließ Maks mich los und ich sank japsend auf das Sofa zurück. »Du kennst ihn nicht? Ein Sci-Fi-Klassiker.«

»Ich hab dir doch schon gesagt, dass ich mich für solche Filme nicht interessiere. Was ist damit?« Hustend schlug ich mit der Faust gegen meine Brust.

»Na, diese Men in Black sind Spezialagenten, die zu Menschen kommen, die behaupten, von einem Raumschiff entführt worden zu sein oder in Kontakt mit Aliens waren … oder beides … und zwingen sie, zu schweigen. Weil die Welt nicht von den Aliens erfahren soll. Der Film ist eine Komödie, deshalb dachte ich, du verarschst mich.«

»Leider nicht.« Mit der Linken zog ich mein Nasenspray aus meiner Hosentasche und versetzte mir zwei Sprühstöße. Schon besser. »Und witzig sind diese Typen schon gar nicht. Ich glaub auch nicht, dass es Agenten sind. Sie wirken leblos und … irgendwie … leer. Nicht wie richtige Menschen.« Schaudernd erinnerte ich mich an die toten Augen des Mannes, der mich in der Bibliothek bedrängt hatte. »Sie tauchen immer dann auf, wenn ich einen Schritt weitergekommen bin oder wir beide uns austauschen. Irgendwas haben sie mit der ganzen Sache zu tun.«

»Shit. Shit, shit, shit …« fluchte Maks halblaut und massierte sich mit beiden Händen sein Gesicht. Er hatte schon wieder Zweifel. »Befinden wir uns eigentlich noch in der Realität, Joss? In der Realität, in der unsere Mitschüler und Eltern und Lehrer leben? Oder sind wir woanders gelandet und wissen es nur noch nicht?«

Ich sparte mir eine Antwort, denn ich stellte mir seit Wochen dieselbe Frage. Stattdessen schaute ich ihn nur wissend an. Wenn ich versuchte, ihn mit Worten zu überzeugen, würde das seine Zweifel doch nur verstärken.

»Glaubst du denn, es sind Aliens?« Maks errötete, als sei ihm seine eigene Frage peinlich.

»Nein«, antwortete ich ruhig. »Sie kommen mir eher ein bisschen vor wie die Grauen Herren aus *Momo*. Aber die kennst *du* vermutlich nicht.«

»Nee, kenne ich nicht.« Maks warf einen hektischen Blick auf seine Uhr. »Hör zu, Joss, wir müssen enger zusammenarbeiten.« Beschwörend kniete er sich vor mich auf den kahlen, grauen Linoleumboden. Schon wieder wirkte er wie ein hochgefährdeter, aber überaus motivierter Privatdetektiv. »Wir müssen unser Wissen regelmäßig zusammentragen, hier in diesem Raum, und zwar alle unsere Beobachtungen und Verdachtsmomente, und niemand anderes darf jemals etwas darüber erfahren, bis wir uns sicher sind, womit wir es zu tun haben. Deshalb machen wir das am besten in unserer Geheimschrift, okay? Auf Papier, nicht auf dem PC oder dem Handy. Fotos oder Filme, die du auf dem Handy machst, musst du sofort auf einen

Stick ziehen und vom Handy löschen, ja? Nur so können wir verhindern, dass uns wichtige Informationen abhandenkommen, weil irgendwelche Männer in Schwarz …« Maks brach ab, schüttelte brummelnd den Kopf, als halte er sich für paranoid, und sprach nach einer kurzen Denkpause achselzuckend weiter. »… irgendwelche mysteriösen Typen deine Erinnerungen beeinflussen. – Wie soll so was eigentlich gehen?«

»Ich weiß es nicht. Ich weiß nur, dass es passiert ist und ich so etwas vorher noch nie erlebt habe. Ich merke mir normalerweise alles – und ich hatte auch keine Allergieschocks oder Ähnliches in letzter Zeit«, ergänzte ich rasch, weil ich spürte, dass Maks genau danach fragen wollte. »Ich bin klar im Kopf.«

»Ja, ich weiß. Warst du immer«, pflichtete Maks mir bei, als sehe er endgültig ein, dass ich ihm keine Spukgeschichten aufzutischen versuchte. »Sogar wenn du einen Allergieschock hattest. Man hätte dich immer noch die binomischen Formeln abfragen können.« Abwesend sah er an mir vorbei. »Was sie wohl von dir wollen?«

Seufzend lehnte ich mich zurück. »Vielleicht, dass ich damit aufhöre, mich mit solchen Themen zu beschäftigen …« Ich malte mit der rechten Hand ein paar wirre Kreise in die Luft, um zu illustrieren, was ich meinte. »Oder aber … Maks, ich kann mich wieder an einen Satz aus der Botschaft erinnern. Könnte auch damit zu tun haben.« Automatisch hatte ich meine

Stimme gesenkt, obwohl die Männer sich noch nie ins Schulhaus gewagt hatten. Sie schienen Orte mit vielen Menschen zu meiden. Seit dem Kontakt in der Bibliothek beobachteten sie mich nur noch aus der Ferne – und leider konnte ich nie mit absoluter Sicherheit sagen, ob es sich nicht vielleicht doch nur um Männer aus einer Bank oder einem Büro handelte, in dem man Wert auf konservative Anzüge und Hüte legte und die zufällig in meine Richtung schauten. »Womöglich wollen sie es verhindern.«

»Was verhindern?« Gebannt richtete Maks seinen Blick wieder auf mich.

»Finde die anderen«, wiederholte ich, was nach meinem Albtraum und dank Mamas Bemerkung wieder zurück in meinen Kopf gefunden hatte. »Das wurde mir in der Botschaft aufgetragen.«

»Die anderen?«

»Na, Jugendliche wie wir. Die aus dem All kommen und zum ersten Mal als Menschen auf der Erde sind. Es gibt noch mehr von uns! Wir sind nicht alleine, Maks, und ich soll die anderen Auserwählten finden.«

»Warum?«, fragte Maks erstaunlich geistesgegenwärtig, obwohl seine Wangen wieder deutlich an Farbe verloren hatten. Umso glühender wirkten seine Augen, die sich wie zwei Feuerbälle in meine versenkten.

»Tja. Wenn ich das nur wüsste. Gehört wohl zum Teil der Botschaft, der immer noch in meinem Hirn-

Nirwana festhängt.« Genervt deutete ich auf meinen Kopf, der sonst immer so zuverlässig gearbeitet hatte – wie ein Computer mit riesiger Festplatte. »Aber wenn mir dieser Satz eingefallen ist, können mir auch die übrigen wieder einfallen. Oder?«

»Schon, aber wie sollen wir die anderen Jugendlichen nur finden?«, sprach Maks aus, worum meine Gedanken fast ununterbrochen kreisten. »Die können doch nicht alle auf unsere Schule gehen! Es ist schon ein riesiger Zufall, dass wir zwei uns dort gefunden haben, oder nicht?«

»Ja, sehe ich auch so. Könnte sein, dass sie uns den Anfang leicht machen wollten. – Und bitte frag mich nicht, wer ›sie‹ sind. Ich weiß es nicht.«

Schweigend starrten wir uns an, als überlegten wir, einen Rückzieher zu machen, das Ganze als einen Irrtum abzustempeln und zu vergessen, je darüber gesprochen zu haben. Es war, als ob wir auf einer Türschwelle standen und uns nicht entscheiden konnten, den Raum dahinter zu betreten. Würden wir jemals wieder zurückfinden, wenn wir es taten? Doch dann atmete Maks gedehnt aus und lehnte sich rückwärts an die Wand, als wolle er versuchen, eine Entscheidung zu fällen. Sekunden der absoluten Stille verstrichen, bis er langsam wieder Luft in seine Lungen strömen ließ.

»Können wir kurz zusammenfassen?« Er hob die rechte Hand und streckte den Daumen heraus.

»Punkt 1. Du kommst von den Plejaden und ich komme vom Mars.« Seine Mundwinkel zuckten, als wolle er in ein hysterisches Lachen ausbrechen, aber er brachte sie wieder unter Kontrolle, während meine Wangen im Rhythmus meines Pulses zu pochen begannen und seinem Daumen der Zeigefinger folgte. »Punkt 2: Wir haben einen Auftrag, den du aber leider vergessen hast. Punkt 3 …« Maks musste sich räuspern, um weitersprechen zu können. »Wir müssen dafür die anderen finden – andere Auserwählte, denn du bist ja nur die Nummer 1 und ich vermutlich Nummer 2. Woher mögen sie kommen? Von Sternkolonien wie deinen Plejaden oder von Planeten wie ich?«

»Von Planeten, denke ich«, erwiderte ich nüchtern. »Ich hab wohl mehr eine Art Außenposten mit Botenfunktion. Ist typisch für die Plejaden.« Glücklicherweise fragte Maks nicht, warum. Ich hatte das in einem der besonders verrückten Bücher gelesen. »Wahrscheinlich sind es Kinder von Saturn, Jupiter, Pluto und so weiter … vielleicht auch vom Mond, ich weiß es nicht. Planeten unseres Sonnensystems.«

»Sonne selbst nicht?«

»Maks, ich hab leider kein Protokoll an die Hand bekommen. Aber Sonne kommt mir zu nah vor, zu normal. Die Menschen denken gar nicht mehr über die Sonne nach! Es ist ihnen nicht bewusst, dass sie ein Stern ist, ohne den wir völlig aufgeschmissen wären, und dass er unsere Haut bräunt, wenn wir in seinem Licht baden. Mehr Beweis für den Einfluss der Sterne auf unser Leben gibt es eigentlich gar nicht, aber das wird ignoriert. Stattdessen malen wir niedliche Sonnen mit Grinsegesichtern auf unsere Bilder.«

»Ja, da hast du recht …« Verblüfft drehte sich Maks zu dem Poster um, auf dem die Sonne gar nicht verzeichnet war, als würde sie mit dem Nachthimmel verschwinden – dabei gäbe es ohne sie kein Leben auf der Erde. »Ich hatte das auch nicht auf dem Schirm. – Also gut, zurück zur Zusammenfassung. Wir müssen die anderen finden. Punkt 4: Wir werden schon jetzt deshalb beschattet.«

»Ich weiß nicht, ob wir beschattet werden. Im Moment sieht es so aus, als werde nur *ich* beschattet«, korrigierte ich ihn. »Du hast die Typen ja noch nie gesehen. Vielleicht sind sie nur hinter mir her.«

»Okay, dann müssen wir das im Auge behalten. Haben sie dir jemals versucht, was anzutun?«

»Nein. Der Mann in der Bibliothek wollte mir zwar das Buch abschwatzen, aber er hat mir nichts getan. Wobei Gedächtnislöschen für mich keine Bagatelle ist.«

»Hm«, machte Maks zustimmend. »Wehe, die greifen dich an oder versuchen, dich zu entführen. Dann mach ich sie alle. – Bist du sicher, dass du nicht die Bullen einschalten willst?«

»Wozu denn?« Ich lachte humorlos auf. »Dann müsste ich ja auch meinen Eltern was erzählen und außer mir hat die Männer noch nie jemand gesehen!

Nicht mal Olli aus der Bücherei! Am Ende denken sie noch, mit mir stimmt was nicht …«

»Ja, hast ja recht.« Maks knirschte vor Unmut mit den Zähnen. »Gibt es denn Orte, wo du dich sicher fühlst?«

»Ja. Zu Hause bei meiner Familie, im Klassenzimmer, in der Mensa … ausgerechnet.« Ich grinste schief. »Überall, wo viele Menschen um mich herum sind, die ich kenne. Eben jene Orte, die ich bisher nicht mochte.«

»Okay, dann wird London eine spannende Sache«, schlussfolgerte Maks und starrte auf seine ausgestreckten Finger. »Viele Menschen um dich herum, aber die meisten kennst du nicht und du bist weit weg von deiner Familie. Hab ich irgendwas vergessen?«

»Ja, hast du. Ich weiß immer noch nicht, was du bei mir am Himmel gesehen hast. Es könnte wichtig sein. Und ich verstehe nicht, warum du dich plötzlich so leidenschaftlich für die ganze Sache engagierst …«

»Weil sich etwas ändern muss!« Maks sprang auf und riss beide Arme in die Luft. »Ich will eine kolossale Umwälzung, ein anderes Denken, eine andere Welt – ach, am liebsten will ich sie selbst erschaffen! Oder wenigstens die Saat dafür legen! Und am besten wäre es, wenn wir die anderen Auserwählten schon morgen finden würden … nein, heute!«

»Ja, das klingt ganz nach Mars«, ulkte ich, konnte aber nicht verhindern, dass die Haare an meinen Unterarmen sich aufrichteten, als habe mich ein eisiger Luftzug gestreift. »Und vielleicht hab ich dich deshalb als Erstes entdeckt. Weil wir genau das brauchen werden. Deinen Umbruchsgeist.« Ich hoffte nur, dass Maks dabei nicht allzu viel abfackeln und kaputt machen würde. »Aber ich weiß nicht, wie wir nach den anderen suchen sollen. Und vor allem: wo. Doch in London sollten wir auf jeden Fall …«

»… die Augen offen halten«, vollendete Maks meinen Satz enthusiastisch. »Ich meine, das ist eine Großstadt, da leben Millionen von Menschen und …«

»… wir sind gerade mal zwei Tage lang dort«, nahm ich ihm ein wenig Wind aus den Segeln. »Trotzdem, ich sehe das wie du. Wir sollten nach ihnen Ausschau halten, wenn wir schon da sind, und auf jedes Zeichen achten, das wir auf unserer Reise bekommen.«

Maks Augen hatten einen fiebrigen Glanz bekommen. Wieder fuhren seine Hände durch die Luft. »Du bist hier doch die Sternenbotin, oder? Woran könnten wir sie erkennen, hast du eine Idee? Welche Kennzeichen haben die anderen Planeten? Sollen wir eine Liste machen und … Nein?«, brach er ab, als er mein vorsichtiges Kopfschütteln bemerkte. »Wieso nicht?«

»Ich glaube nicht, dass das auf diese Weise funktioniert.« Entschuldigend zuckte ich mit den Achseln. »Jeder Mensch hat irgendwas in sich, das zu einem Planeten passen könnte. Wie du schon gesagt hast – nicht jeder, der rothaarig ist und sich für Waffen interessiert, kommt vom Mars, und nicht alle Mädchen, die als Baby viel geschrien haben und einen zu großen Kopf haben, stammen von den Plejaden.«

»Dein Kopf ist nicht zu groß«, stellte Maks leise fest. »Es ist nur mal wieder ziemlich viel drin.«

»Ja, mag sein.« Ich zog meine Beine in einen Schneidersitz auf dem Sofa. »Ich glaube, wir müssen einfach aufmerksam bleiben – so aufmerksam wie möglich. Es könnte jeder sein. Und keiner. Und die da …« Ich wies bedeutsam nach oben. »… würden uns sicher keine Aufgabe erteilen, die vollkommen unlösbar ist.«

»Wir müssen uns also mit anderen Menschen beschäftigen. Menschen in unserem Alter«, brummte Maks missmutig, denn es war genau das, was wir in den letzten Jahren auf Teufel komm raus vermieden hatten. Es war uns nie wohl bekommen. »Puh.«

»Ich mache das schon«, erwiderte ich kühn. »Und du hältst mir währenddessen die Schwarzen Männer vom Leib. Schaffst du das?«

»Klar.« Maks blickte mich forsch an. »Ich freu mich sogar drauf. Die werden sich noch wundern.«

Ich musste schmunzeln, versuchte aber sofort wieder einen angemessen ernsthaften Gesichtsausdruck anzunehmen, als mich Maks' Augen trafen. Es war ihm bitterernst – und ich war froh darum. In seiner Nähe fühlte ich mich sicherer als alleine, seit seiner Mars-Mutation erst recht. Er würde mich verteidigen, wenn es darauf ankam.

»Aber übertreib es nicht«, warnte ich ihn leise. »Wir dürfen nicht zu sehr auffallen und du … na ja … du hast immerhin fast euer Haus abgefackelt …«

»Ich war nur wütend, Joss«, verteidigte Maks sich hitzig. »Nicht böse! Ich will keine Menschen zusammenschlagen oder gar umbringen, und ich würde mir wünschen, dass mir das endlich mal jemand glaubt. Meine Mutter beobachtet mich auf Schritt und Tritt, es ist die Hölle, echt … dann noch diese nervtötenden Gespräche mit meinem Therapeuten. Ich möchte endlich so sein können, wie ich mich fühle, und ich … ich …«

»Maks? Hallo? – Ich bin auch noch hier«, versuchte ich ihn auf mich aufmerksam zu machen, bevor er sich in seinem Monolog verlor, denn er schien meine Anwesenheit völlig vergessen zu haben.

»Sorry.« Stöhnend sah er auf. »Ja? Was ist denn?«

»Du hast mir immer noch nicht gesagt, was du bei mir am Himmel gesehen hast, und ich platze vor Neugierde. Was war da oben?«

Mit einem Mal wurde Maks' Gesichtsausdruck sanft und ein schüchternes Lächeln huschte über seinen Mund. Seine Wimpern senkten sich, als schaue er in sein Innerstes. »Ach ja, das … also, die Plejaden …« druckste er herum. »Das war eigentlich das Entscheidende, Joss. Nicht die Zeichen und auch nicht meine Sehnsucht nach Veränderung. Ich hab angefangen, an deine Geschichte zu glauben, weil ich … Es war wegen deiner Augen.«

»Meiner Augen?« Verwundert hob ich meinen Kopf.

»Ja. Deiner Augen.« Noch immer sprach Maks so leise und verwaschen, dass ich ihn kaum verstehen konnte. »Da oben, zwischen den Sternen der Plejaden, da ist so ein … Nebel, kann das sein?«

»Ja, der Merope-Nebel. Interstellarer Staub.«

»Interstellarer Staub …«, echote Maks melodisch und lächelte erneut. »Dieses Licht in dem Staub, das – das hat exakt die gleiche Farbe wie deine Augen. Dieses weißliche, helle Blau. Das da oben zu sehen, hat mich echt umgehauen.« Kurz hob er seine Wimpern, schloss die Augen aber sofort wieder. »In dem Moment wusste ich, dass du nicht lügst. Ob ich vom Mars bin, kann ich nicht mit Gewissheit sagen, auch wenn ich mich so fühle … Aber dass du von den Plejaden kommst, war für mich bei diesem Anblick glasklar. Keiner hat so Augen wie du, Joss. Keiner!«

»Jeder Mensch hat unverwechselbare Augen.« Auch du, Maks. Und sie glühen gerade wieder wie Kohlen hinter deinen rostbraunen Wimpern.

»Das mag ja sein, aber deine sind wirklich von einem anderen Stern. Ich wollte früher nie richtig reinschauen. Ich hatte das Gefühl, die saugen mich auf. Dass ich falle … Aber jetzt sind sie mein Beweis. Wann immer ich Zweifel habe, denke ich an deine Augen. Und dann weiß ich es wieder. Dass wir Auserwählte sind.«

Jetzt konnte ich nichts mehr erwidern. Ich hatte

einen dicken Kloß in der Kehle, und mein Gesicht fühlte sich an, als habe ich es zu lange in die Julisonne gehalten. Diese viel zu großen, fehlsichtigen Augen, die mich ständig stolpern und stürzen ließen und sich jeder Sehhilfe verweigerten, waren endlich für etwas gut gewesen. Maks sah meine Sterne in ihnen. Das war etwas, das ich ihm niemals vergessen würde.

»Also suchen wir die anderen?«, fragte ich leise, nachdem ich meine Stimme wiedergefunden hatte.

Nickend sah Maks zu mir auf. »Ja, Joss. Lass uns die anderen suchen.«

LONDON IS CALLING

»Bist du dir wirklich ganz sicher, dass du nichts einnehmen willst?«, versuchte Mama es ein letztes Mal und tauschte einen besorgten Blick mit Papa, als ich nur stur nickte. Vor mir lagen zehn Stunden Busfahrt, doch meine Entscheidung stand felsenfest – keine Reisetabletten. Ich wollte so wach wie möglich bleiben, und das gelang mir nur, wenn ich auf sie verzichtete. Ich hatte schon die vergangenen Tage trotz üppig fliegender Pollen kaum Allergietabletten schlucken müssen, also war meine Form besser denn je. Dösend und schlafend würde ich mich nicht mit Maks austauschen und erst recht nicht an den Raststätten und in London nach Männern in Schwarz, Zeichen und anderen Auserwählten Ausschau halten können.

Erst gestern war mir das wahre Ausmaß meiner Reise bewusst geworden. Es konnte sein, dass ich mich mit ihr den Schwarzen Männern hoffnungslos auslieferte und Maks trotz seiner marsianischen Kräfte rein gar nichts gegen sie ausrichten konnte. Denn ich verließ all jene Orte, die mich bisher geschützt hatten, vorweg unser Haus samt meiner Familie. Auf unserer Straßenseite waren sie nie aufgetaucht, und in der Nähe von Sam, Mama und Papa fühlte ich mich wie in einem sicheren Nest; ein Nest, das ich nun für die nächsten acht Tage verlassen würde, zum ersten Mal in meinem Leben. Auch die Schule ließ ich weit hinter mir. Doch nun war es zu spät, um einen Rückzieher zu machen, und außerdem hatten Maks und ich eine Mission zu erfüllen. Auserwählte durften sich nicht durch Angst von ihren Plänen abhalten lassen.

Tapfer versuchte ich mich an einem Grinsen, das jedoch keine Erwiderung fand. Meinen Eltern war ebenso elend zumute wie mir. Mama sah noch blasser aus als ich mir heute früh aus dem Spiegel entgegengeschaut hatte und schaffte es kaum, still stehen zu bleiben, während Papa seine Blicke immer wieder argwöhnisch auf Maks richtete, der starr wie ein Denkmal neben der Gepäckklappe des Busses stand und ohne jede Mimik den geflüsterten Redeschwall seiner Mutter über sich ergehen ließ. Unsere Eltern gingen fast in die Luft vor Nervosität – wie würden sie sich erst fühlen, wenn sie wüssten, was wir in London vorhatten und dass ich schon seit Wochen von einer fremden Macht belauert wurde?

Kurz wandte Maks seinen Kopf, um einen verschwörerischen Blick mit mir auszutauschen, bevor er von Neuem so tat, als würde er seiner Mutter zuhören.

Auch ich widmete mich wieder meinen Eltern, die nicht mehr wussten, was sie noch sagen sollten. Sam war gestern Abend in dumpfes Protestschweigen verfallen, weil sie immer noch kein Ja zu ihren abenteuerlichen Au-pair-Plänen bekommen hatte. Heute Morgen war sie jedoch völlig zufrieden damit, Maks unauffällig zu bewundern.

»Wird bestimmt schön«, raffte sich Mama mit dünner Stimme auf, das auf uns lastende Schweigen zu brechen, worauf Papa bekräftigend nickte, doch ihre Blicke besagten das Gegenteil. »Ist ja eine nette Truppe, oder?«, setzte Mama dennoch bemüht optimistisch hinterher.

»Ja, ist es«, fiel Papa ein und lächelte unglücklich. »Und du wirst ja mit den Mädchen ein Zimmer teilen, also … also …« Bin ich nicht immer mit Maks zusammen, vollendete ich seinen Satz in Gedanken. Aber genau das musste ich versuchen: so viel wie möglich mit Maks zusammen zu sein. Ich konnte nur hoffen, dass die Gesellschaft meiner Mitschülerinnen nachts ähnlich abschottend wirkte wie die meiner Familie. Doch wenn es nach mir gegangen wäre, hätte ich ein Zimmer mit Maks belegt.

Prüfend sah ich mich um, während Mama noch einmal den Inhalt meines Rucksacks kontrollierte. Auch die anderen Teilnehmer der Belohnungsreise standen frierend mit ihren Eltern auf dem Busparkplatz und warteten auf das Aufbruchssignal. Zwölf Teilnehmer, zählte ich, davon zehn Mädchen – und von den beiden Jungs konnte nur Maks als echter Hahn im Korb bezeichnet werden. Frederik verbrachte seine Zeit schon seit der fünften Klasse am liebsten mit Mädchen und benahm sich inzwischen selbst schon fast wie eines, weshalb er von ihnen gar nicht mehr als richtiger Junge wahrgenommen wurde. Er war, ohne es zu merken, eine von ihnen geworden, und sie nannten ihn liebevoll »Fredda«, was sich aus ihren Mündern nicht wie ein Jungen-, sondern wie ein Mädchenname anhörte.

Maks hingegen wirkte in seinen Jeans, seiner Lederjacke und seinen martialischen Holzfäller-Boots wie ein verwegener Absolvent eines Sport-Internats, der versehentlich zu den Strebern eines altsprachlichen Gymnasiums gepackt worden war, um mit ihnen eine Reise zu machen, die seiner gar nicht würdig war – und seinen weiblichen Mitreisenden war dies nicht entgangen. Ganz wie Sam war kaum eine von ihnen mit ihrer Aufmerksamkeit bei ihren Eltern; ihre Blicke wanderten immer wieder zu Maks, gefolgt von träumerischem Wimpernklappern, sachtem Erröten und einem verzückten Lächeln. Das konnte ja heiter werden.

»Hast du schon eine Klassenkameradin gefunden, neben die du dich im Bus setzen kannst?«, versuchte Papa erneut, Maks zur unwichtigen Nebensache zu erklären.

»Maks und ich sitzen beide vorne – ihm wird auch

schnell schlecht«, stellte ich klar, als Papas Miene sich verdunkelte.

»Aufbruch!«, schallte Frau Heinrichs tiefe Stimme wie ein rettendes Signal durch das Stimmengeschnatter, und ich seufzte erlöst auf, griff nach meinem kleinen Reiserucksack und drückte Mama und Papa einen schnellen Kuss auf die Wangen. Sam blieb steif stehen, als ich ihr förmlich die Hand gab, fiel mir aber in letzter Sekunde so leidenschaftlich um den Hals, als würden wir uns für immer voneinander verabschieden müssen. »Mach's gut, Schwesterchen«, flüsterte mir ihr Kaugummiatem ins Ohr. »Lass dich nicht ärgern, ja?!«

Auch wir hatten uns noch nie länger als ein paar Stunden aus dem Weg gehen können und plötzlich wurde mir schwer ums Herz. Sam konnte nervtötend sein, doch sie würde mir fehlen. Herr Maziere winkte Maks und mich bereits mit beiden Armen zu sich, damit wir unsere reservierten Plätze hinter dem Fahrer einnehmen konnten, bevor die restliche Meute in den Bus strömte. Deshalb schob ich Sam vorsichtig von mir weg, winkte Mama und Papa, denen es nun vollkommen die Sprache verschlagen hatte, zum Abschied zu und trabte zu Herrn Maziere, der Maks schon auf seinen Platz dirigiert hatte. Frau Treborn stand mit verschränkten Armen und schmalen Lippen vor der Tür, als überlege sie, Maks in letzter Sekunde aus dem Todesbus zu befreien und an sich zu reißen. Ohne sie großartig zu beachten, stieg ich ein und zwängte mich an Maks' Knien vorbei auf meinen Fensterplatz.

»Es könnte sein, dass ich ... äh ... gleich rückwärts frühstücke«, warnte ich ihn sicherheitshalber vor und zog meine Spucktüte aus dem Rucksack, um sie in das Netz vor mir zu schieben.

»Dito«, erwiderte er knapp und deutete auf seine.

»Allerdings hab ich gar nichts gefrühstückt.«

»Noch mal dito. – Mann, das nervt«, grummelte Maks in sich hinein und drehte sich vom Gang weg in meine Richtung.

»Was – dass wir schnell reisekrank werden?«

»Nein, dass die mich ständig anglotzen und über mich tuscheln ... Könnte es unter den Strebern dieser Schule nicht endlich mal anders sein?«

»Du verstehst das miss«, wies ich ihn darauf hin, dass er auf dem falschen Dampfer gelandet war. Das Tuscheln war kein bösartiges, sondern ein »Oh Gott, ist der süß«-Tuscheln. Ich konnte beide Varianten nicht ausstehen. »Die lästern nicht über dich, die stehen auf dich.«

»Okay ...« Maks Brauen zogen sich zusammen. »Echt? Sicher?«

»So sicher wie das Amen in der Kirche.«

»Na, dann bin ich froh, dass ich neben dir sitze.«

»Spätestens wenn du kotzt, werden sie aufhören, für dich zu schwärmen«, erwiderte ich altklug, aber auch mich nervte die Aufmerksamkeit, die Maks seit unserem Aufbruch galt. Wir konnten es bei unserer Mission wahrlich nicht gebrauchen, dass jede seiner Bewegungen mit Blicken verfolgt und jedes seiner Worte aufgesogen wurde, als sei er der neue Heilsbringer. »Ansonsten musst du versuchen, unauffällig zu sein.«

»Oh Joss.« Maks seufzte schwer. »Die Zeiten sind vorbei.«

Ich entgegnete nichts, denn ich sah ja selbst, dass er recht hatte. Maks war ein Hingucker und nicht ein Weggucker. Er zog die Blicke förmlich an sich, genau so, wie man nicht vor einem lodernden Kaminfeuer sitzen konnte, ohne ständig dem Spiel der Flammen zuzuschauen. Obwohl er reglos neben mir saß, schien alles an ihm in Bewegung zu sein, ein ständiger Aufruhr, der niemanden unberührt ließ. Als habe ihn die anstehende Reise zusätzlich belebt, schichteten sich seine braunroten Locken noch schwungvoller als sonst übereinander – eine Frisur, wie sie nur ein heißer Feuerwind zaubern konnte. Frederik hatte ihn vorhin sogar gefragt, welche Pflegeprodukte er benutze, und neidvoll die Augen aufgerissen, als Maks ihm lediglich ein mürrisches »keine, ich bin doch kein Weib« entgegengeblafft hatte. Doch auch sein unhöfliches Benehmen konnte die Faszination der anderen nicht brechen. Je stinkstiefeliger er sich benahm, desto anziehender schien er für sie zu werden.

»Joss, Schätzchen, alles in Ordnung?« Herrn Mazieres Gesicht tauchte neben uns auf.

»Alles gut. Wir fahren ja noch nicht.«

»Maks, ich zeige dir jetzt einen Akupressurpunkt, den du bei Joss drücken kannst, gegen die Reiseübelkeit. Notfalls müsst ihr euch abwechseln, wenn dir auch schlecht wird. Hier, schaut!« Ehe ich dankend ablehnen konnte, hatte er Maks' Hand genommen, seinen rechten Zeigefinger an meine Stirn geführt und seinen linken an mein Handgelenk. »Sanft, ja? Das hilft! Immer schön dran glauben, Joss!«

Ich lächelte gezwungen und wartete, bis er wieder auf seinen Sitz abtauchte, bevor ich mich leicht schüttelte, um Maks zu demonstrieren, dass er loslassen konnte.

»Schon gut, Joss, das macht mir nichts«, brummte er und versuchte, eine bequeme Haltung einzunehmen, während hinter uns wieder neues weibliches Raunen und Flüstern anschwoll.

»Maks, bitte …«, bat ich ihn unterdrückt. »Ich kann diese Punkte auch selbst drücken, außerdem …« Mit einem Ruck setzte der Bus sich in Bewegung und ich gab stöhnend auf. Maks hatte auf Durchzug geschaltet und war nicht willens, seine Hände von mir zu nehmen, bis seine Arme eingeschlafen waren – offenbar war das viel zu brutale Drücken von Akupressurpunkten ein marsianischer Aspekt, den meine Bücher mir verschwiegen hatten.

»Gleich hab ich ein Loch in meiner Stirn«, unternahm ich nach einer halben Stunde schweigender

Fahrt einen neuen Vorstoß, mich von seiner Therapie zu befreien. »Und mir ist nicht schlecht, also würdest du bitte … Maks!«, rief ich etwas lauter und so schneidend, dass er endlich losließ und seine Hände zu sich nahm.

Langsam drehte er sich zu mir um, nicht im Geringsten beleidigt wegen meines harschen Tons. »Und?«

»Was und?«

»Wird dir jetzt schlecht?«

»Ich … hm.« Verwundert lauschte ich in mich hinein. »Nö. Ich hab sogar Hunger. – Und du? Wie geht's dir?«

»Ich könnte einen Bären fressen.« Ächzend streckte Maks sich, wobei seine Schultern vernehmlich knackten. »Ist das nicht merkwürdig? Früher hätten wir längst über unseren Spucktüten gehangen!«

Ja, die wenigen Klassenausflüge, an denen wir teilgenommen hatten, hatten diesen Programmpunkt nie ausgelassen – und er hatte uns nicht beliebter werden lassen.

»Ich fühl mich insgesamt anders als sonst«, bekannte ich, was ich die letzten Tage kaum zu denken gewagt hatte, weil ich fürchtete, dieses neue Gefühl würde sich sonst sofort wieder in Luft auflösen. »Irgendwie – stabiler. Ich renne auch nicht mehr so oft gegen Türrahmen und Schränke und ich hatte keinen schlimmen Heuschnupfen.«

»Seit wann genau ist das so?«, raunte Maks kaum

hörbar, denn hinter uns war es verdächtig still geworden. Seine weibliche Fangemeinde versuchte unser Gespräch zu belauschen.

»Seit der Geheimkonferenz im Bunker«, gab ich flüsternd zurück. Nun verrenkte sich auch Herr Maziere den Kopf nach uns; die plötzliche Ruhe hatte ihn aufgeschreckt. Ich reckte beide Daumen hoch, um ihm zu bedeuten, dass alles in Ordnung war, doch erst nach ein paar Sekunden des aufmerksamen Musterns vertiefte er sich wieder in seinen Reiseführer.

»Bei mir auch«, wisperte Maks in mein Ohr, und ich hatte das Gefühl, dass sich jemand von hinten über meine Sitzlehne beugte – fremde Ohren, die unbedingt mithören wollten. Wir mussten auf unsere Geheimschrift umsteigen. Rasch kramte ich einen Block aus meinem Rucksack und kritzelte ein paar Zeilen darauf, um ihn dann Maks zu reichen, während hinter uns ein enttäuschtes Stöhnen zu hören war.

»Im Oster-Urlaub war es auch so. Hab sogar alle Wanderungen mitmachen können. Und bei dir?«

»Ebenfalls seit der Bunkerkonferenz«, schrieb Maks zurück, etwas unleserlicher als ich, sodass ich ein paar Sekunden Zeit brauchte, um seine Zeichen zu übersetzen. »Ich hab mich seit zehn Tagen nicht mehr verschluckt und mir macht das Kauen Spaß. Vor allem das Kauen von Fleisch!«

Holla, die Waldfee, dachte ich erstaunt. Fleisch war immer Maks' gefährlichstes Essen gewesen. Vieles wurde in der Kehle zu Brei, wenn man zu große Brocken davon schluckte, aber Fleisch brauchte seine Zeit. Deshalb konnte man durchaus sterben, wenn man es zu kauen vergaß.

»Ich liebe neuerdings Steaks. Blutige Steaks«, fügte Maks hinzu und gab mir den Block zurück.

»Igitt«, kommentierte ich mit besonders großen Zeichen. Sofort entriss Maks mir den Block und begann erneut zu schreiben.

»Wie war es eigentlich in den letzten Tagen außerhalb der Schule? Hast du Schwarze Männer gesehen?«

»Immer nur vage«, schrieb ich zurück und konnte kaum fassen, was ich hier tat. Früher hatte mir beim Autofahren alleine das Stillsitzen die Übelkeit in den Bauch kriechen lassen; es war nicht daran zu denken gewesen, überhaupt nur ein einziges Wort zu lesen. Jetzt schrieben wir uns in unserer Geheimsprache Botschaften, während der Bus über die Autobahn rollte und unsere Mägen vor Hunger knurrten. »Aus den Augenwinkeln. Ich weiß aber, dass sie da sind und mich belauern. Ich spüre das.« Mittlerweile vertraute Maks meinem Gespür und stellte es nicht mehr bei jeder neuen Wendung unseres kosmischen Geheimprojekts infrage – und auch jetzt nickte er nur wissend. Noch immer hatte er sie nicht mit eigenen Augen gesehen, aber es war ein gutes Gefühl, dass er ihre Existenz für möglich hielt. Eine Weile kaute er nachdenklich auf dem Bleistift herum, wobei dieser in zwei

Teile zu zerbrechen drohte, dann schien er sich einen Ruck zu geben und krakelte weitere zackige Zeichen auf das fast vollgeschriebene Papier.

»Wir müssen bei der nächsten Rast darauf achten, ob sie da sind. Ich bleibe ganz nah bei dir, okay? P.S. Auf mich wirkst du auch anders als sonst. Find ich cool.«

»Hmhm«, entfuhr es mir, nachdem ich sein P.S. gelesen hatte. Sollte ich nachhaken, was genau er mit »anders« meinte? Und warum er nicht »cool« gefunden hatte, wie ich vorher gewesen war? Aber dann entschied ich dem lieben Frieden zuliebe, den Stift ruhen zu lassen und mich um meinen leeren Magen zu kümmern, der nun vor Hunger schmerzte. Ich klemmte den Block zur Spucktüte in das Netz und zog ein in Alufolie verpacktes Stück Steinkuchen und eine Banane aus meinem Rucksack, um endlich mein Frühstück nachzuholen, während Maks es mir gleichtat und zufrieden ein gigantisches Sandwich mit Unmengen von rohem Schinken, Salami und Senf zu vernichten begann. Sein Kiefer arbeitete gleichmäßig und sorgfältig und er schluckte regelmäßig und ohne Würgen – heute würde ich tatsächlich nicht den Heimlichgriff anwenden müssen. Also wagte ich es, mich ganz auf mein bescheidenes Mahl zu konzentrieren und mich anschließend in meiner Ecke zusammenzurollen, um ein bisschen zu dösen.

Hier im Bus, zwischen Maks und der dicken Fensterscheibe, konnte mir nichts geschehen; ich war sicher. Zum ersten Mal in meinem Leben schlief ich in einem fahrenden Vehikel fest ein, ohne eine Tablette genommen zu haben und vor Übelkeit nicht zu wissen, wohin mit mir.

Es war himmlisch.

ÜBERALL UND NIRGENDS

»Bist du sicher, dass du alleine da reinwillst?«

»Absolut sicher«, erwiderte ich entschieden und griff nach der Klinke, bevor Maks es tun konnte und für weitere neugierige Blicke sorgte. »Es ist die Damentoilette.«

»Das weiß ich ja, aber …« Maks positionierte sich mit dem Rücken zur Tür und scannte mit finsterer Miene das Getümmel um uns herum, in dem unsere Mitschüler und Betreuer sich zu einem kleinen Pulk versammelt hatten, um auf jene Teilnehmer zu warten, die vor dem Besuch des Londoner Dungeons dringend aufs Klo mussten. Herr Maziere und Frau Heinrich ragten wie Hahn und Henne aus diesem Pulk heraus und beobachteten Maks misstrauisch, der mir schon den zweiten Tag unseres London-Aufenthalts nicht von der Seite wich, denn hier wimmelte es von Männern in schwarzen Anzügen und wir mutierten deshalb langsam zu nervlichen Wracks. Vor jeder Sehenswürdigkeit bat Maks bei Frau Heinrich unter diversen Vorwänden um eine kurze Pause, in der wir uns hektisch flüsternd darüber austauschten, ob wir sie gefahrlos betreten konnten. Leider hatte ich keine Ahnung, ob es in London einfach nur außergewöhnlich viele Männer gab, die sich gerne schwarz kleideten, oder wir kurz vor einer handfesten Entführung standen. Wir kamen nie nah genug an die Männer heran, um ihnen ins Gesicht blicken zu können. Aber immerhin – Maks sah sie auch (was dennoch kein Beweis war).

Doch hier im Dungeon, dem beliebten Londoner Gruselkabinett, war es so schummrig, dass ich unmöglich sagen konnte, ob sie uns gefolgt waren – falls es denn wirklich »meine« Männer in Schwarz waren. Alleine deshalb wollte Maks mich keine Sekunde aus den Augen lassen und am liebsten zusammen mit mir aufs Damenklo gehen.

»Ich glaube wirklich nicht, dass sie da drin sind!«, wisperte ich gehetzt und fing einen mahnenden Blick von Herrn Maziere auf. Wir drohten schon wieder die gesamte Truppe aufzuhalten. Justine und Sandra waren wahrscheinlich längst fertig und sobald sie rauskamen, würden alle anderen wieder nur auf mich warten. Außerdem fühlte meine Blase sich an, als würde sie gleich platzen. Maks ließ mich nur sehr ungern in der Öffentlichkeit zur Toilette gehen. »Ich weiß doch nicht einmal, ob ich überhaupt einen Einzigen von ihn gesehen habe!«, setzte ich hinterher, weil Maks mir immer noch nicht den Weg frei machen wollte. »Es können ganz normale Männer gewesen sein!«

»Also gut«, knurrte er und zog mir meinen Rucksack von den Schultern. Ich nutzte die Gelegenheit und schlüpfte auch noch aus meiner Jacke, um sie ihm über die Arme zu legen. »Dann mach schnell, okay? Und wenn was ist, schrei! Schrei, so laut du kannst!«

»Ich werde es schon überleben. Ich geh ja nur pinkeln.« Ich war so erschöpft von unserer ständigen Wachsamkeit und unseren geflüsterten Geheimkonferenzen, dass es mir fast schon egal gewesen wäre, wenn ich statt einer Klofrau einen Mann in Schwarz vorgefunden hätte, der versuchen würde, mein Gedächtnis zu löschen, denn ich hatte es in den vergangenen 48 Stunden ohnehin heillos überstrapaziert. In einem Moloch wie London andere Planetenabgesandte zu finden, erschien mir inzwischen, als wolle man eine Nadel in einem Heuhaufen suchen – schlimmer als befürchtet. Maks und ich hatten außerdem überhaupt keine Zeit, andere Jugendliche unter die Lupe zu nehmen, weil Frau Heinrich ein erschlagendes Mammutprogramm zusammengestellt hatte, für das sie uns wie Lemminge von A nach B scheuchte, unterbrochen von kurzen Fahrten in der U-Bahn, die so überfüllt war, dass wir abwechselnd viel zu eng aneinanderklebten oder aber fürchteten, uns in dem allgemeinen Gewimmel zu verlieren.

»Ich bleibe hier stehen und warte auf dich!«, rief Maks mir hinterher. »Mach schnell, ja?«

Ohne zu antworten, schlüpfte ich durch die Tür und fand erst am Ende des Raums eine leere Kabine. Zu meiner Überraschung war die Toilette so sauber, dass ich es wagte, mich auf die Klobrille zu setzen. Oh, tat das gut ... Endlich ausruhen. Mit geschlossenen Augen lehnte ich mich zurück und genoss die kurze Pause, auch wenn Maks draußen wahrscheinlich schon unruhig auf und ab tigerte. Er hatte bereits seit dem Frühstück schlechte Laune und war mit dem bisherigen Verlauf unseres London-Trips gänzlich unzufrieden. Wie erwartet, teilte er ein Zimmer mit Fredda und war heute früh – zur hellen Freude seiner Verehrerinnen – mit auffällig gestylten Haaren im Essensraum des Hostels erschienen. Als ich ihn am Buffet fragte, ob er von einem Föhn verschluckt worden sei, stieß er nur ein so verachtungsvolles »Frederik« aus, dass ich beschloss, auf weitere Nachforschungen zu verzichten.

Aber auch meine Laune hatte gut Luft nach oben. Während Maks Freddas neues Opfer für modische Experimente geworden war, hatte ich mich mit den ständigen Tuscheleien von Justine und Sandra arrangieren müssen. Jedes Mal, wenn ich unser Zimmer betreten hatte, waren sie abrupt verstummt und hatten zu ihren Handys gegriffen, um ihr Gespräch per WhatsApp weiterzuführen, bis sie unter lautem Wehklagen feststellten, dass ihr Guthaben aufgebraucht war, da sie vergessen hatten, dass sie sich ja in einem anderen Land befanden. Von da an erlebte ich sie nur noch als eine Art Zweiergespenst, weil sie die Bettdecke als Schallschutz über sich geworfen hatten, um ungehört weiterzischeln zu können. Erst weit nach Mitternacht verstummte das Deckengespenst, und ich fand endlich genug Ruhe, um ein wenig zu schlafen.

Obwohl ich mich nach einem Ende unseres Besichtigungsmarathons sehnte und der Dungeon unsere letzte Station für heute sein würde, freute ich mich nicht darauf, ins Hostel zurückzukehren und eine weitere Nacht als ungebetener Gast im Tuschelzimmer verbringen zu müssen, weit weg von dem Trakt, in dem Maks und Frederik schliefen. Dazwischen wachten Frau Heinrich und Herr Maziere wie Scharfschützen, um jeden Jungs-Mädchen-Besuch im Keim zu ersticken.

Maks und ich waren gezwungen, unsere Tagesausflüge für unsere Besprechungen zu nutzen, auch wenn wir damit den Unmut der gesamten Truppe auf uns zogen und die Blicke der anderen Mädchen mir gegenüber immer giftiger wurden. Unsere einzige Hoffnung auf eine Wende war der morgige Besuch von Stonehenge. Stonehenge war ein mystischer, sagenumwobener Ort und eine der ältesten Sternwarten der Welt, schon immer hatte ich bei diesem Namen ein Flirren im Bauch verspürt, das sich jetzt stärker denn je meldete – wenn wir eine Chance hatten, gezielt nach einem anderen Auserwählten zu suchen, dann dort.

Träge drückte ich die Toilettenspülung, blieb aber gedankenverloren sitzen, bis ich plötzlich meinen Namen hörte und mich automatisch aufrichtete.

»Ja, genau … Joss, immer nur Joss, Joss, Joss!« Das musste Justine sein. »Ätzend! Kann die ihn nicht mal in Ruhe lassen?«

»Tsss«, entfuhr es mir, denn es war eindeutig Maks, der mir nicht von der Pelle rückte, und stand auf, um die Hose hochzuziehen, meine Ohren wachsam gespitzt.

»Ich versteh das auch nicht«, beklagte sich Sandra lautstark. Ich hörte Wasser rauschen und das Geräusch eines Reißverschlusses, der nur zu einem der Make-up-Täschchen gehören konnte, die Sandra und Justine mit sich herumtrugen, als würde sich echtes Gold darin befinden. »Sie schottet ihn richtig vor uns ab, als würde er ihr gehören! Der arme Kerl!«

Mühsam unterdrückte ich ein Schnauben. Wenn ihr wüsstet …

»Ja, mir tut er auch leid. Er kann doch nicht ernsthaft was von ihr wollen. Sie ist überhaupt nicht hübsch.«

Autsch. Das tat weh. Ich fand mich zwar auch nicht hübsch, doch es aus dem Mund von Justine zu hören, brannte wie Säure in meinem Bauch.

»Hm, weiß auch nicht.« Ein zweiter Reißverschluss

wurde aufgezogen. »Irgendwas scheint er ja an ihr zu finden, oder? Vielleicht sind es ihre Augen? Hast du mal ihre Wimpern gesehen?«

»Ja, gemein, oder? Wenn sie die tuschen würde, dann …«

Würde ich erblinden und an einem Niesanfall ersticken, dachte ich, tastete aber wie im Reflex über meine Lider. Meine Wimpern waren tatsächlich sehr lang und gebogen, aber sandfarben und daher nicht der Rede wert.

»Ach, Maks schaut doch nicht auf so was. Der ist bestimmt nur wegen dem Vertrag mit ihr zusammen. Er *muss* bei ihr sein. Der *Arme* …«

Das reichte. Ohne Vorwarnung drehte ich den Riegel um, stieß die Tür auf und schritt den Gang hinunter, wo Justine und Sandra vor dem Spiegel standen und sich die langen Haare bürsteten, ihre beiden Kosmetiktäschchen weit geöffnet. Als sie mich erkannten, erstarrten sie mitten in der Bewegung, als habe sie eine böse Fee zu Eis verzaubert.

»Darf ich mal?« Ohne ihre Antwort abzuwarten, griff ich in eines der Kosmetiktäschchen und zog eine Mascara heraus, um sie aufzuschrauben, mich vorzubeugen und damit anzufangen, meine Wimpern schwarz anzupinseln. Ich hatte keinerlei Übung darin und das sah man – doch die Blicke der beiden waren Gold wert. »Ich möchte es dem armen Maks etwas leichter machen, in meiner Nähe zu sein.« Meine Hand zitterte so sehr, dass ich mich zwei Mal vermalte und dunkle Punkte meine Oberlider schmückten. Aber ich tat so, als sei ich mit dem (fragwürdigen) Ergebnis zufrieden, nickte meinen verstummten Zimmergenossinnen betont freundlich zu und schoss nach draußen, wo Maks bereits unruhig mit beiden Fäusten an die Wand trommelte.

»Wie siehst du denn aus?«, zischte er, packte mich am Arm und schob mich in den Schein einer künstlichen Öllaterne, um mich kritisch ins Visier zu nehmen. »Hast du sie noch alle? Du schminkst dich, während ich hier versuche, dein Leben zu retten?«

»Das war eine Racheaktion – und danke fürs Kompliment, du Arsch«, fauchte ich und entwand mich seinem festen Griff, um zurück zur Gruppe zu gehen, wo ich allerlei Blicke einfing, von bass erstaunt über ratlos bis anerkennend (Fredda). Endlich wagten sich auch Justine und Sandra zu uns, ihre Wangen glühend, doch sie ignorierten mich geflissentlich, als sei eben gar nichts geschehen.

»Biste jetzt sauer, oder was?«, fragte Maks raunend, während Frau Heinrich uns mit erhobenem Fähnchen zum Eingang führte. Ich richtete meine Augen stur nach vorne und schwieg.

»Oh, Joss, komm schon … hab mir halt Sorgen gemacht …«

Wieder reagierte ich nicht, weil ich nicht wusste, was ich sagen sollte. Eigentlich war ich gar nicht sauer auf Maks. Ich war verletzt und gekränkt, weil Justine und Sandra mich nicht hübsch genug für jemand wie ihn fanden und ich deshalb nun mit Clownsaugen durch den Dungeon stolperte. Was hatte ich mir nur dabei gedacht?

»Du hast halt eh schon einen krassen Blick mit deinen hellen Augen, und wenn du dann noch … dieses Zeug da drauf hast …«

»Mascara.«

»Okay, Mascara. Da kann man schon mal zusammenzucken, wenn man das an dir nicht kennt und … Hey!!«

Maks' plötzliches Brüllen erschreckte mich mehr als der bleichgesichtige, von schwärenden Wunden übersäte Kerl, der mit einem schauerlichen Stöhnen aus einer Ecke gestolpert war, auf mich zuwankte und seine Hände erhob, als wolle er mich in der nächsten Sekunde erwürgen. Doch ehe er mich erreichen konnte, hatte Maks sich auf ihn geworfen und den Mann gegen die feuchte Kerkerwand geschleudert, um ihn mit seinen Stiefeln in die Hüfte zu treten. »It was a joke, a joke!«, rief der bleiche Typ ängstlich und riss schützend die Arme vor sein Gesicht, während Maks ihn an den Handgelenken packte und grob zu schütteln begann.

»Maks, nicht, hör auf! Das ist ein Schauspieler! Er wollte mir nichts tun!«, schrie ich und stürzte auf die beiden zu, doch Herr Maziere kam mir zuvor. Mit beiden Händen zerrte er an Maks Lederjacke und seinem Gürtel und redete dabei flehend auf ihn ein, bis er den Mann endlich losließ. Prompt holte dieser weit aus und hieb Maks seine geballte Faust ins Gesicht.

»Stop it! Stop!!«

Frau Heinrichs' durchdringende Stimme, die mich an das Tröten eines Nebelhorns erinnerte, bereitete der Schlägerei im Nu ein Ende. Der Schauspieler rutschte kraftlos die Wand hinunter und blieb zitternd auf dem steinernen Boden sitzen, Maks betastete fluchend sein rechtes Auge und Herr Maziere hielt nur noch Maks' Lederjacke in der Hand. Schlagartig wurde es taghell, irgendjemand hatte Licht angeschaltet, doch um uns herum herrschte immer noch das blanke Chaos. Besucher riefen in allen möglichen Sprachen durcheinander, teils erheitert, teils in Panik, und allerlei Handyblitzlichter flackerten auf, um das Spektakel so gut wie möglich festzuhalten. Erst jetzt erkannte ich, dass der Schauspieler einen schwarzen Anzug und einen schwarzen Hut trug – und kalkweiß geschminkt war. Er sah zwar völlig anders aus als der Schwarze Mann, dem ich in der Bibliothek begegnet war, doch das konnte Maks nicht wissen. Meine Beschreibung traf zu. Ja, Maks hatte lediglich versucht, mich zu beschützen, weil er geglaubt hatte, einer der Schwarzen Männer habe das Dämmerlicht des Dungeons genutzt, um mich anzugreifen. Verdammt!

»Maks, was ist nur in dich gefahren?«, herrschte

Frau Heinrich ihn an, nicht ohne Sorge in ihrer Stimme.

»Ich dachte, er ist echt!«, verteidigte Maks sich mit hoch erhobenen Händen. Über sein Gesicht lief glitzerndes Blut, doch er schien den Schmerz gar nicht zu spüren. »Wirklich, ich dachte, er will Joss was antun!«

»Ruhe!«, verschaffte sich Frau Heinrich erneut Gehör, weil es um uns herum wieder laut geworden war, während Herr Maziere beschwichtigend auf einen der Wachmänner einredete, die von allen Seiten zu uns gekommen waren und sich wie ein lebendiger Schutzwall zwischen Maks und den Schauspieler gestellt hatten, die Gürtel voller Waffen. »Ruhe jetzt! Es ist nichts Schlimmes passiert, bitte beruhigt euch. Cordula, du bleibst mit den anderen bei Herrn Maziere, bis die Situation geklärt ist.« Cordula, die ruhigste und älteste Belohnungsfahrt-Teilnehmerin, war mindestens so blass geworden wie der Schauspieler, nickte aber folgsam und schloss mit dem Rest der Truppe zu Herrn Maziere auf. »Maks, wir beide fahren zusammen ins Krankenhaus – und dann sehen wir weiter.«

»Ich komme mit!«, rief ich eilig und umrundete einen Wachmann, um mich demonstrativ neben Maks zu stellen. Mit seinem blutüberströmten Gesicht und dem aufgebrachten Blick hätte er problemlos im Dungeon als Ersatz-Schauspieler anheuern können. Doch seine Verletzung kümmerte ihn so wenig, als hätte ihn nur eine lästige Mücke gestochen, die der Rede nicht wert war.

»Nein, du bleibst hier bei den anderen, Joss. Ich habe mit Maks genug zu tun, wir brauchen dich im Krankenhaus nicht.«

»Auf keinen Fall bleibe ich hier«, widersprach ich und setzte eine erschöpfte, verängstigte Miene auf, was mir nicht schwer fiel. »Dieser Mann hat mich furchtbar erschreckt, ich will keine Sekunde länger in diesem Kerker sein … Außerdem kriege ich gerade ganz schlecht Luft …« Ich täuschte ein keuchendes Asthmahusten vor und tat so, als würde ich in meinem Rucksack nach meinem Spray suchen. »Es ist so …« Wieder keuchte ich dramatisch. »… stickig hier … ich weiß auch nicht … wo ist nur mein Spray? Ich glaube, ich hab mein Spray im Hostel vergessen …«

»Oh du großer Gott.« Frau Heinrich schloss die Augen und faltete die Hände, als würde sie ein Stoßgebet gen Himmel schicken, während draußen vor den Toren des Dungeon die Sirenen nahten. Gleich würden die Krankenwagen hier sein. »Gut, dann lass ich dich auch gleich in die Klinik bringen. Marcel, wir telefonieren!« Herr Maziere nickte nur besorgt, während der Dungeon-Schauspieler sich mit Hilfe der Wachmänner vom Boden erhob und prüfend seinen Körper abtastete.

Die Sanitäter erwarteten uns schon am Eingang. Obwohl Maks ohne Probleme laufen konnte, betteten sie ihn sofort auf eine Bahre, schoben ihn in den Wagen und setzten mich nebendran, um mir sicherheitshalber Sauerstoff zuzuführen und Maks' Platzwunde notdürftig zu säubern, während der Wagen mit schrillem Alarm zur nächsten Klinik brauste.

Schickt uns nicht nach Hause, bettelte ich innerlich, während ich den Sauerstoff inhalierte und Maks anblickte, der mit geschlossenen Augen auf der Bahre ruhte, die Hände immer noch zu Fäusten geballt, seine Miene unlesbar. Es war doch nur ein Missverständnis, mehr nicht! Und wir müssen dringend nach Stonehenge, ein anderes Planetenkind finden. Lasst uns bitte in England bleiben.

Doch je näher wir der Klinik kamen, desto geringer wurde meine Hoffnung, heil aus dieser ganzen Geschichte herauszukommen, in der Maks und ich ausnahmsweise keine Opfer, sondern Täter waren. Noch heute Abend würden wir zurück in Deutschland sein – und nichts würde sich ändern.

Ich hätte heulen können.

UNBELIEVABLE

»Euch ist sicherlich klar, dass das alles – Konsequenzen haben muss.« Strenge, aber auch mütterliche Sorge sprachen aus Frau Heinrichs Stimme, und es war deutlich zu sehen, dass die vergangenen Stunden nicht spurlos an ihr vorübergegangen waren. Die Falte zwischen ihren Brauen glättete sich seit unserem Eintreffen in der Klinik gar nicht mehr und ihre Lippen schienen auf die Hälfte ihrer üblichen Fülle geschrumpft zu sein. Auch war sie es überdrüssig geworden, ihrer Frisur Aufmerksamkeit zu schenken und auf eine exakt sitzende Bluse zu achten. Mit bebendem Busen holte sie Luft. »Maks, ich habe mich eben noch einmal mit dem Stationsarzt unterhalten. Dein Jochbein ist nicht gebrochen, doch sie möchten dich auf jeden Fall heute Nacht zur Beobachtung hierbehalten.«

»Was?«, entfuhr es mir flüsternd und auch Maks zuckte zusammen. Damit hatten wir nicht gerechnet, obwohl es nahelag, zumal es auf 23 Uhr zuging. Aber ich hatte eigentlich fest angenommen, dass meine

Eltern bereits im Flieger nach London saßen und Maks' Mutter jeden Augenblick durch die Tür des kleinen Aufenthaltsraums stürmen würde, in dem wir uns versammelt hatten, und sich auf ihn stürzte.

»Muss das sein?« Maks hob mit einem leisen Ächzen das Kinn. Die Ärzte hatten seine Wunde sauber vernäht, doch sein Oberlid war inzwischen so stark angeschwollen, dass er das Auge nur noch zu einem winzigen Spalt öffnen konnte. Er sah aus, als sei er einer Kneipenschlägerei entronnen, und den passenden Gesichtsausdruck hatte er auch dafür. »Mir geht's gut, wirklich.«

»Du hast leichtes Fieber, Maksymilian!« Frau Heinrich schüttelte fassungslos den Kopf. »Von den Schmerzen will ich gar nicht erst reden … Nein, da gibt es keine Diskussion, du bleibst heute Nacht hier, und …«

»Aber das geht nicht!«, widersprach ich fiepsig. Wenn Maks hierblieb, wurden wir getrennt, und das war doch genau das, was ich durch meinen vorgetäuschten Asthma-Anfall hatte vermeiden wollen! »Ich kann … also … ich muss … ich …«

»Für dich gilt das Gleiche, junge Dame«, unterbrach Frau Heinrich mein panisches Gestotter mit vorwurfsvollem Blick. »Du hast im Dungeon keine Luft mehr bekommen, und ich werde kein Risiko eingehen, dass du zu Schaden kommst, weil wir unvorsichtig waren. Gute Sauerstoffwerte hin oder her.«

»Ich – ah, hm. Okay«, schluckte ich meine Widerworte herunter, als ich begriff, was das bedeutete. Maks und ich würden heute Nacht doch nicht getrennt werden. »Sind wir dann denn wenigstens im gleichen Zimmer?«

Jetzt sprach das pure Entsetzen aus Frau Heinrichs Gesicht. »Natürlich nicht! Herrgott, was ist nur mit euch beiden los? Könnt ihr nicht eine einzige Sekunde ohne einander verbringen? It's unbelievable!«

Verlegen suchte ich den Augenkontakt zu Maks, doch er starrte in grimmigem Schweigen auf seine Hände, als ginge ihn das alles nichts an.

»Wir … also … Ich glaube, Sie verstehen das nicht«, wisperte ich beschwörend. »Wir beide … Maks und ich …«

»Oh, ich verstehe das sehr wohl, und ihr werdet nicht in einem Zimmer schlafen, basta. Joss, wir sind in einem Krankenhaus, Maks hat eine frisch genähte Platzwunde am Jochbein, er braucht seine Ruhe und überhaupt – schlafen Mädchen und Jungen nicht in einem Zimmer! Nicht im Hostel und auch nicht im Krankenhaus!«

»Ich brauch keine Ruhe«, murrte Maks, obwohl das Fieber seine Wangen hatte rot anlaufen lassen und die Naht sacht zu pochen begonnen hatte, während wir hier saßen und dieses restlos unerfreuliche Gespräch führten.

»Und morgen?«, fragte ich zaghaft nach. »Was ist dann?«

Frau Heinrich stieß einen tiefen Seufzer aus, als könne sie selbst nicht glauben, was sie uns nun sagen würde – und bevor sie dazu ansetzte, schüttelte sie erneut den Kopf. »Ihr könnt Herrn Maziere für seinen Einsatz auf Knien danken. Auf Knien!« Wieder seufzte sie. »Der Dungeon verzichtet wegen des Missverständnisses zwischen Maks und dem Schauspieler auf eine Klage, zumal sich herausstellte, dass der Mann dich in diesem Bereich des Kerkers noch gar nicht hätte erschrecken dürfen, Joss. Er war wohl etwas – übermotiviert.« Oh ja, das war er gewesen – unsere Tour hatte ja nicht einmal angefangen. »Eure Eltern haben außerdem beide Herrn Mazieres Vorschlag zugestimmt, euch die Reise nach einer Nacht in der Klinik fortsetzen zu lassen – vorausgesetzt, die Ärzte geben grünes Licht. Allerdings …« Frau Heinrich machte eine warnende Pause, als sie mein erleichtertes, wenn auch lautloses Seufzen hörte. »Allerdings ist Stonehenge für euch beide leider gestrichen.«

»Was!?« Vor Entrüstung sprang ich von meinem Stuhl, und auch Maks löste sich aus seiner Apathie, um seine Schultern zu straffen und mir einen gehetzten Blick zuzuwerfen. »Aber … aber wir haben uns so darauf gefreut und wir … wir müssen dorthin! Wir *müssen*!«

»Joss.« Frau Heinrich versuchte sich an einem tröstenden Lächeln, das ihr völlig misslang. »Ich weiß, dass das für dich ein ganz besonderes Ziel auf dieser

Reise sein muss. Das ist es für jeden England-Reisenden und für Astronomie-Fans erst recht. Aber ihr werdet morgen nicht in der Lage für diese Tour sein, das wird zu anstrengend für euch! Dort sind Massen an Menschen unterwegs und anschließend machen wir noch eine einstündige Wanderung zu einer alten Abtei. Ein solches Programm könnt ihr unmöglich bewältigen, es wäre verantwortungslos von uns, es euch versuchen zu lassen!«

Gerade noch hätte ich vor Freude aufjuchzen können, weil wir unsere Reise fortsetzen durften, doch jetzt fühlte ich mich, als habe mir jemand mitten ins Gesicht geschlagen. Maks und ich durften nicht nach Stonehenge – dieser Ort war unsere letzte Hoffnung gewesen, einen anderen Sternenabgesandten zu finden! Was sollten wir jetzt nur tun? Etwa bis zur nächsten Belohnungsfahrt warten?

»Wir bleiben also im Bus sitzen, während die anderen zu den Steinen gehen? Ist das Ihr Ernst, echt?«

»Scht«, machte ich besänftigend, denn Maks klang einen Tick zu angriffslustig, um unsere aussichtslose Lage zu wenden.

»Nein«, entgegnete Frau Heinrich frostig. »Ihr fahrt zusammen mit Herrn Maziere weiter nach Avebury und verbringt dort eine Nacht, bevor ich am nächsten Tag mit dem Rest der Schüler zu euch stoße. Herr Maziere hat ein Bed & Breakfast für euch gefunden, in dem ihr euch in Ruhe auskurieren könnt.«

Maks und ich schwiegen, er nachtschwarz, ich betroffen. Herr Maziere hatte sich, wie es aussah, heute Nachmittag mächtig ins Zeug gelegt, um uns unsere Reise zu retten, doch so sehr ich mich auch bemühte – ich konnte mich nicht darüber freuen. Avebury war ein winziges, verschlafenes Nest; ich hatte es mir beim Durchsehen der Reiseunterlagen nicht einmal auf Google Earth angeschaut. Stonehenge sollte der Höhepunkt unserer Reise werden und nun besichtigten die anderen diesen magischen Ort ohne uns – ich konnte es noch immer nicht fassen.

»Was machen wir denn jetzt?«, flüsterte ich fragend in Maks' Richtung, dessen Schweigen sich wie eine Wand neben mir aufzubauen begann.

»Was ihr macht!? Ihr geht auf eure Zimmer, legt euch ins Bett und schlaft, was denn sonst!«, riss Frau Heinrich der Geduldsfaden. »Joss, was ist nur mit dir los? Ich erkenne dich ja nicht wieder. Du bist doch sonst immer so vernünftig und weitsichtig! Du weißt außerdem, wie empfindlich dein Körper ist, du solltest dankbar sein, dass wir darauf Rücksicht nehmen und ihr eure Reise trotz dieses ganzen Desasters heute fortsetzen könnt!«

»Ja, stimmt, entschuldigen Sie«, erwiderte ich mechanisch. Doch mir war, als habe die gesamte England-Reise plötzlich ihren Sinn verloren, und nachdem zwei Pflegerinnen und Frau Heinrich mich in einem winzigen Einzelzimmer abgesetzt hatten, in dem es streng nach Desinfektionsmitteln roch und das so fremd auf mich wirkte, dass ich mich sofort verloren fühlte, konnte ich nicht anders, als endlich loszuheulen. Jetzt erst merkte ich, wie erschöpft ich war und wie sehr mich der heutige Tag mitgenommen hatte. Unser permanentes Ausschauhalten nach den Männern in Schwarz, die Lästereien meiner Zimmergenossinnen, der Schreck im Dungeon und die Behandlung für einen Asthmaanfall, den ich gar nicht hatte, hatten mich ausgeknockt.

Heimweh überkam mich, nach Mama und Papa und sogar nach Samanthas Motzattacken, nach meinem Dachzimmer und dem lieben, treuen Horst, der mich immer so fragend und gleichzeitig weise anblinkerte. Auf einmal wünschte ich mir, unsere Eltern wären auf dem Weg nach England und würden uns abholen. Gähnend und zutiefst betrübt schälte ich mich aus meinen Klamotten, streifte das lange Baumwoll-Nachthemd über, das die Klinik mir auf das Bett gelegt hatte, und schob mich unter die steife, kalte Decke, um im Schlaf Trost zu suchen.

Ich fand ihn die ganze Nacht nicht. Ruhelos wälzte ich mich hin und her, weil so viele ungewohnte Geräusche auf mich einprasselten und jede halbe Stunde ein Hubschrauber auf dem Dach neben meinem Fenster landete, um neue Patienten zu bringen – meistens gerade dann, wenn ich in einen leichten Schlummer geglitten war. Maks fühlte sich unendlich weit weg an, obwohl er im gleichen Krankenhaus lag, und meine Familie vermisste ich erst recht schmerzlich; ein Klaffen in meinem Herzen, das selbst dann noch schmerzte, als ich gegen Morgen endlich eindöste.

Doch schon um sechs Uhr riss die erste Schwester mich aus meinem unruhigen Halbschlaf, um Fieber zu messen und meine Brust abzuhören, bevor die Reinigungskraft kam, dann die Visite und dann, endlich, das Frühstück – doch noch bevor ich das erste, labberige Stück Brot aufgegessen hatte, standen bereits Frau Heinrich und Maks in der Tür, um mich nach unten zu bringen, wo der Bus auf uns wartete. Maks sah gruselig aus. Sein Fieber war zwar über Nacht gesunken, doch das geschwollene Augenlid hatte sich dunkelviolett verfärbt und sein Blick war immer noch so abgründig, dass ich es kaum wagte, ihn anzuschauen. Stumm setzten wir uns im Bus nebeneinander, ich wieder ans Fenster, er an den Gang, doch er unternahm gar nicht erst den Versuch, mir meine Akupressur-Punkte zu drücken, sondern wandte mir seinen breiten Rücken zu und kramte sein Handy und seine Kopfhörer aus seiner Jackentasche. Hinter uns machte sich das übliche Tuscheln und Raunen breit und heute klang es unverkennbar gehässig und schadenfroh. Man sah uns an, dass es uns die Laune verhagelt hatte, und das schien einige von Maks Verehrerinnen aufrichtig zu freuen.

»Wir werden heute Vormittag als Erstes Stonehenge

besichtigen«, verkündete Frau Heinrich, nachdem der Bus sich in Bewegung gesetzt hatte. »Joss und Maks fahren von dort aus weiter nach Avebury, um sich auszukurieren, während wir die Nacht in Salisbury verbringen.«

Nun mischte sich wieder blanke Eifersucht in das Geflüster hinter uns, doch die war gar nicht nötig. Maks hatte seinen Groll auf jedes lebendige Wesen um ihn herum ausgeweitet – auch auf mich.

»Maksymilian, was macht dein Kopf?«, vergewisserte sich Frau Heinrich unterdrückt gähnend. Maks knurrte wie ein schlecht gelaunter Hund und stopfte sich die Kopfhörer in die Ohren.

»Na, wenn er Musik hören kann, wird es so schlimm nicht sein«, meldete sich Herr Maziere zu Wort, dem die Aufregung ebenfalls zugesetzt hatte – er sah blass und unausgeschlafen aus; war er gestern doch für weitaus mehr Schüler verantwortlich gewesen, als er es gewohnt war. Trotzdem lächelte er mir freundschaftlich zu und hob die Achseln, als wisse er auch nicht, was in Maks gefahren sei, doch ich schaffte es nicht, zurückzulächeln. Mit einem Kloß in der Kehle wandte ich mich dem Fenster zu, vor dem saftige Wiesen vorbeizogen, mit grasenden Schafen und Unmengen an Löwenzahn. Doch der freie Blick ins Frühlingsgrün konnte mich nicht entspannen. Stattdessen begann sich ein unangenehmer, stechender Kopfschmerz in meinem Nacken und meinen Schläfen auszubreiten. Als wir anderthalb Stunden später den Busparkplatz von Stonehenge erreichten, pochten sie so grell, dass ich mich kaum mehr bewegen konnte, ohne das Gefühl zu haben, mein Schädel würde dabei zerplatzen. Doch ich biss die Zähne zusammen und sah still dabei zu, wie die anderen aufgeregt schnatternd den Bus verließen, um mit gezückten Handys in einen der Shuttles umzusteigen, die sie direkt an den Steinkreis bringen würden. Schon vom Parkplatz aus konnte ich die berühmten Stelen aufragen sehen – auch aus der Ferne ein atemberaubender Anblick, zumal gerade die Sonne durch die Wolken brach und sie in goldenem Licht anstrahlte. Alles in mir wollte aufspringen, um den anderen zu folgen, doch die Bustüren schlossen sich mit einem lauten Pfeifen, und ich konnte nur noch einen letzten, sehnsüchtigen Blick zu den Steinen werfen, bevor sie am Horizont verschwanden.

»Keine Sorge, Schätzchen.« Herr Maziere nahm meine Hand und drückte sie kurz. »Du bist so jung, du wirst noch ganz viele Chancen haben, Stonehenge zu besichtigen. Und so toll ist es da übrigens gar nicht. Massen von Touristen und die Steine sind abgesperrt.«

»Hmhm«, machte ich schwach, denn jedes seiner Worte befeuerte meine Kopfschmerzen von Neuem.

»Alles in Ordnung? Kriegst du wieder schlecht Luft?«

»Ist nur der Kopf«, antwortete ich achselzuckend

und drückte meine Handflächen gegen meine Schläfen. »Hab zu wenig geschlafen …«

»Dann schlaf *jetzt*.« Herr Maziere verschwand kurz und kehrte mit einer blauen Kuscheldecke zurück. »Such dir ein schönes Plätzchen im Bus, du hast jetzt freie Auswahl!«

»Ja, und die werde ich nutzen«, beschloss ich grimmig und schob mich an Maks vorbei, um es mir auf der anderen Seite des Gangs gemütlich zu machen. In seiner Nähe wollte ich nicht mehr bleiben. Dass wir Stonehenge verpassten, war schlimm genug – aber musste er das an mir auslassen? Ich konnte doch nichts dafür! Frustriert rollte ich mich unter der Decke zusammen, schloss die Augen und versuchte darauf zu vertrauen, dass meine Reisekrankheit für immer überwunden war und ich auch auf dieser Fahrt von Schwindel und Übelkeitsattacken verschont bleiben würde.

Ich war so müde, dass mir die Augen zufielen, kaum dass ich lag, und als der Bus in Avebury angekommen war, musste Herr Maziere sich bei mir unterhaken und mich stützen, weil ich es kaum schaffte, geradeaus zu laufen, ohne zu fallen.

Aber ich wollte gar nicht richtig wach werden. Maks, das spürte ich genau, war immer noch nicht besserer Laune, das Bed & Breakfast kam mir klein und altbacken vor und einen Blick aus dem Fenster brauchte ich gar nicht erst zu werfen. Das hier war nicht Stonehenge, hier würden wir keinen anderen Auserwählten finden – falls Maks überhaupt noch daran interessiert war.

Also ließ ich die Vorhänge in meinem Zimmer zugezogen, schlüpfte nur rasch aus meinen Schuhen, warf mich auf das Bett und tauchte mit schmerzendem Kopf zurück in einen Schlaf, der so tief und fest war, dass ich mich augenblicklich in ihm verlor – und in dem mich jeder Traum sanft ins Weltall enthob, um mich zurück zu meiner Heimat zu bringen.

So fern, so vertraut – so nah.

SELBSTMITLEIDS-CONTEST

Frieden, dachte ich genüsslich, als ich langsam zu mir kam – gebettet auf einer weichen Matratze, eingekuschelt in eine wärmende, dicke Decke und mit einem wohligen Gefühl von Kopf bis Fuß. Endlich Frieden. Doch sobald mein Kopf wach war, begann ich mich zu erinnern und der Frieden schwand, als wäre er ein böser Irrtum gewesen. Oh nein …, dachte ich reuevoll, als mir bewusst wurde, wie niederschmetternd sich unser London-Aufenthalt gestaltet hatte. Meine ständige Panik vor vermeintlichen Schwarzen Männern. Die verletzenden Worte von Justine und Sandra. Mein Mascara-Unfall. Maks' Ausraster im Dungeon. Die frustrierende Nacht im Krankenhaus und Stonehenge … Stonehenge nur aus der Ferne … und dazu ein so miserabel gelaunter Maks, dass ich auch jetzt noch keine große Lust verspürte, ihm zu begegnen.

Wenn man die Herren in Schwarz und ihre Gedächtnislöscherei mal brauchte, waren sie nicht da, dachte ich miesepetrig und ballte meine Hände zu

Fäusten. Zu gerne hätte ich für immer und ewig vergessen, was in den vergangenen Tagen geschehen war und warum Maks und ich überhaupt mitgefahren waren. Unsere Mission war aussichtlos! Wie sollten wir jemals andere Auserwählte finden, wenn wir nonstop damit beschäftigt waren, uns gegen die Männer in Schwarz zu schützen – die mir bisher nicht einmal ein Haar gekrümmt hatten und für die es nach wie vor keinen hieb- und stichfesten Beweis gab! Aber selbst jetzt kroch ein eisiges Schauergefühl mein Rückgrat hinauf, wenn ich an sie dachte.

Wie spät war es überhaupt, wie lange hatte ich geschlafen? Und sollte ich mir mein Zimmer nicht wenigstens mal genauer anschauen, wenn ich nun schon dazu verdonnert war, Zeit in diesem Bed & Breakfast zu verbringen? Doch noch fühlte ich mich nicht in der Lage, meine Augen zu öffnen. Stattdessen schnupperte ich prüfend an meinem Kopfkissen, dessen Duft schon seit dem Aufwachen meine Nase kitzelte. Es roch blumig, ganz anders als Mamas Öko-Waschmittel, die sie nur wegen mir benutzte und gar keinen Geruch hatten. Nun wagte ich doch ein vorsichtiges Blinzeln – aha, im Zimmer war es hell, eine natürliche, angenehme Helligkeit. Meine Augen blickten direkt auf ein altmodisch anmutendes Fenster, vor dem sich zwei lange, mattlila gemusterte Vorhänge im Frühlingswind bauschten, und unter diesem Fenster, auf einem plüschigen, hellgrauen Teppich, stand eine rustikale Kommode. Ein Buddha thronte auf ihr, umgeben von zwei türkisen Kristallen. Lächelnd sah er mich an und erinnerte mich damit augenblicklich an Mazieres Hausmeisterbüro – und er weckte meine Neugierde. Ruckartig richtete ich mich auf, wobei mir so schwindelig wurde, dass ich mich sofort wieder zurück ins Kissen fallen ließ. Doch der kurze Augenblick hatte genügt, um zu erkennen, dass ich nicht alleine im Zimmer war. Gegenüber meines Bettes saß Maks; in einem breiten, flaschengrünen Ohrensessel, die Beine auf dem dazugehörigen Hocker, die Augen geschlossen. Schlief er oder ruhte er sich nur aus? Wieso war er überhaupt hier?

»Hey. Alles gut?«

Er war also wach – auch wenn er die Augen nach wie vor nicht öffnete.

»Oh, der Herr spricht wieder mit mir«, erwiderte ich spitz und wandte meine Blicke erneut dem Fenster zu.

»Ja, sorry wegen heute Morgen.« Ich hörte, wie er die Füße vom Hocker nahm, um aufzustehen und neben mich zu treten. »Ich hatte gestern Abend ein ätzendes Telefongespräch mit meiner Mutter und hab die ganze Nacht kaum geschlafen. Außerdem ist mir fast der Schädel geplatzt.«

»Mir auch«, näselte ich vorwurfsvoll und vergrub mich noch etwas tiefer in mein Kissen. Die ganze Situation machte mich verlegen. Zwar trug ich meine Klamotten, doch Maks hatte bei mir gesessen, während ich geschlafen hatte, und eigentlich war ich immer noch sauer auf ihn. Ich hatte keine Ahnung, wie ich mich verhalten sollte. Maks zog testweise an einem Deckenzipfel, doch ich rührte mich nicht und bildete mir ein, er könne mich gar nicht sehen (was natürlich völliger Käse war). »Wie geht's dir, Joss? Alles okay?«

Dumpf stöhnte ich auf. »Mein Bauch ist so leer.« Wie zur Antwort grummelte er vernehmlich. »Ich hab solchen Hunger ...«

»Aber bewegen kannst du dich, oder? Es ist irgendwie blöd, ein Gespräch mit jemandem zu führen, der sich unter der Decke versteckt, also ...«

»Ja, ist ja gut.« Ich brauchte Sekunden, um mich dazu zu zwingen, mein Kopf aus dem Kissen zu wühlen, und weitere zwei Anläufe, mich aufzusetzen und Maks einen kurzen, prüfenden Blick zuzuwerfen. Lässig lehnte er am Fenster, das rechte Auge blutunterlaufen und mit einem beeindruckenden Hämatom an der Stirn, das inzwischen die doppelte Größe der Naht angenommen hatte. Der Wind bewegte sacht seine Locken, ein auffallender Kontrast zu seiner reglosen Haltung.

»Und wie geht es dir so?«, fragte ich reserviert und lehnte mich an das mächtige Rückenteil des Bettes, die Decke bis zum Kinn hochgezogen.

»Besser.«

»Besser. Schön. Denn alles andere ist eine Katastrophe geworden, das weißt du auch, und ich …« Nervös fuhr ich durch mein strubbeliges Haar. »Was machst du eigentlich in meinem Zimmer? Wieso guckst du mir beim Schlafen zu? Maziere muss doch …«

»Maziere pennt.« Maks grinste breit und deutete mit dem Daumen zur Wand. »Wir haben nebenan ein Zimmer. Mir ging sein Geschnarche auf den Keks, deshalb bin ich rübergekommen.« Nun wurde sein Grinsen fast anzüglich. »Du hast beim Schlafen gestrahlt wie ein Honigkuchenpferd. Was haste denn Schönes geträumt?«

»Geht dich nix an«, murmelte ich errötend. »Nein, nicht so was!«, setzte ich eilig hinterher, als ich kapierte, was ich da gerade gesagt hatte. »Heimatstern-Träume! Mann, Maks, was du wieder denkst …«

»Schon gut, Joss. Weißt ja gar nicht, was ich denke, oder?«

»Nein, das weiß ich nicht.« Genervt knautschte ich meine Decke zusammen. »Ich frage mich allerdings, woher deine ätzend gute Laune kommt, nachdem du heute früh ein Gesicht gemacht hast, als würdest du jeden Tag Kinder zum Nachtisch fressen.«

»Das möchte ich dir ja die ganze Zeit schon zeigen. – Kannst du aufstehen? Musst mal aus dem Fenster gucken. Ist der Hammer!«

»Wieso? Nein, lass, es geht schon«, wehrte ich ab, als Maks mir seinen Arm anbot, doch meine Einwände interessierten ihn nicht. Mit festem Griff hievte er mich auf meine besockten Füße und führte mich zu der Kommode. Ich musste meinen Arm erst schütteln, damit er wieder losließ, doch ich spürte, dass seine Hand hinter meinem Rücken in der Luft hing, bereit, mich jederzeit aufzufangen, falls mir schwindelig werden sollte. Schwungvoll streifte Maks die Vorhänge zur Seite.

»Donnerlittchen«, raunte ich, nachdem sich mein störanfälliges Sehfeld sortiert hatte, ohne glauben zu können, was ich sah. Wie konnte mir das bei unserer Ankunft nur entgangen sein? »Das ist ja … das ist ja ein Steinkreis!«

»Ja.« Maks nickte zufrieden, als habe er ihn persönlich für mich herbeigezaubert. »Und er ist sogar viel größer als Stonehenge!«

»Das ist er …« Ich stieß den rechten Fensterflügel auf und lehnte mich weit über die Brüstung, Maks dicht neben mir, weil er meinem Gleichgewichtssinn immer noch nicht traute.

»Geil, oder?« Sein Atem streifte meinen Nacken. »Wir sind mitten in einem Steinkreis gelandet! Ist das nicht irre?«

Ich konnte kaum glauben, was ich sah. Direkt vor unserem Bed & Breakfast ragten zwei riesige graue Stelen aus dem sattgrünen Gras – und es waren nicht die einzigen, auch wenn hier keine Steinblöcke quer obenauf lagen wie in Stonehenge. Neugierig verrenkte ich meinen Hals, um zu erfassen, wie gewaltig der

Kreis sein musste, doch es gelang mir nicht. Ich erkannte nur, dass die kleine Siedlung, zu der unser Bed & Breakfast gehörte, einst mitten in diesen Steinkreis hineingebaut worden sein musste. Womöglich hatte man sich dabei sogar an den Stelen bedient. Anders als in Stonehenge wimmelte es hier jedoch nicht von Touristen, auch sah ich nirgendwo dicke Reisebusse parken. Im Gegenteil, das Örtchen wirkte ruhig, fast verschlafen – und gleichzeitig zog es mich magisch nach draußen.

»Dürfen wir ins Freie, spazieren gehen? Ich muss da raus, sofort!«

»Ej, mach mal langsam, Plejadenlady.« Mit ausgestrecktem Zeigefinger deutete Maks auf meine zweifelhafte Garderobe – und er hatte recht, damit sollte ich nicht nach draußen gehen. Meinen Pulli und meine Jeans, die ich heute Morgen im Krankenhaus notgedrungen wieder angezogen hatte, zierten mehrere Blutflecken aus Maks' Platzwunde, die sich inzwischen dunkelbraun verfärbt hatten. Ich sah aus, als hätte ich ein Huhn geschlachtet, ohne zu wissen, wie man dabei vorgehen musste. »Zieh dir vielleicht vorher was Gescheites an. Außerdem darf ich dich nicht aus dem Haus lassen, bevor du was gegessen hast. Befehl von Maziere.«

»Okay, von mir aus«, gab ich mich geschlagen, zumal ich mich sowieso nach einer Dusche sehnte und ein Blick auf meine Uhr mir verriet, dass wir erst späten Nachmittag hatten. »Dann geh ich ins Bad und esse anschließend was, aber danach gehen wir raus. Wir müssen raus!«

»Aye aye, Käpt'n«, salutierte Maks in freundlichem Spott und sah mir am Fenster lehnend dabei zu, wie ich um das Bett huschte, frische Klamotten aus meiner Tasche zog und ins Bad verschwand, wo ich mir eine ausgiebige heiße Dusche gönnte, nach der ich mich ein kleines bisschen fühlte wie neugeboren. Als Kind hatte ich wie am Spieß geschrien, wenn ich in Kontakt mit Wasser geriet, aber mittlerweile hatte ich mich so weit daran gewöhnt, dass ich es nach den ersten Schrecksekunden genießen konnte. Ich beeilte mich trotzdem, denn morgen würden die anderen wieder zu uns stoßen, und ich ahnte bereits, dass das neue Probleme nach sich ziehen würde. Doch jetzt waren uns ein paar ruhige Stunden gegönnt und die mussten wir nutzen. Es konnte kein Zufall sein, dass wir in einem Steinkreis gelandet waren, abseits der Touristenmassen und ohne den Rest der Schüler – es war eine Fügung, eine kosmische Fügung, anders war dieses Glück gar nicht zu erklären!

Meine kurzen Haare waren im Nu getrocknet, sodass ich nur wenige Minuten später wieder bei Maks im Zimmer stand. Er lehnte breitbeinig im Sessel, grinste mich verschmitzt an und lupfte mit der Rechten eine Haube von einem Tablett, das er in der Zwischenzeit nach oben geholt haben musste.

»Pfannkuchen und Apfelmus. Ohne Gluten, hundertprozentig. Mit Amaranth und Buchweizen. Hab schon vorgekostet. Glaub mir, der Koch hier steht auf solche Unverträglichkeiten. Er war ganz heiß drauf, dir was zaubern, das dir auf jeden Fall bekommt und supergesund ist.«

»Das ist keine normale Unterkunft, oder?« Im Bad standen ebenfalls Kristalle auf der Ablage, und das Shampoo war öko und vegan gewesen.

»Nö, es gibt sogar einen Meditationsraum und vorhin haben ein paar Frauen im Garten gesungen und getanzt.« Maks hob belustigt die Brauen, bereute es aber sofort. Sein Auge musste ihn immer noch schmerzen. »War abgefahren.«

Ich hatte solchen Hunger, dass ich auf eine Antwort verzichtete und den ersten Pfannkuchen im Stehen verspeiste, mit geschlossenen Augen und verzücktem Lächeln. Erst für den zweiten ließ ich mich auf die Bettkannte nieder und tunkte die einzelnen Stücke tief in das fruchtige Apfelmus. »Ich glaube …«, nuschelte ich mit vollem Mund und zog den letzten Pfannkuchen von der Platte auf meinen Teller. »… so was Leckeres hab ich noch nie gegessen.« Ich kratzte sogar den Rest des Apfelmus' aus der Schüssel und tupfte mit den Fingern jeden Staubzuckerpunkt vom Tellerrand, bis er aussah wie frisch gespült. Zufrieden rieb ich mir im Kreis über den Bauch und atmete leise seufzend durch.

»Gehen wir jetzt raus? Oder – oder willst du vielleicht lieber alleine sein?« Maks und ich hatten die letzten Tage fast ununterbrochen miteinander verbracht, und heute Morgen waren wir beide nicht weit davon entfernt gewesen, uns gegenseitig an die Gurgel zu gehen. Womöglich wartete er darauf, seinen zweiten Schatten endlich mal loszuwerden. »Mir geht's gut, ehrlich.« Im Vergleich zu heute Morgen ging es mir sogar prächtig, auch wenn ich Schwierigkeiten hatte, schwindelfrei zu stehen. Aber meine Kopfschmerzen waren verschwunden.

»Passt schon«, versicherte er großzügig und warf mir meine Strickjacke zu. Maks lief schon seit Beginn der Belohnungsfahrt nur noch in dünner Jeans und kurzärmeligem Shirt herum, obwohl es in England noch empfindlich kühl war, aber er schien nicht vergessen zu haben, wie verfroren ich die meiste Zeit des Jahres war. »Danke«, sagte ich und fühlte mich wieder leicht verlegen, als ich sie überzog, während er in seine Boots schlüpfte. Zwar war ich froh, dass Maks nicht mehr in dumpfem Grübeln vor sich hin schwieg, doch seine Fürsorge überforderte mich ebenfalls.

Nachdem wir eine urtümlich knarzende Treppe hinuntergegangen waren, um nacheinander durch die schwere Holztür nach draußen zu treten, fühlte sich die Luft zu meinem großen Erstaunen das erste Mal nach Frühsommer an. Es war warm geworden! Sofort zog ich meine Strickjacke wieder aus und band sie mir um die Hüften. Der Abendwind war so mild, dass ich unwillkürlich tief einatmete und sofort erschrocken meine Lungen verschloss. Wenn die Temperaturen derart anstiegen, hatten mich stets die heftigsten Heuschnupfen-Anfälle ereilt und auch hier stand die Natur in voller Blüte. Fragend blickte Maks mich an, während ich meinen Atem portionsweise entweichen ließ. Spätestens jetzt hätte sich der erste Nieser anbahnen und meine Augen zum Tränen bringen müssen. Doch: nichts. Meine Nase und Bronchien fühlten sich ganz normal an.

»Du auch nicht, oder?«

Maks reagierte anders auf Pollen als ich. Er bekam rote Pünktchen auf den Armen und im Nacken, die ihn unaufhörlich juckten und manchmal schier in den Wahnsinn trieben. Langsam schüttelte er den Kopf, als habe er noch gar nicht darüber nachgedacht und bemerke jetzt erst, dass wir von unseren üblichen Sommerplagen verschont blieben, obwohl die Luft voller Pollen sein musste. Das Wunder hielt an. Keine Reisekrankheit, keine Allergien. Es war unglaublich!

»Willst du sicherheitshalber deine Tabletten holen? Ich warte hier.«

»Nein«, entschied ich kühn. »Ich hab sie so satt – und ich möchte dieses Dorf wach erleben.«

Denn es faszinierte mich wie kein anderer Ort, an dem ich bisher gewesen war. Alles um uns herum sah alt, ehrwürdig und geheimnisumwittert aus, selbst die Büsche und Hecken und Grasbüschel am Wegesrand.

In jedem Kubikmeter, der uns umgab, schien etwas zu leben, das das menschliche Auge nicht sehen konnte, wie eine Matrix, die Maks und mich mit der Natur und dem Kosmos verband.

Im Gleichschritt setzten wir uns in Bewegung, ohne uns abzusprechen, wohin wir gehen wollten – es war ohnehin klar, dass unsere Füße uns zu den Steinen tragen würden, die nicht abgeriegelt waren wie in Stonehenge und deren verwitterte Oberfläche wir sogar berühren konnten, wenn wir wollten. Nicht alle waren noch da, es gab einige Lücken, doch der große Außenkreis war wegen seines Walls zweifelsfrei erkennbar. Vor allem aber fühlte ich ihn. Er kam mir vor wie eine Abschrift von etwas Größerem, Extraterrestrischem, als sei er eine Art Stempel, der uns Menschen an etwas erinnern sollte. Aber woran?

»Ich fühle mich plötzlich so philosophisch«, bekannte ich verträumt, und ein Lächeln huschte über Maks zerschundenes Gesicht. »Dieser Ort ist irgendwie … irgendwie … hm.«

Zwischen zwei Steinen blieb ich stehen und überlegte, ob ich Maks sagen konnte, was mir eben durch den Kopf gegangen war, ohne dass er es meinen körperlichen Ausfallerscheinungen zuschrieb. Doch er wartete nicht ab, bis ich mich entschieden hatte, sondern hakte sich freundschaftlich bei mir unter und zog mich ein paar Meter weiter, wo ein schmaler Weg an einer Weide entlang zu einer Bank führte, von der aus wir den halben Steinkreis und die kleine Siedlung in seiner Mitte überblicken konnten. Noch immer gab meine Nase Ruhe, also ließ ich es zu, mich von Maks auf die Bank bugsieren zu lassen. Wie hypnotisiert blickten wir in den blasser werdenden Abendhimmel, obwohl noch kein einziger Stern zu sehen war und die Schleierwolken den Blick auf das Firmament erschwerten.

»Hast du Männer in Schwarz gesehen?« Maks musste das fragen, ich wusste es. Und doch schien es mir den Frieden, der um uns herum herrschte, zu vergiften.

»Keinen einzigen.« Natürlich hatte ich vom ersten Schritt an nach ihnen Ausschau gehalten – es war schon Gewohnheit geworden. Ich sah den ein oder anderen Touristen, Wanderer oder Einheimischen. Aber die Männer in Schwarz waren wie vom Erdboden verschluckt.

»Ob wir sie abgeschüttelt haben? Durch den Klinikaufenthalt und das Umorganisieren der Fahrt?«

Nachdenklich schüttelte ich den Kopf. »Ich glaube nicht, dass sie sich an solchen Dingen orientieren. Ich habe eher das Gefühl, dass … dass wir geschützt sind. Durch den Kreis.« Ich deutete auf die Stelen.

»Du meinst, sie kommen hier nicht rein?«, vergewisserte sich Maks, mich richtig verstanden zu haben.

»Wäre doch, möglich, oder?«

»Hmhm.« Maks drückte mir leicht den Ellenbogen

in die Seite. »He, Joss. Was war eigentlich los gestern im Dungeon? Warum warst du so angepisst, als du aus dem Klo kamst – und wozu die Wimperntusche? Du hast so was doch gar nicht nötig mit deinen Augen …«

Wieder wurden meine Wangen warm, und ich wusste plötzlich nicht mehr, wie ich auf der Bank sitzen sollte und wohin mit meinen Armen und Händen. »Ach, ich hab gehört, wie Justine und Sandra über mich geredet haben, während ich auf dem Klo war. Sie haben dich bedauert, weil du so viel mit mir zusammen sein musst, und haben sich gewundert, was du mit jemandem wie mir willst, ich sei doch … nicht mal hübsch.«

Warum erwiderte Maks nichts? Wieso sah er nur auf die Steine, als habe er mich gar nicht gehört? Suchte er nach Worten oder bereute er, mich überhaupt nach meinen Gefühlen gefragt zu haben?

»Ich meine, sie haben ja recht, ich bin nicht hübsch, nicht im klassischen Sinne«, plapperte ich weiter, um die Stille zu vertreiben, »und von außen betrachtet, kann man sich schon fragen, warum jemand wie du sich mit jemandem wie mir abgibt und dauernd mit mir … ach … Maks, sag doch bitte endlich mal was!«

»Hübsch – pah, was ist das schon!« Endlich rührte er sich, atmete hörbar ein und wandte sich mit einem unleserlichen Ausdruck im Gesicht zu mir um. Sein linkes Auge blickte mich ernst an, das rechte war zu geschwollen zum Schauen. »Erinnerst du dich noch, was du mir geraten hast, als ich dich fragte, wie ich mit meiner Mars-Energie umgehen soll?« Maks klopfte mir brüderlich auf die Schulter. »Ich soll sie annehmen und das Beste draus machen. Mach du das doch auch! Du bist eben kein Durchschnitt, sondern etwas Besonderes!«

»Bei dir ist das ja auch denkbar einfach!« Prustend richtete ich mich auf. »Du hast überall Muskeln bekommen und bist gewachsen und hast plötzlich Haare wie Edward Cullen, alle Mädels rennen dir nach und sind total verrückt nach dir, merkst du das nicht? Du kannst dich wehren, siehst cool aus, die dicken Jungs trauen sich nicht mehr an dich ran und …«

»… ich muss jede Woche mit einem Therapeuten über meine Gefühle reden und lege mich dauernd mit fremden Menschen an, weil ich meine Wut nicht unter Kontrolle habe, und kann es anschließend nicht erklären. Echt toll, Joss, da hab ich aber was von.« Schnaufend strich sich Maks seine Locken aus der Stirn. »Boah, und die Chicks nerven mich! Die machen heimlich Fotos von mir und schicken sie sich gegenseitig, hast du das mitbekommen!? Ich kann nirgendwo mehr auftauchen, ohne dass sie mich anstieren und über mich tuscheln! – Und wenn du meinst, es ist ein Vergnügen, als aggressiv und unberechenbar zu gelten, hast du dich getäuscht. Dich hält wenigstens jeder für klug und sozial. Ich glaub, wir haben beide unser Päckchen zu tragen.«

Weil Maks schon wieder verdächtig feurig wurde, hielt ich meinen Mund, war aber trotzdem weiterhin der Meinung, dass er keinen Grund hatte, sich für seine Andersartigkeiten zu schämen. Selbst, wenn er über seine eigenen Füße stolperte oder wutentbrannt auf unschuldige Dungeon-Mitarbeiter losging, wirkte er dabei immer noch geschmeidig, selbstsicher und kriegerisch. Er würde wahrscheinlich sogar dann noch eine gute Figur abgeben, wenn er sich wieder einmal verschluckte und ich den Heimlich-Griff bei ihm anwenden musste.

»Okay, dann lass uns wieder über die Auserwählten sprechen«, lenkte ich ab, bevor unsere Diskussion in einen Selbstmitleids-Contest ausartete. Maks streckte seine Beine, die er eben aufgestellt hatte, als wolle er jeden Moment lossprinten, wieder aus. »Ich hab nach Jugendlichen Ausschau gehalten und tue es immer noch.« Wie zum Beweis deutete ich vor uns auf die Wiesen und Wege. »Außer uns habe ich keinen einzigen jungen Menschen gesehen. Als würden hier nur Leute ab 40 Urlaub machen dürfen. Trotzdem spüre ich etwas … etwas Besonderes … Haben wir einen Punkt vergessen bei unseren Recherchen? Was an diesem Ort wichtig sein könnte?«

»Keine Ahnung.« Leise stöhnend lehnte sich Maks zurück. »Ich würde gerne darüber nachdenken, aber ich – ich kann nicht. Mein Kopf!« Entschuldigend wies er auf sein verfärbtes Auge.

»Verstehe«, erwiderte ich resigniert. Auch mir fiel das Denken schwer, seitdem wir aus dem Bed & Breakfast getreten waren. Mein Hirn fühlte sich weich und schwammig an – nun, so waren Hirne zwar geschaffen, doch bisher war seine Arbeit immer glasklar gewesen. Jetzt aber fischte ich im Trüben – und es störte mich nicht einmal, auch wenn ich wusste, wie einzigartig dieser Ort war und welches Glück wir hatten, uns in einem Steinkreis zu befinden. Doch hier, an diesem stillen, friedlichen Abend ohne Allergieanfälle und bedrohliche Gestalten in dunklen Anzügen, wollte ich ausnahmsweise nicht daran denken, was wir zu tun hatten. Ich wollte einfach nur auf dieser Bank sitzen, atmen, in den Himmel gucken. Es kam mir richtig vor und überaus sinnvoll. Nachher auf meinem Zimmer konnte ich immer noch Avebury googeln und nach Informationen suchen, die uns weiterhelfen konnten. Wir hatten eine ganze Nacht Zeit und beide genügend geruht, um sie nutzen zu können.

»Das ist seltsam«, brummelte Maks und wandte seinen Blick zu mir. »Ich mag sie plötzlich.«

»Wen?« Ein heißer Stich fuhr durch meinen Bauch, den ich mir nicht erklären konnte.

»Die Erde.« Sofort flaute der Schmerz wieder ab. »Ich fühle mich fast ein bisschen zu Hause. Ich glaub, ich war noch nie an einem so schönen Ort wie hier.«

»Ich auch nicht.«

Schweigend ließen wir unsere Blicke über die Steine, die Wiesen und die sanft hügeligen Felder außerhalb des Dörfleins gleiten. Wieder hatte ich das Gefühl, einer gitternetzartigen Matrix auf der Spur zu sein, die alles zusammenhielt und in Avebury deutlicher zu spüren war als an anderen Orten der Erde. Irgendetwas hatte diese Matrix mit mir zu tun … mit uns, Maks und mir … und den Sternen …

»Meinst du, das wäre in Stonehenge auch so gewesen?«, forschte ich nach.

»Nein.« Überzeugt schüttelte Maks den Kopf. »Glaube ich nicht, obwohl ich gerne näher rangekommen wäre. Vielleicht lag's an den vielen Menschen und den Zäunen und diesen komischen Bunkern drum herum, keine Ahnung, aber das hier ist anders.« Ja, das sah ich auch so. Ich konnte zwar nicht verstehen, weshalb Menschen auf die Idee kamen, ein Dorf mitten in einen Steinkreis zu bauen wie in Avebury, es kam mir durchweg verkehrt vor, aber der Ort wirkte stärkend und heilend auf mich. Ich brauchte keine Allergietabletten, um tief durchatmen zu können, weder fror noch schwitzte ich, ich war angenehm satt, ohne dass mein Bauch wehtat, und ich saß in Frieden neben einem vertrauten Menschen, der mich besser verstand als jeder andere es je vermochte.

Doch was mich am meisten berührte, war, dass ich mich ganz sanft von der Erde getragen fühlte. Ich war sogar in Versuchung, mich zwischen zwei Steinen auf den Boden zu setzen, um ihr dafür zu danken, dass sie und ich heute ausnahmsweise so harmonisch miteinander zurechtkamen. Schließlich war ich ihr genauso fremd wie sie mir.

»Wer weiß, vielleicht gibt es auch noch andere Orte, die so sind«, drang Maks' tiefe Stimme durch den lauen Abendwind. »An denen wir uns zu Hause fühlen. Jedenfalls mehr als sonst.«

»Ja, vielleicht.«

»Ich würde sie gerne kennenlernen.«

»Ich auch.«

Flammen schlugen an meinem Arm empor, als er für eine Sekunde meine Hand nahm und sie sanft drückte, und zum ersten Mal spürte ich keinen Widerstand, keine Angst. Seine Berührung war mir nicht zu viel.

Doch als er sie los ließ, fühlte sie sich plötzlich leer und kalt an.

DIE NEUE FELDORDNUNG

»Ich werde hier noch bekloppt.« Stöhnend richtete ich mich in meinem zerwühlten Bett auf und aktivierte mein Handy. 3:25 Uhr. Erst vor zwanzig Minuten hatte ich zum letzten Mal nach der Uhrzeit geschaut – sie kamen mir vor wie Stunden. Ich fand keine Ruhe. Mein Körper verlangte nicht nach Schlaf, mein Kopf erst recht nicht und mein Herz fühlte sich an, als wolle es aus meiner Brust hüpfen und quer durchs Zimmer irrlichtern. Überhaupt – dieses Zimmer, das ich eigentlich mochte, kam mir zu klein, zu eng, zu stickig vor, obwohl ich das Fenster sperrangelweit offen stehen hatte, seitdem ich zu Bett gegangen war. Normalerweise hätte ich mich bei diesen Temperaturen schlotternd in die Decke gewickelt. Doch mir brach der Schweiß aus, sobald ich mich hinlegte, und meine Beine zuckten nervös vor sich hin.

Nach dem langen Spaziergang, den Maks und ich noch gemacht und bei dem wir vergeblich nach Zeichen und anderen Jugendlichen gesucht hatten, hätte ich wenigstens ein bisschen müde sein müssen. Ich hatte es schon mit Schäfchen zählen und autogenem Training versucht, mit Lesen und Nachdenken und Recherchieren, doch ich war viel zu aufgepeitscht, um auch nur einen Gedanken klar verfolgen zu können, und selbst meine bewährte Methode, Primzahlen durchzugehen, funktionierte heute nicht.

Zum gefühlt zwanzigsten Mal trat ich ans offene Fenster und sah hinaus, weil ich noch immer das Gefühl hatte, dass dort draußen etwas war, das ich übersehen hatte. Die Schleierwolken hatten sich gehalten; außerdem herrschte Neumond, eine finstere, sternenlose Nacht. Dicht am Boden krochen wattige Nebelschlieren um die Steine, was malerisch aussah, mir aber keine Angst einjagen konnte. Unterhalb meines Fensters piepste es leise im Gras, vielleicht ein Mäuschen oder ein kleiner Vogel, und vorhin hatte ich eine Katze kreischen gehört, doch ansonsten war es absolut still. Ich spürte sie immer noch – diese gitterartige Struktur zwischen allem, was es hier gab, und auch die Formen, die damit verbunden waren. Ich wünschte, ich hätte sie aufzeichnen können, doch meinem Verstand gelang es nicht, sie sich klar vorzustellen. Dennoch war mir, als hätte sie jemand unter meine Haut gewebt, wo sie unsichtbar mein Leben steuerten.

Wenn ich meine Augen nach oben richtete, hatten sie schon immer besser funktioniert, als wenn ich naheliegende Dinge betrachten musste. Auch jetzt legte ich meinen Kopf in den Nacken, um zwischen den Schleierwolken vielleicht doch den ein oder anderen Stern ausmachen zu können. Nichts. Keine Sterne. Aber … Irritiert kniff ich die Augen zusammen. Woher kam dieses Licht? Wir hatten Neumond, dessen war ich mir sicher, und nur der volle Mond hätte einen solch großflächigen Lichtteppich verbreiten können. War es der Laternensmog einer nahe gelegenen Stadt oder eines Kraftwerks, der sich im Dunst verfing? Doch nun verschwand das Licht wieder, als wäre es nie da gewesen. Verunsichert rieb ich meine Augen, ein beklemmendes Déjà-vu meiner Nacht vor dem Teleskop, kurz bevor ich meine Botschaft erhalten hatte und glaubte, sterben zu müssen. Doch in die Plejaden zu schauen war heute Nacht unmöglich. Die Wolkendecke verbarg sie vor mir.

Trotzdem konnte ich mich nicht weiter schlaflos im Bett herumwälzen. Ich verschwendete Zeit, wenn ich das tat! Etwas da draußen rief mich, und ich bekam immer stärker das Gefühl, ihm entgegengehen zu müssen. Denn es würde nicht zu mir kommen; ich musste mich dafür aus dem schützenden Steinkreis herausbewegen. Wenn ich eines aus all den merkwürdigen Büchern gelernt hatte, die ich in den vergangenen Wochen gelesen hatte, dann war es, meiner Intuition zu folgen. Doch ich durfte es auf keinen Fall alleine tun. Wann immer ich im Bett die Augen geschlossen hatte, um den Schlaf herbeizuzwingen, hatte ich ein großes, wallendes Feld vor mir gesehen, und Maks und ich waren durch die jungen, wadenhohen Gräser gerannt, mit weit ausgebreiteten Armen und voller Freude am Leben. Ab und zu hatten wir uns dabei an den Händen gehalten, ein kurzer, verschworener Kontakt, um dann wieder loszulassen und unsere eigenen, unverwechselbaren Bahnen im Feld zu ziehen. Irgendwann hatte ich mich aus mir selbst lösen können und war nach oben entschwebt, um staunend zu erkennen, dass unsere Wege im Feld gemeinsam Muster bildeten …

Und ein solches Feld musste ich heute Nacht mit ihm betreten. Ja, das war es, was mich wach hielt! Ich musste mit Maks ein Feld betreten, was auch immer dann geschehen würde! Wieder kroch das helle Licht über den Himmel, dieses Mal rascher und in einem großen Rund. Das genügte. Mehr Zeichen brauchte ich nicht. Blitzschnell schlüpfte ich aus meinem Schlafanzug, um mir meine Klamotten von heute Abend überzuziehen. Die Schuhe nahm ich in die Hand, um auf Zehenspitzen auf den Flur und zur Tür von dem Zimmer zu huschen, in dem Herr Maziere und Maks heute Nacht schliefen. Ich kam mir vor wie ein Geist, der durch Wände gehen konnte, als ich ohne das leiseste Geräusch zu verursachen die Klinke hinunterdrückte und eintrat, um mich sofort an die Wand zu pressen und mit angehaltenem Atem auf die zwei Betten zu blicken, die nur ein kleiner Nachttisch voneinander trennte. Das linke, direkt am Fenster, war leer, und ich musste nicht im anderen nachschauen, um zu wissen, wem es gehörte. Ebenso schnell, wie ich ins Zimmer eingedrungen war, bewegte ich mich auch wieder heraus, um fliegenden Schrittes die Treppe nach unten zu nehmen und durch die Hintertür des Hauses in den Garten zu treten. Ein dunkler Schatten löste sich von der Wand, um nach mir zu greifen und mich schwungvoll zu sich zu ziehen. Diesmal schrie und trat ich nicht. Ich hatte keinen Zweifel, zu wem er gehörte. Maks' Hände fuhren sacht über meinen eigenwilligen Schopf, als wollten sie sich vergewissern, dass ich es war, und zogen mich dann begrüßend an seine Brust.

»Kannst du auch nicht schlafen?«, wisperte er mir ins Ohr. Statt einer Antwort packte ich sein Handgelenk und zog ihn aus dem Garten und über die Straße bis zur Wiese mit den ersten Steinen. »He, wo willst du denn hin, Joss?«

Ich antwortete nicht; wir hatten keine Zeit zu verlieren. Auf der Wiese war es so dunkel, dass ich fast nichts sehen konnte; wir hatten den Schein der Straßenlaternen längst hinter uns gelassen. Doch die Matrix, die ich immer deutlicher in mir fühlte, unter meiner Haut, in meinen Zellen, hinter meiner Stirn, führte mich sicher, und ich wiederum führte Maks, als hätte ich nie etwas anderes getan. Es verwunderte mich nicht einmal, dass er mir folgte, ohne meinen Weg zu hinterfragen. Ich staunte lediglich darüber, wie mühelos ich mich plötzlich fortbewegen konnte – es fühlte sich fast an wie das Fliegen und Schweben in meinen Lieblingsträumen. Heute war die Erde wirklich mein Freund; ihre Anziehungskraft tat mir nicht weh. Auch Maks bewegte sich in schlafwandlerischer Sicherheit hinter mir her und fiel kein einziges Mal hin, wie er es in letzter Zeit so oft getan hatte. Als hätten wir Augen, die im Dunklen sehen konnten, wichen wir Schafen aus, die still zwischen den Steinen grasten, sprangen über Rinnsale und überkletterten unfallfrei einen niedrigen Zaun, um zu jenem Feld zu gelangen, das mich so magnetisch anzog. Doch bevor wir es erreichen konnten, mussten wir eine kleine Anhöhe erklettern und eine Schranke überwinden, die ich mehr erfühlen als sehen konnte. Im Sportunterricht hätte ich mir längst meine Schienbeine zerdellt, aber ich bewegte mich leichtfüßig wie eine Artistin, als ich mich darüber schwang und in den weichen, schlammigen Untergrund sprang. Lautlos tat es Maks mir nach. Gleichmäßig atmend erklommen wir die Kuppe des kleinen Hügels und blieben synchron stehen, als wären wir gegen eine Mauer gerannt.

»Oh Gott …«, flüsterte Maks, als die Lichter nach unten sanken und sein Gesicht erhellten. Ich konnte sehen, wie seine Augen sich weiteten und Glutpünktchen in seiner Iris zu schwelen begannen, während aus meinen Augen blaues Funkeln strahlte, als seien sie von den Flimmerkugeln über dem Feld entzündet worden. »Schau dir das an, Joss … Was um Himmels willen ist das?«

Ich antwortete nicht. In mir war es ganz ruhig, eine tiefe, leuchtende Freude, als ich die umherschwirrenden Lichter verfolgte, ohne sie mit meinem Verstand erklären zu können. Sie waren da, und es war gut, dass sie da waren, auch wenn es mir außer Maks niemals jemand glauben würde. *Wir* sahen sie, und genau deshalb waren wir hier. Wie im Tanz kreisten sie über dem Feld, wechselten die Richtung, überkreuzten sich, stiegen höher, senkten sich wieder herab. Inzwischen funkelten sie so hell, dass wir die niedrig stehenden Gräser unter ihnen mühelos erkennen konnten – und auch, wie sie sich in der Mitte des Feldes plötzlich flach auf den Boden drückten, als hätte sie eine gewaltige Kraft umgeknickt. Es entstand ein Kreis, aus diesem Kreis heraus eine Linie, dann noch ein Kreis, noch eine Linie, noch ein Kreis, kleiner als die ersten, aber alles zusammen in perfekter Symmetrie. Wir hatten keine Zeit, unsere Handys aus unseren Taschen zu holen und zu filmen, was wir beobachteten, und wahrscheinlich wäre es sowieso viel zu dunkel dafür gewesen. Doch ich wusste, dass ich niemals vergessen würde, was ich hier anschauen durfte, so rein und klar und logisch, wie ich es keinem anderen würde erklären können. Es zu sehen, war pures Glück. Im wahrsten Sinne des Wortes. Unsere Erde kommunizierte mit dem All.

Binnen Sekunden war das riesige Zeichen vollendet;

die Lichter erhoben sich in rasender Geschwindigkeit und verschwanden. Als hätte neben uns jemand die Starterpistole abgefeuert, begannen Maks und ich zu rennen, die Anhöhe hinab und mitten ins Feld hinein. Denn in den innersten Kreis des Symbols war ein Mensch getreten – ein Mädchen, nicht älter als wir.

Die Erde unter unseren Füßen schien zu vibrieren, ein gleichmäßiges Erzittern, das mir durch Mark und Bein ging, und je näher wir dem Symbol im Feld kamen, desto schwerer fiel es mir, mit Maks' mitzuhalten, so schnell bewegte er sich dem Inneren des größten Kreises entgegen. Das Mädchen stand still da, als habe es auf uns gewartet, ja, als sei es vollkommen selbstverständlich, um diese Uhrzeit hier draußen zu sein und anderen, fremden Menschen zu begegnen.

»Maks, warte auf mich!«, rief ich japsend und versuchte verzweifelt, zu ihm aufzuschließen. Meine Kräfte verließen mich, bevor ich ihn erreichen konnte, doch ich war nah genug an ihn und das Mädchen herangekommen, um sehen zu können, was mit ihnen geschah.

Wie in Zeitlupe, aber in einer Grazie, die ich nie zuvor bei einem Menschen gesehen hatte, drehte sich das Mädchen zu ihm um, während er langsamer wurde und schließlich stoppte. Beide standen mit dem Profil zu mir, doch ich musste nicht in ihre Augen sehen, um zu wissen, dass sie von der ersten Sekunde an so tief voneinander berührt und fasziniert waren, dass sie mich vollkommen vergessen hatten. Sie waren gegensätzlich wie Tag und Nacht, und genau deshalb gingen sie aufeinander zu, als wollten sie auf ewig miteinander verschmelzen, sich ausgleichen, eins werden; heute und immerdar.

Noch nie hatte ich den Kriegsgott in Maks stärker wahrgenommen als in diesem Augenblick. Es war, als würde ich jeden einzelnen blutigen Kampf in ihm spüren und auch seine Sehnsucht, endlich zur Ruhe zu kommen – bei ihr, nicht bei mir, weil sie es wie keine andere verstand, ihn zu zähmen, friedlich zu stimmen, ihn einzulullen, bis er vergessen hatte, wo seine Waffen lagen. Sie gehörten zusammen.

Mars und Venus hatten einander gefunden. Mein Herz brach, als bestünde es aus feinstem Kristall, der nun zu Staub zerfiel und nie wieder leuchten und strahlen würde. Jetzt wusste ich, was der Stich in meiner Brust bedeutet hatte, der mich heimsuchte, als ich mich mit Maks über die Erde unterhalten hatte. Ich wusste, warum ich jedes Mal diese merkwürdigen Gefühle empfunden hatte, sobald er mich berührt hatte, warum mein Bauch sich manchmal verknotete, wenn er dicht neben mir stand, warum ich ständig auf seine Haare und in seine Feueraugen schauen musste. Warum es mich glücklich gemacht hatte, dass er sich für mich im Dungeon mit einem erwachsenen Mann prügelte und neben mir Wache gehalten hatte, bis ich aus meinen Weltall-Träumen erwacht war.

Ich hatte mich in Maks verliebt, und nur deshalb hatte ich ihn zu jenem Wesen gebracht, nach dem er sich seit Urzeiten sehnte. Ich konnte nichts dagegen tun. Sie standen abends sogar nebeneinander am Himmel. Die Göttin der Liebe und der Gott des Krieges. Wenn es ein Liebespaar am Firmament gab, das aus seinen unendlichen Weiten nicht wegzudenken war, waren sie es.

Maks und ich hatten soeben die dritte Auserwählte getroffen.

Doch mein Schmerz fand keinen Raum, sich auszubreiten. In dem Moment, als sich die Gesichter von Maks und dem Mädchen so nahe kamen, dass sie sich hätten küssen können, spürte ich, wie sich ein dunkler Ring um uns schloss. Sie hatten genau auf diese Fügung gewartet, darauf, dass ich meiner inneren Stimme folgte und den schützenden Steinkreis verließ, und nutzten sie gnadenlos aus. Sie pferchten uns von allen Seiten ein, Männer in schwarzen Anzügen mit toten Augen und schnarrenden Stimmen, die wollten, dass wir vergaßen, warum wir hier waren, was wir gesehen hatten, wofür wir uns hielten.

So gerne ich meinen Schmerz auf immer verloren hätte – das durften sie nicht tun. Niemals.

»Maks!«, schrie ich so laut ich konnte. »Maks, die Schwarzen Männer sind da! Wir müssen fliehen, hörst du mich!? Maks!« Während ich versuchte, meinen Geist fest zu verschließen, damit sie meine Erinnerungen nicht löschen konnten, rannte ich die letzten Meter über die umgelegten Halme auf ihn und das Mädchen zu, doch die Männer hatten schon den äußeren Rand unseres Kreises erreicht und bildeten eine dichte Kette, ihre leblosen Augen fest auf uns gerichtet. In meinem Kopf fing es an zu dröhnen, meine Bewegungen wurden schlaff und unkoordiniert; jeder Schritt ließ kalten Schweiß in meinem Nacken ausbrechen. Trotzdem kämpfte ich mich weiter vor, am Schluss auf allen vieren. Noch immer schauten sich Maks und das Mädchen tief in die Augen, ihre Münder glückselig lächelnd, die Hände auf den Hüften des anderen.

»Maks!«, brüllte ich mit kippender Stimme, worauf er sich endlich zu mir umdrehte – und sie sah. Er sah sie! Drohend richtete er sich auf, das Mädchen immer noch an seiner Seite, seine Augen in der Dunkelheit rötlich aufglühend. Er wollte nicht fliehen. Er wollte kämpfen!

»Nein, das schaffen wir nicht! Es sind viel zu viele, wir müssen abhauen und sie … Maks? Oh nein, Maks … Bleib wach, konzentriere dich, du musst wach bleiben!« Doch es war schon zu spät. Die marsianische Glut in seinen Augen erlosch, als habe ein kalter Windhauch sie ausgeblasen, und sie wurden stumpf und leer – die Männer in Schwarz hatten bereits mit ihrer finsteren Arbeit begonnen, er sah sie längst nicht mehr. Sie griffen in sein Gedächtnis ein, wie sie es einst auch bei mir getan hatten, während ich meines immer noch mit aller Kraft gegen sie abzuschotten versuchte. Doch ich spürte, dass ich keine Chance hatte. Sie waren zu viele! Ein dunkles, graues Dröhnen bemächtigte sich meines Kopfes, und meine Knie wurden so weich, dass ich mich flach auf den Boden fallen lassen wollte. Als ich gerade bereit war, aufzugeben und mich von dem schwarzen Sog ihres Nichts packen zu lassen, drang auf einmal ein neues Geräusch durch das Dröhnen in meinem Kopf – der tiefe, tuckernde Motor eines Traktors.

Ehe seine Scheinwerfer das Symbol im Feld anstrahlen konnten, fiel der erste Schuss, dann der zweite, begleitet von wüstem Gebrüll, von dem ich kein Wort verstand. Doch eines wusste ich: Es war ein Mensch, der sich uns näherte. Kein geisterhafter, seelenloser Mann in Schwarz. Auch Maks hörte die Schüsse – und reagierte. Mit ausgebreiteten Armen, das Mädchen fest an sich gedrückt, lief er zu mir, warf mich zusammen mit ihm zu Boden und legte sich bäuchlings auf uns, um unsere Körper vor den Kugeln zu schützen. Panisch blickte ich in zwei blassgraue Augen, die mich milde musterten. »Hi. I'm Sally«, flüsterte das Mädchen mit rauchiger Stimme, als seien wir einander gerade bei einem Kaffeekränzchen vorgestellt worden, und lächelte mich selig an, während um uns herum die Schüsse fielen. Obwohl Maks schwer auf uns lag, drehte ich meinen Kopf und blickte unter seinem Arm hindurch nach draußen. Die Männer in Schwarz waren verschwunden, ich konnte keinen einzigen mehr sehen, doch der Traktor kam immer näher, und je heller es um uns herum wurde, desto wüster tönte das Gebrüll des Bauern zu uns herüber und desto unkontrollierter knatterten seine Schusssalven durch die Nacht. Er war außer sich und zu allem in der Lage – und jetzt verstand ich auch, warum. Die Kornkreise – wir hatten bei unserer Avebury-Recherche die Kornkreise vergessen! Eben waren wir Zeugen davon geworden, wie einer aus dem scheinbaren Nichts heraus entstanden war, ohne jede Menschenbeteiligung, doch der Bauer dachte, *wir* hätten das Symbol in seine frisch aufgehende Saat getrampelt.

»Get out of here! You goddamn Croppie-Freaks!«, wütete er, nachdem er den Traktor in unserem Kreis geparkt und den Motor ausgestellt hatte, doch bevor er mit gereckter Flinte aus der Fahrerkabine klettern konnte, schallte von ferne eine warnende Lautsprecherdurchsage über das Feld und wir hörten Hunde kläffen – irgendjemand hatte die Polizei alarmiert. Sally kiekste auf, als Maks sich von uns erhob, um dem zornigen Bauern entgegenzuschreiten, die Arme hoch erhoben, als bitte er um Frieden. Noch einmal schoss der Mann mit wutverzerrter Grimasse in den Himmel, ein krachender, weit hallender Schuss, der mir in den Ohren schmerzte. Dann sprang er vom Traktor und lief schwankend auf Maks zu. Er war sturzbesoffen, ich sah es nicht nur an seinem Gang, sondern auch an seinem Gesicht. Als wäre sie meine Mutter, drückte ich mich unwillkürlich an Sallys weichen Oberkörper. Liebevoll legte sie mir den Arm um die Schultern, noch immer ein unpassendes Lächeln auf ihren vollen, geschwungenen Lippen.

»Maks, nicht, bleib stehen! Der ist betrunken!«, rief ich angstvoll, doch Maks kannte keine Furcht. Aufrecht und ohne jedes Zögern ging er auf den schwankenden Bauern zu, streckte seinen Arm aus und riss ihm die geladene Flinte aus der Hand. Der Bauer war zu überrascht, um zu reagieren, und noch ehe er seine Faust ballen und zuschlagen konnte, hatten die Polizisten uns erreicht. Mit mehreren Autos brachen sie durch das Feld, die Scheinwerfer so grell, dass ich geblendet die Augen schloss.

Das Spiel war aus, unser riesiges Symbol aus dem All zur Unkenntlichkeit zerstört, die fliegenden Lichtkugeln längst fort und die Magie dieser Nacht brutal ausgelöscht, als hätte es sie niemals gegeben. Willenlos ließ ich es über mich ergehen, von den Beamten gepackt und mitgenommen zu werden, weil sie wie der Bauer glaubten, Maks, Sally und ich wären aufs Feld gekommen, um das Zeichen hineinzutrampeln, und wehrte mich auch dann nicht, als wir zusammen mit dem betrunkenen Bauern in einen muffigen Kleinbus gequetscht wurden, der uns zur nächsten Polizeistation brachte.

Ich schwieg, als wäre mein Mund zugenäht worden.

Es hatte keinen Sinn, zu erzählen, was in Wahrheit geschehen war. Niemand außer uns hatte die Männer in Schwarz gesehen und Maks erinnerte sich schon jetzt nicht mehr daran. Niemand außer mir wusste, was zuvor im Feld passiert war, nicht einmal Maks konnte davon berichten – und das Mädchen schon gar nicht; ich sah es an ihrem Lächeln und ihrem verschleierten Blick. Sie hatte vermutlich keine Ahnung, warum sie nachts mitten auf einem Feld gestanden hatte. Ich zweifelte an ihrer Zurechnungsfähigkeit, vielleicht war sie sogar ebenfalls betrunken.

Für die Polizisten waren wir ohnehin nichts anderes als ein paar gelangweilte, pubertäre Jugendliche, die sich einen Spaß erlaubt und dabei einen angetrunkenen Bauern auf die Palme gebracht hatten.

Dabei war ich mir niemals sicherer gewesen, dass alles wahr war, was Maks und ich vermutet hatten – alles und noch viel mehr. Wir Menschen waren nicht alleine im All. Wir bekamen Besuch, regelmäßig. Uns wurden Zeichen geschickt. Sogar die Erde lieferte uns Zeichen. Wir mussten sie nur lesen. Aber niemand wollte sie sehen, nicht einmal mehr Maks, denn für ihn gab es nur noch das mollige, dauerlächelnde Mädchen neben ihm, in dessen farblosen Augen er sich für immer verloren hatte.

Gegen diese Liebe war ich machtlos. Ich hatte meine Erinnerungen vor den Männern in Schwarz bewahren können, aber für mein Herz gab es keinen Schutz.

Mehr als diesen einen Moment, in dem Maks meine Hand genommen und ich in Flammen gestanden hatte, würde ich niemals erleben.

Denn hier ging es nicht nur um Maks und Sally, einen Jungen und ein Mädchen, die sich zufällig begegnet waren und sich ineinander verliebt hatten. Hier waren zwei Planeten aufeinandergekracht. Die Plejaden lagen viel zu weit weg von ihnen, um darauf Einfluss nehmen zu können.

»Alles okay, Joss?« Müde, aber glücklich sah Maks mich an, und ich hörte in seiner Stimme, dass er nur aus Höflichkeit fragte, eines alten, bedeutungslosen Vertrags wegen, und nicht weil sich daran erinnerte, was uns vor wenigen Minuten noch aufs Engste miteinander verbunden hatte. Sie hatten es rückstandslos aus seinem Gedächtnis radiert.

»Alles okay, Maks.«

Ich wollte nur noch nach Hause.

Nicht zu meinen Eltern und Sam, nicht in mein Zimmer, nicht in mein heimisches Bett.

Sondern *nach Hause*. Zurück zu meinen Sternen, wo es Verliebtheit nicht gab und niemals geben würde.

Sie erschienen mir der beste Ort des ganzen Universums zu sein.

Und so geht es weiter in Band 2 …

ISBN: 978-3-570-16510-2

»Hallo, Jo-hoss! Komm ins Wohnzimmer!«

»Was gibt denn das, wenn es fertig ist?«, fragte ich humorlos, nachdem ich meiner Familie gegenüberstand, und schmiss meine nasse Jacke in die Ecke. Das Wohnzimmer sah aus, als wollten sie im nächsten Moment eine Überraschungsparty starten. »Ich hab erst im August Geburtstag, falls ihr das vergessen habt.«

»Oh oh«, formte Mama mit dem Mund und warf Papa einen vielsagenden Blick zu, während Sam mit einem seligen Strahlen auf den großen Kuchen schielte, der in der Mitte des Tisches stand und auf dessen Mitte ein Marienkäfer aus Marzipan hockte. »Warst du bei Maks?«, fragte Mama vorsichtig.

»Will nicht drüber sprechen.«

Vielsagender Blick Nummer 2, doch die erschreckend gute Stimmung meiner Eltern blieb. Irgendetwas planten sie und es machte sie geradezu euphorisch – doch was war es nur? Und wieso hing eine riesige »Herzlich willkommen«-Girlande in der Ecke über dem Fernseher? So lange war ich doch gar nicht weg gewesen.

»Gut. Joss, Liebes – wir haben eine Überraschung für dich«, begann Mama, und Papa und Sam nickten eifrig. »Du warst in letzter Zeit nicht sehr – glücklich und deshalb haben wir uns gedacht, du … sagen wir es ihr oder holen wir sie einfach runter?«, unterbrach Mama sich selbst und wandte sich Papa zu.

»Wen sie?«, hakte ich misstrauisch nach. Doch Papa nickte nur eifrig. »Ja, wir rufen sie.«

»Nein, stopp, ihr sagt mir erst, was los ist!« Auf einmal war mir schwummrig, ein unwirkliches, traumähnliches Gefühl, als würde der Boden unter meinen Füßen sich in Pudding verwandeln. Der Luftdruck im Raum kam mir unerträglich vor, trotz des reinigenden Gewitters, und obwohl die Kerzen neben dem Kuchen noch nicht angezündet worden waren, schien sich ein gräulich roséfarbener Nebel durch den Raum zu bewegen, in watteartig gebauschten Schlieren … Er roch nach Veilchen, stellte ich angewidert fest, und gegen die war ich immer hochgradig allergisch gewesen. Merkten meine Eltern das nicht? Oder war ich in einer Art Vision gelandet, weil die Männer in Schwarz in meinen Kopf eingegriffen hatten, auf eine andere Art und Weise als vorher? Begann ich gerade, meinen Verstand zu verlieren?

»Gut, wir verraten es dir rasch«, drang Mamas Stimme durch den Nebelschleier, der sich permanent veränderte und nun wellig über die Treppenstufen nach oben wanderte. Fiel das denn niemandem außer mir auf? »Es hat sich plötzlich alles ganz schnell gefügt, wie von Zauberhand! Sam möchte ja unbedingt ins Ausland, du brauchst ein wenig Ablenkung und eine gute Freundin und deshalb haben wir uns vor einigen Tagen ins AFS-Schüleraustausch-Programm eingeschrieben und – na ja, heute ist sie schon da.« Mit beiden Armen wies Mama auf die Treppe, wo die zarten Nebel langsam die Wand hinaufkrochen und eine Farbe annahmen, als würden sie vom kitschigsten Alpenglühen aller Zeiten angestrahlt werden. »Penelope! It's your turn!«

Ja, das musste eine Vision sein – anders konnte ich mir die Situation nicht erklären. Rosa Nebel wallte durch unser penetrant nach Veilchen stinkendes Wohnzimmer, Mama sprach plötzlich Englisch und buk aufwändige Torten, Sam sabberte fast vor Glück – das konnte alles nicht echt sein.

Doch es war echt; so echt, dass es wehtat. Ich wusste es in dem Augenblick, als der Fuß Penelopes die oberste Treppenstufe berührte, eingepackt in eine mattgraue wildlederne Stiefelette mit keckem Pfennigabsatz, und obwohl ich den Rest ihrer Gestalt noch nicht sehen konnte, spulte mein Kopf bereits einen alarmierenden Déjà-vu-Moment nach dem anderen ab.

Nein, dachte ich panisch und bewegte mich rückwärts, bis ich gegen die Vitrine stieß und stehenbleiben musste. Nein, nicht sie, bitte nicht! Doch, sagte nun auch Fuß Nummer 2, sagten ihre runden Waden, die in unsäglichen Leggins steckten, doch, sagten ihr langer, wolliger Strickmantel, ihr seidiges Blüschen, die buschigen, farblosen Locken, ihr herzförmiges Gesicht mit den auffallend rauchigen, benebelt blinzelnden Augen, seinen vollen Wangen und diesem ätzend liebevollen Lächeln.

Doch, ich bin es.

Sally.